講談社文庫

不正会計

杉田 望

JN283259

講談社

目次

不正会計

第一章　粉飾決算幇助の疑惑浮上

1

平成十七年、晩秋――。

千駄木《せんだぎ》は秋祭りが終わり、街は静けさを取りもどしていた。それでも、日中は観光客でにぎわいを見せる。近ごろは、外国人観光客も増えた。谷中《やなか》、根津《ねづ》、千駄木を総称して地元の人たちがヤネセンと呼ぶ、この下町をテレビや雑誌が盛んに取り上げるようになったのがきっかけだった。

これという観光名所はない。とりたてて美味《うま》い物を食わせる店があるわけでもない。坂道に寺が林立しているのが、観光名所といえば名所かもしれぬ。朽ち果てた木造アパート。東京大空襲で辛くも焼け残った古い家々。八百屋に魚屋、昔ながらの駄菓子屋。商店街から威勢のいい呼び声がかかる。余所《よそ》の土地に比べ銭湯が多いのもヤネセンだ。いってみれば、昭和レトロ風の街だ。そんなところに観光客は、郷愁を感じるのかもしれない。

不忍《しのばず》通りから一歩裏道に入ると、そんな下町が広がる。観光客が去ったあと、この街は地元の人たちの街にかえる。午後九時を過ぎれば、人通りも疎《まば》らで、わずかにコンビニと飲み屋の灯《あか》りが点《つ》いているだけの、寂しい通りだ。

そんな通りに「にしくぼ」はあった。カウンターに六つ、七つほどの席、奥には広い座敷があった。二十人ほどの宴会ができようか、そんな広さだ。「にしくぼ」は夫婦で切り盛りしている店だ。主人は健三といい、女将《おかみ》は芳子といった。二人とも新潟柏崎の出身という。健三は板場を、芳子は接客を受け持つ。芳子の何ともいえぬ愛嬌で「にしくぼ」は持っているようなものだ。

夜風が冷たい。あと数日で十一月だ。生憎《あいにく》小雨が降り出している。ただよってくるのは金木犀《きんもくせい》の香りだ。

青柳良三《あおやぎりょうぞう》は引き戸を開けた。客は馴染みばかりだった。

「いらっしゃい」

元気な声に客は元気をもらう。芳子は威勢のいい女だ。気《き》っ風《ぷ》もよい。太り気味だが、五十を半ばも過ぎれば、それも仕方のないことだ。健三は上あごを少し上げ、照れ笑いを浮かべた。無愛想というよりも、健三は照れ屋なのだ。奥から二つ目の席。そこが青柳の定席となっていた。

青柳良三は公認会計士の資格を持ち、日本でも一、二の規模を誇る監査法人「あずみおおたか監査法人」に勤め、そこで現場を仕切るマネージャーの職にあった。

中肉中背のがっちりした体軀《たいく》。太い眉《まゆ》が意志の強さを表している。今年三十六。公認会計士としては働き盛りだ。出身は長岡。「にしくぼ」によく顔を出すようになったのは同郷新潟の縁からだ。

大学を出てからは東京暮らしだ。千駄木に移り住んで五年。以前は港区の三田《みた》に住んでいた。ヤネセンが気に入っていた。下駄履きで食事も買い物もでき、気取らぬ街の雰囲気が好きだった。

その日、青柳は、九州は熊本の出張から帰ったばかりだった。地元の老舗《しにせ》「いわみず」の監査のための出張だった。

「今日はね、いい秋鯖《さば》が入っているの」

少し訛《なま》りが残る、芳子の薦《すす》めに、

「それいただこうか」

と、応えると、

「なかなか美味いよ。アオちゃん」

隣席の吉塚が言った。

吉塚も「にしくぼ」の常連だ。商売は左官屋で十二、三人ほどの職人を使う親方だ。

「刺身にするから。アオちゃん」

この店での通称はアオちゃんだ。そう呼ばれるようになれば、この店の常連として認められたことを意味する。通い始めて四年。それを決めるのは、店の主人、健三ではなく客たちだ。その親分格がヨッちゃんこと吉塚だ。

「ぬる燗《かん》でいいね」

「ああ、お願い。それに湯豆腐」

「あいよ……」

新潟の銘酒八海山を、ぬる燗で飲む。この店ではそれが一番だと、青柳は思っている。

「まあ、一杯！」

常連同士は注ぎつ注がれつ、世間話に興じながら酒を飲む。それが常連たちの飲み方だ。今夜はヨッちゃんの他に常連が三人。話題は株価の動きだ。ヨッちゃんはなかなか株に詳しいらしい。青柳はもっぱら聞き役にまわる。そうするのは、職業上の倫理からだ。会計士は職務柄、多くの上場企業の監査業務に関与しているので、下手に話に乗ればインサイダー取引を疑われ、罪科を問われる。常連たちの話に珍しく健三が聞き耳を立てていた。

「…………」

携帯が鳴っている。青柳は外に出た。雨は本降りになっている。表示を見た。磐田《いわた》勇治《ゆうじ》とあった。磐田はあずみおおたか監査法人の経営企画室長だ。管理畑の磐田は、直属の上司ではない。青柳には遠い存在だ。

「これから上がれるか」

有無を言わせぬ響きがあった。時計を見ると十一時近くだ。今夜は由美子《ゆみこ》と約束していた。三週間ぶりの逢瀬《おうせ》だ。由美子は毎朝新聞に勤めていた。彼女も忙しい。互いに忙しく時間を作れずにいる。

慌ただしく勘定を済ませると、店を飛び出した。

青柳は歩きながら由美子に電話をした。由美子はまだ新聞社に残っていた。

「そうなの……」

由美子の怒りが伝わってきた。怒るのも当然。いつも青柳の都合で約束を反故《ほご》にしてきたのだから。由美子も三十を越えた。ときおり結婚を口にする。青柳の誠意を疑うようになっていた。つきあって一年と少し。二人の関係が微妙になってきている。わかっていながら青柳は何の手も打てずにいた。

青柳は不忍通りに出た。タクシーに手を上げて行き先を告げた。タクシーは大手町の方向に走り出した。何事だろうか……。青柳は訝《いぶか》りながら丸の内の一角でタクシーを止めた。そこにあずみおおたか監査法人の本拠があった。ＩＤカードを差し込み、暗証番号を打つ。ドアが開く。磐田の執務室は十七階にあった。エレベータは音もなく上昇した。経営企画室が騒然としている。こんな時間に……？　磐田の執務室は南棟の奥にある。ドアを叩く。

「おお、待っていた」

命令調の声が返ってきた。

百平米《へいべい》ほどもあろうか、広い執務室に大きな机だ。机の前に数脚の椅子。革張りのソファ。ちょっとした会議が開ける楕円形のテーブルが置かれている。調度品はいずれも高価なものばかり。一号百万を超す壁の絵は有名画伯の作品だ。磐田は顎《あご》をしゃくり椅子に座るよう促《うなが》した。

いやな予感がした。派閥がらみの話ならゴメン被《こうむ》りたい。あずみおおたか監査法人の内情は複雑だったからだ。

いくどか合併を繰り返したあと、安住監査法人と大鷹監査法人が合併統合したのは、三年前のことだ。中小の監査法人を吸収しながら規模を拡大してきたのが、あずみおおたか監査法人だ。もちろん監査法人の業界再編を促したのは金融庁だ。

磐田は旧安住監査法人の出身だ。創業者の安住藤一郎が亡くなってから、磐田は旧安住監査法人の実質頂点に立つ男だ。まだ四十九と若い。現理事長佐伯重郎《さえきしげお》のあとを、すなわち理事長の椅子を虎視眈々《こしたんたん》と狙っているとの噂だ。佐伯理事長は六十五。そろそろ後進に道を譲る時期だ。そのことも、派閥抗争に拍車をかけた。二つの派閥が激しく争うあずみおおたか監査法人——。いや、正確にいえば仕掛けているのは安住派だ。

しかし、青柳はどちらの派閥にも属していなかった。というのは、もともと青柳は金融庁の出であるからだ。金融庁を退職し、会計士に挑戦。試験に合格し会計士補となったのは二十七のときだ。実務経験を踏み、公認会計士の資格を得たのは三十二のときだ。あずみおおたか監査法人に籍を移したのは三年前。ちょうど、安住と大鷹が合併した年だった。そんなわけだから、派閥に関与しようにも、どちらにも与《くみ》するような立場ではなかった。

仕事が面白い――。実際、現場を仕切るマネージャーに就いてから、本当の意味での仕事の面白さと、ようやく企業会計というものがわかってきた。その青柳に声をかけてきたのが、磐田室長の腹心と呼ばれる村重正一だった。村重は料亭に誘った。一流の料亭だ。贅沢《ぜいたく》なものだと感心した。

「どうですか。仕事の方は……」

そんなことを訊《き》くため、村重は誘ったわけではない。派閥への勧誘だった。しばらくとりとめもない話が続いたあと、村重は禿《は》げた頭を撫《な》で本音を口にした。

「この仕事は一人じゃできない。公私ともにね……。仲間同士の協力。それが必要なのは君にもわかるよね」

ネットリした猫なで声だ。仕事ができる男とは聞いていない。むしろ組織を遊泳することで生きている男との評判だ。派閥への誘いとは、磐田が主宰する勉強会に出席することだ。勉強会とは便利な言葉だ。所詮《しょせん》、磐田を囲み、酒を飲み、磐田の話を聞き、勢力を誇示する集まりにすぎない。理事長の選出は形式的には社員総会で決まる。できるだけ手勢を集めておく。それが勉強会の趣旨なのだ。

「私はとてても、勉強会など」

青柳は婉曲《えんきょく》に断った。

以来、誘いはなかった。勉強会に出席しないと断ったからといっても、別段、仕事に支障が出るようなこともなかった。あずみおおたか監査法人に入り、二年目でチームを任されてマネージャーに昇格した。まあ、誰が見ても順当な人事といえた。以後、勉強会のことなどすっかり忘れていた。しかし、旧大鷹監査法人の幹部が次々と閑職に追いやられている事実は知っていた。職場が重苦しい空気に包まれ、気分のよいものではない。それとても雲上人たちの話。末端の会計士には、無縁な派閥抗争と思っていた。

「青柳君……。君に話しておかなければならないことがあってね。それで君に来てもらったのだが……」

磐田室長は高く足をくみ上げ言った。表情は逆光でよくわからない。磐田はしばらく沈黙した。芝居がかった沈黙。相手は混乱する。それを狙っての沈黙だ。青柳は考えてみた。深夜に呼び出され、内密な話をするような間柄ではない。仕事上のことなら、直属の上司、峰村義孝《みねむらよしたか》がするはずだ。青柳には、思いあたることがなかった。

「君は金融庁にいたことがあるね」

「はあ、それが何か……」

「実は……。金融庁が注意をしてきた案件があるんだ。兼高《かねたか》だ、兼高……」

「兼高ですか？」

青柳は五人のチームで二十数社の顧客を担当している。そのうちのひとつが兼高なのだが、それとても、助っ人として監査に入っただけだ。実際に監査報告を書き、適正との判断を下したのは、別な会計士だ。

兼高の主力銀行は東京みなほ銀行だ。東京みなほ銀行に金融庁が定期検査に入っていたのは青柳も知っていた。そこで金融庁が兼高に問題ありと指摘したのか。問題とは、兼高向け融資が不良債権と見なされたか、あるいは、評価替えを迫られたか、そのいずれかを意味する。いや、金融庁は粉飾との疑いを抱いたのかもしれない。そうだとすれば、これは事件化する。青柳はとっさにそう思った。

（しかし……）

自分に訊くのはおかしい。青柳は助っ人にすぎない。監査を担当したのは志村忠男のチームだからだ。

兼高――。戦前からの老舗の繊維衣料品メーカーだ。もともと繊維から出発した企業なのだが、いまでは、食品、医薬品、化粧品、ファッションと業容は広い。そのうち、青柳が見たのは食品部門だけだ。監査に入ってわかったのは、食品在庫の異常な膨らみだ。監査が難航した。粉飾の臭いがしたからだ。とりわけ在庫評価は甘かった。助っ人の立場だったが、その旨《むね》意見を出している。監査を担当した志村忠男は意見を無視した。青柳は全体を見たわけではない。それ以上強くは言えなかった。

しかし、監査の結果、不適正の意見は出していない。通常、監査法人では、監査結果に関しては、ダブルのチェックが行われる。地区審査会や地区審議会がそれだ。そこでも特に問題は指摘されていない。それにRPという制度がある。つまりリレーション・パートナーのことだ。問題企業の場合、その企業とは関係のない社員を、監査の全過程に立ち会わせる制度だ。要するに、ダブルチェックだ。兼高の監査にも、RPが配置されていた。

最終的に適正・不適正を判断するのは、中央審査会だ。ともかく中央審査会は、兼高の決算に適正との判断を下した。兼高の決算は無事終わったのである。

「そこでだ、金融庁の意向、つまり金融庁が何を問題にしているか、君に探って欲しいのだがね……」

金融庁の意向を探る？　なんだか要領を得ない話だ。何のために——。青柳はいくつか質問をした。逆光のなか、磐田の表情は読めなかった。

「そりゃ、決まっている。いったん適正判断を下した案件だよ。それがひっくり返されちゃ、うちの信用が台無しだ。君を信頼しているから、こういう話をするんだ、わかるよね」

青柳は意図を理解した。

兼高を担当した志村忠男は、磐田の取り巻きのひとりだ。その志村が担当した監査がひっくり返されれば大きな失点だ。いや、あずみおおたか監査法人の運命にかかわる問題になる。なるほど、意図はよくわかった。しかし、金融庁の考えを変えられるだけの力は自分にない。第一、金融庁につながりがあったとしても、金融庁が考えを変えるとは思えなかった。短い間だが、青柳良三は金融庁のキャリアとして働いた男だ。金融庁がどういう役所かよく知っている。磐田自身も、金融庁のことは知っているはずだ。

「だから君に頼むんだ。だからだ！」

押しの強さは評判通りだ。

磐田は立ち上がり、サイドボードからブランディーを出した。グラスをふたつ持ち、磐田はソファに移り、それを注いだ。香りで高級品とわかる。おそらく十万はくだらないだろう。青柳は差し向かいに座った。幾度か話したことはあるが、二人だけで向き合うのは初めてだ。猪首《いくび》。突き出した腹。中小企業のオヤジという風だ。

「たとえ、金融庁に頼んだとしても、無理筋というものです。無駄だと思います」

「しかし、やってみる価値はある。世の中はダメモトっていうじゃないか。それとも君には別な考えでもあるんかな」

グラスを上げ、琥珀《こはく》色の液体に見入りながら磐田は青柳に訊いた。

「室長は兼高の監査に不満なのですか。疑念をお持ちなら、再監査を行うべきだと思います」

磐田はしばらく考えていた。

「君もそう思うか……」

それ以上磐田は無理強いをしなかった。

最後まで要領を得ない話だ。磐田は混乱しているように思えた。

青柳が磐田の執務室を出たとき、時計は午前二時を回っていた。雨は止《や》んでいた。雲間に月が見え、濡れた舗道を照らしていた。携帯を取り出し、由美子に電話をした。つながらなかった。もう一度かけてみた。結果は同じだった。タクシーの中で、青柳は由美子との最初の出会いを思い出していた。

由美子との出会い――。青柳が取材を受けたのが最初の邂逅《かいこう》だった。四人の部下を持つチームリーダーに昇格する前のことだ。

（小生意気な！）

というのが最初の印象だ。それよりも、経済部の記者ならいざ知らず、社会部の名刺を持つ由美子が、なぜまた監査法人などに関心を持つのか、それがわからなかった。しかもことは専門的な領域の話だ。どれほどの知識を持っているのか、疑問に思えた。いくつかの質問を浴びせられ、彼女を甘く見ていたことに気づかされた。

彼女は監査法人と金融庁との癒着《ゆちゃく》を取材していた。金融庁と監査法人は車の両輪にたとえられる。すなわち、主として銀行や証券を監督する金融庁は、出口を固め、行政指導を止める代わり、銀行や事業会社に対し結果責任を追及する。これに対し入口を固めるのが監査法人だ。普通なら両者は厳しく対決するコンフリクトな関係にある。しかし、両者は癒着していると、女性記者は言うのだった。出口と入口が癒着すれば、銀行に対する監査が甘くなるのは当然。記事にできる具体的な証拠を握った上での、厳しい追及だった。青柳はたじたじだった。

それから一ヵ月後。

大手町の地下街で偶然再会した。声をかけたのは由美子の方だった。美しかった。ポニーテイル風に結んだ髪。額は広く、細く線を引いたような瞼《まぶた》。笑うと別人が現れる。細身の長身には、スラックスが健康的だ。布地は綿。アンティーク風なブラウスが似合い、白い襟首にネックレスがかけられていた。

「時間あります？」

誘ったのは青柳だった。ちょうど大きな監査を終え、時間にゆとりがあったからだ。由美子はちらっと時計を見た。

「少しだけなら……」

二人は近くのホテルのバーに入った。東京駅の八重洲口に立地するホテルだ。少しだけなら——と、言った由美子だが、気がついてみると、十一時半を過ぎていた。

「あらっ……」

時計を見て由美子は小さく声を上げた。

朝刊第一版が配布される時間になっていた。新聞各社は朝刊第一版を交換する。現場の記者は抜きつ抜かれつの競争を演じている。女記者にとっても同じだ。特落ちはないか、それが心配だ。社に戻ると彼女は言った。

「また逢えますか。逢ってください」

「ええ」

と小さく答え、彼女は踵《きびす》を返した。

それから三日後。

待ちきれず青柳は毎朝新聞に電話をした。生憎留守という。伝言を伝えた。夜半、由美子から電話があった。

「これから……？」

由美子は躊躇《ちゅうちょ》していた。午後十時だ。青柳は強引に誘った。なぜそうしたのか、自分でも説明のつかないことだった。ともかく逢わずにはいられないせっぱ詰まった気持ちだった。気恥ずかしい言葉をはいた。

「いつまでも待ちます」

などと——子どものように。

「本当に待たせてしまいますから」

由美子は笑っていた。

例のホテルのバー。自分でもおかしいくらいに心が弾んだ。本当に待った。由美子が姿を見せたとき、十二時を回っていた。それまで青柳は待ち続けたのだ。初めてのことだ。由美子が最初で最後だ。本当に嬉しかった。由美子でなかったら待たなかったと思う。

（惚《ほ》れてしまったのか……）

途中までの記憶だ。あとは曖昧《あいまい》だ。

いつどういう具合に、そうなったのかはしかとは覚えていない。翌朝、目覚めたとき由美子は腕のなかにあった。確かなのは朝まで由美子と一緒にいたことだ。鏡に向かって身支度《みじたく》をする由美子。愛《いと》おしかった。思わず抱きしめた。愛も語らず由美子を抱いたことに幾分悔悛《かいしゅん》の気持ちがわいたが、由美子の笑顔に救われた。二人はそういう関係になった。男女にはセックスの相性というものがある。相性も良かった。それから三日にあげず逢瀬を重ねた。互いに忙しい身だ。それができたのが不思議だった。

二人の間に秋風が立つようになったのはいつ頃からだろうか——。タクシーは団子《だんご》坂下《ざかした》に着いていた。もう少し飲みたい気分になっていた。タクシーを道灌山下《どうかんやました》で降りた。この時間までやっている店といえば、すずらん通りぐらいしかない。その店は二十四時間営業の安売りショップの近くにあった。由美子と一緒に行ったこともある。

中年のサラリーマンがスナックのママと思《おぼ》しき女とデュエットで歌っていた。〝銀《ぎん》恋《こい》〟だ。なぜか白けた気分になった。青柳は一杯飲んだだけで店を出た。歩きながら、また由美子の自宅に電話をかけていた。しかし、つながらなかった。

2

由美子はパソコンに向かっていた。電話が鳴っているのは知っていた。誰からの電話かもわかっている。由美子は無視を決めた。けれど、内心は揺れていた。

「兼高に粉飾の疑惑」

と、ディスプレー上にあった。由美子がつかんだ特ダネだ。事態は刑事事件に発展しそうだ。時間をかけ、地道に調べた。恋人には一言も漏らさずに……。それを話すと良三が去っていくように思えたからだ。時計を見ると午前二時過ぎ。疲れた。鏡を見た。疲れが顔に出ていた。女の春は短い。それを思うと不安が忍び寄る。ベッドに横になった。眠れそうにない。脳裏に浮かぶのは一人の男。

青柳良三――。

彼のことが頭から離れない。悔しいと思う気持ちと、逢いたいと思う気持ちが行き来する。もう自分に関心を失ったのか。約束をしては反故にする良三。いつも仕事が理由だった。私だって忙しいのに……。それはお互い様。良三は私のことよりも、仕事を優先させている。全部私のためにだけ、とは言わない。でも、約束だけは守って欲しい。殊勝《しゅしょう》にも料理を作ろうと考えていたのに……。材料が台所にあった。ワインだって奮発した。好みのチーズを用意した。仕事の合間にデパートで買ってきた。約束が守れなくなったら二人の関係もおしまい。

破局を意識しだしている自分に気づいていた。もう少し大人にならなくっちゃとも思う。でも、悔しさがこみ上げてくる。

最初の頃は、三日にあげず逢瀬を重ねていたのに。いつまでも待ちます、などと言う良三は子どものようだった。少し強引だが、情熱に充ち満ちていた良三。強引さに負け、情熱に圧倒され、彼を受け入れた。メリハリの利いた話し方をする。太い眉。長い睫《まつげ》。がっちりした体軀。体軀に似合わぬ繊細な指。その指を思い出すたび、微妙な気持ちになる。知的で物知りの良三。教えられることが沢山。なによりも、そばにいるだけでいい。安心できた。彼のなにもかもが好きだった。それなのに良三は自分から遠ざかっていこうとしている。

「結婚……」

という言葉を口にしたこともある。実際に結婚を望んだわけではない。確かめたかったのだ。反応は鈍かった。でも、本気で良三の子どもを産みたいと思った。まだそのことは打ち明けてはいないが……。

変わったのは、良三がチームリーダーに昇格した半年前頃からだった。彼らの間ではマネージャーとも言うらしい。激務であるのは、わかっていた。三日に一度が、一週間に一度になり、いまは半月に延びた。酷《ひど》すぎる。そもそも今度の約束も、良三の熊本出張のために延期された末に再設定されたものだった。

その日の午前、良三は熊本から電話をしてきた。良三は改めて、約束をした。

「九時には羽田に着く予定だ……」

「社を出られるのは十一時頃になるわ。明日は土曜日。食事を作るつもりなの。今夜は泊まっていって」

自分で作った料理。二人でワイングラスを傾ける光景が浮かぶ。土曜・日曜と二人は一緒だ。そう思うと心が弾んだ。

「十一時か、じゃあ、『にしくぼ』で飲んで待っているから……」

と、良三は電話を切った。

帰り支度をしているところに携帯が鳴り出した。いやな予感がした。少し早めの電話だったからだ。廊下に出て携帯を受けた。良三からだ。急用ができたと言った。十一時近くになっての急用？　居直っているのか、言い訳すらしなかった。

――考えてみれば、昇進後の良三は常に気忙《きぜわ》しい様子だった。

「ＯＦＦにしておいてよ……」

度々《たびたび》携帯が鳴る。何度もベランダに出る良三。せっかくの逢瀬も台無し。由美子は怒った。ゴメンと良三は詫びた。それがすきま風を感じた最初であったのかもしれない。

再びパソコンに向かう。

由美子は取材ノートを開いた。分厚いノートが三冊。一年余におよぶ長い取材の記録が残っていた。最初はひとりで……。経済部とも連携して、いまは取材チームが編成されている。もちろん、由美子はチームの中核だ。ベテランの経済部の連中も、由美子の取材能力に感嘆した。新聞社に入って、こんなに大きな仕事をするのは初めてだ。

土曜日の午後。由美子は社に出た。瞼《まぶた》が腫《は》れぼったいのは、昨夜、よく寝られなかったからだ。当番デスクと十人ほどの同僚が出社していた。やあっ、と声をかけられ、振り向くと、社会部の次長、四方《よも》民夫がいた。

「期待しているからね」

そう言うと、四方は自分の席に戻り、書類に目を通し始めていた。今年四十一。ニューヨーク特派員の経験もある。帰朝してすぐに社会部次長に就いた。複数いる次長のなかでは二番目の若さで、毎朝新聞の社会部では出世頭だ。もちろん妻子持ちだ。厳《いか》めしい顔だが、心根は優しい。

由美子は仕事に没頭した。複雑な企業会計の仕組み。水増し売り上げ、不良在庫の資産計上、連結外し。粉飾のやり方も様々だ。企業経営の実態、企業風土。銀行との関係。経営者の個性。監査法人の立場と責任。金融庁の意向。それに業界の動きなど——由美子にはわからないことばかりだった。資料や書籍をうずたかく積み上げ、読み進めていく。

仕事に高揚していく由美子。そこには由美子のもうひとつの顔があった。いや、そうすることで、忘れようとしていたのかもしれない。

「ちょっと回ってくるから」

夕刻、四方は社を出ていった。たぶん夜回りなのだろう。それから三時間余。仕事に熱中し、由美子は時間を忘れていた。ＯＦＦにしていた携帯を確かめた。良三から二件の着信記録が残っていた。もう一通はメール。逢いたいとあった。身勝手だよな——。

そう思いながらも、どうしようか、と迷っているところが良三に惚れた弱みだ。そこに満面の笑みを浮かべて四方が戻ってきた。大きな収穫を得た笑顔だった。四方は軽口を叩いた。

「まだ、いたのか……」

「あらっ、いちゃ悪いんですか」

由美子はため口をきいた。そういうため口が許される相手なのだ。

「大きな獲物が引っかかってきた。ちょっといいかな……」

四方はソファに誘った。新聞・雑誌を積み上げた雑然としたソファ。座る場所を空け、由美子は四方の正面に座った。同僚が集まってきた。四方は咳払《せきばら》いをした。

「どうやら、東京地検特捜部が内偵に動き出しているようだね」

ホウーという声が上がった。四方は平記者の時代に、検察との太いパイプを作った。それがいまに生きていて、検察ＯＢから聞き出したのか。取材力には、定評がある。確かな情報なのだろう。四方はもう一度軽く咳払いをし、話を先に進めた。

「東京みなほ銀行は、融資を打ち切ると通告した。つまり、兼高向け融資を、不良債権として計上する腹を固めたわけだ。もちろん、金融庁に急《せ》かされてのことだが、ね」

「兼高は破綻《はたん》ということになりますね」

同僚記者が訊いた。

「その通り――。破綻処理にはいくつかの方法があるのは知っているね。金融庁の意向を受けて動き出しているのが産業再生機構だ。兼高の経営陣も、再生機構による再建を希望していた。しかし……」

四方はそこで言葉を切った。

産業再生機構とは、日本の産業の再生と金融秩序の維持とを目的に法律によって作られた特殊会社。監査法人と違って、調査には強制権を持つ。具体的には、債権買い取り、資金の貸し付け、債務保証、出資などの業務を通じて個別企業の再生を図る。再生支援の決定は事業者と債権者たる金融機関の連名による支援申請を前提とする。兼高の場合は、東京みなほ銀行の申請により、動き出したのだ。

「まず調査に入りますよね」

「問題は、その調査で大がかりな、つまり会社を挙げての粉飾を行っていた事実が、明らかになったことだ。調査に入った担当者は驚き、上に報告した。上も驚き、東京地検に相談した。そういう経過だ。しかし、この話には、もうひとつ疑義があった。監査法人の問題だ。検察からは監査法人も、グルだったのではないか、という疑いを持っているようだ」

「監査法人って――。あずみおおたか監査法人のことですか。まさか……」

同僚は素《す》っ頓狂《とんきょう》な声を上げた。驚いたのは由美子も同じだ。

由美子も、東京地検特捜部が動くまでの経過は知っていた。しかし、捜査対象があずみおおたか監査法人に広がっているとは初耳だった。棍棒《こんぼう》で殴《なぐ》られたような感じだ。良三はこの事実を知っているのだろうか。どういう立場だったのか、よくわからないが、良三が兼高の監査に関与しているのを聞いた覚えがあった。何やら問題がありそうなことも。彼までが――。そう思うと、背筋が寒くなるのを覚えた。

「まだ記事にはできない。もう少し取材をする必要がある……」

時計は午後十時を指していた。当番を除き同僚たちは、それぞれ家路についた。編集局は閑散としている。由美子は頬づえをつきボンヤリとしていた。良三にこの事実を伝えるべきかどうか、迷っていたのだ。しかし、取材で得た情報を、それが家族であろうと、恋人であろうと、第三者に漏らすことはできない。公認会計士に守秘義務があると同様に新聞記者も内規によって縛られていた。

（………）

結論はわかっている。しかし、動揺は大きかった。事実とすれば、良三とは二度と逢えなくなる。連絡を取ることも、逢うこともできない。まさか――と思いつつも、最悪の事態を想像してしまう。良三が逮捕・連行される姿など、見たくも聞きたくもない。しばらく立ち上がれそうにない。それにしても新聞記者というのは、因果な商売だ。

「これは、どうだ。つきあうか」

四方は盃《さかずき》を上げる真似をした。由美子には救いの言葉に聞こえた。少なくとも、結論のわかっていることで悩むよりも、酔って忘れたかった。もしかしたら考え過ぎなのかもしれないのだから……。

「ごちそうして下さるの？」

「そのつもりだ」

今日は土曜日——。サラリーマン相手の縄暖簾《なわのれん》は休業だ。二人はいっしょに社を出た。四方は社の前でタクシーを拾い、神楽坂《かぐらざか》に向かわせた。サラリーマン相手の新橋や神田の赤提灯とは違う。神楽坂は、縄暖簾も割烹《かっぽう》も、店を開けていた。四方はどんどん路地に入っていく。一軒の暖簾をくぐった。暖簾に「しらき」とあった。引き戸を引き、中に入った。割烹風の造りだ。

「いらっしゃい」

二人を迎えたのは、この店の主人だ。まだ若いらしい。しかし、四方よりも老けて見えるのは商売柄のせいかもしれぬ。立派な店構えだ。これほどの店を持てるのは、やはり相当なやり手に違いない。

「おや、女性連れとは珍しいことだ」

主人は四方をからかった。

「バカ、同僚だ」

四方は本気で怒った。聞けば、二人は高校の同窓という。主人の方が二年後輩。剣道部に所属した間柄という。四方と由美子は奥の小さな座敷に通された。床の間があり、掛け軸と季節の花があしらってあった。

酒と肴《さかな》が用意された。ツキ出しは、新潟名産の珍味。注文したのは、刺身の盛り合わせと煮魚だ。定番の料理だ。

「それじゃ、ごゆっくり……」

店の主人が席を外すと、四方は世間話をはじめた。たわいのない世間話だ。四方はときおりだじゃれを飛ばした。しかし、由美子は調子を合わせ、はしゃごうとすればするほど落ち込んでいく。何となくぎくしゃくしてしまうのだった。いつもと様子が違う。四方はそのことに気づいていた。

「今日の君は少し変だぞ。何かあったのか」

四方が声の調子を落として訊いた。

「別に……」

由美子は素っ気なく応え、手にした盃を一気に空けた。酒は強い方だが、それにしても今夜は荒れた飲み方だ。

「何か悩み事でもあるのか。僕が聞ける話なら話してくれないか。相談には乗れないかもしれないが、話してみれば、気持ちが楽になるというじゃないの」

四方は優しい男だ。部下をそれとなく見ていて、励まし、叱咤《しった》する優しさだ。いや、由美子に対する優しさは、格別なのかもしれない。由美子に密かな好意をよせているのをうすうす感じ取っていた。四方の言葉が由美子には嬉しかった。しかし、押し黙り、盃を呷《あお》った。

「そうか、話したくなったら話せ」

それ以上、四方は何も訊かなかった。酒が進む。自分でも驚くほどの酒量だった。四方もよく飲んだ。

「君は強いな。僕よりも強い。先に潰《つぶ》れてしまいそうだ」

しかし、止めはしなかった。苦しいというのなら、一緒に酔ってやるよ、そういう優しさだ。十一時過ぎにしらきを切り上げた。四方の足元が揺れている。由美子も同様だった。まあ、いいや、明日は日曜——。四方のあとに続いた。四方が足を止めたのは、毘沙門天《びしやもんてん》裏の狭い路地のバーだった。この近くに児玉誉士夫《こだまよしお》の本邸があったんだよ、田中角栄の愛人も、このあたりに住んでいたな、四方は独りごちたが、由美子には知るよしもない。照明を落としたカウンターだけの店。棚に洋酒がずらりと並ぶ。客は二組のカップルだけだった。恋人たちは、声を潜め話している。

「ウィスキーをダブルで……」

由美子も四方にならった。二人は無言で飲み続けた。四方が余計なことを言わないのが楽だった。三杯目か、四杯目のダブルを飲み終えたとき、激情が走った。抑えに抑えていた激情。抑えがたい憤激《ふんげき》だった。酔いの勢いもあった。もういい、憤激に身を任せた。

「良三のバカ!」

由美子は四方の胸ぐらを叩いた。涙がとめどもなく落ちた。激しさに客もバーテンダーも驚いている。四方も戸惑った。すぐなだめにかかった。

「俺は良三じゃない。俺は四方。四方だ」

「いいの……」

「それじゃ、俺も良三をなじるか」

「四方さんじゃダメなの。アイツを責められるのは私だけ……」

それからもう一軒ハシゴした。今度は四方が酔っていた。足元がおぼつかない。意味不明の歌を高唱した。ほとんどわめき声で、もう一軒と言うのを押しとどめ、タクシーを拾った。中野坂上へと、行き先を告げた。四方は吉祥寺《きちじようじ》と聞いていた。由美子が覚えているのは、そこまでだった。

カーテン越しに陽光が漏れていた。四方が居間のソファに寝ていた。背広を着たままで。由美子は慌てて、衣服を確かめた。乱れはなかった。昨日着ていた衣服もそのまま。寝込んだらしい。テーブルにお茶があった。

たぶん——。

お茶でも、と誘ったのは由美子だ。そうに違いないと思った。由美子の動く気配で四方が目覚めた。一瞬、そこがどこだかわからないという風な顔で周囲を見回していた。あっと声を上げ訊いた。

「俺たち、何もなかったよな」

「何を考えているの。何もなかったわよ」

由美子は笑ってみせた。

「そうか……。酔った。俺も歳だよな」

四方は照れ笑いした。

「私たちは、上司と部下の関係。お互いに信頼していますものね」

「迷惑をかけた。すまない」

冷えたお茶を飲み、四方はそそくさと身支度をして帰った。ひとりになりシャワーを浴びた。かすかに口づけの感触が残っていた。でも、それは秘密にし、胸の奥にしまっておく。それが大人というもの、そう自分に言い聞かせた。不思議なのは、良三に対する呵責《かしやく》の念がわいてこないことだった。

携帯を確かめてみる。良三からの電話が新たに一件。それだけだった。小さく首を振り、ため息を漏らした。

もう考えないわ——。居間に戻り、パソコンに向かった。たった一行の短いメールを良三宛に送った。理由を書けば、面倒な説明が必要となり、厄介《やつかい》になる。だから結論だけを伝えた。

「しばらく逢わないようにします」

3

休み明けの月曜午前七時——。経営企画室長磐田勇治は、執務室にあった。休日も執務室に居続けた。執務室の鏡を見た。寝不足で顔は土気色《つちけ》。二日続けての徹夜だ。身体が小刻みに震えていた。

兼高が粉飾——との情報が入ったのは金曜の夕刻だ。兼高が経営危機にあるのは、知っていた。理由は急激な経営拡大路線にあった。分不相応な設備投資が仇《あだ》になった。放漫経営も指摘されていた。再建のため産業再生機構送りにすることも決まっていた。だが、粉飾決算とは、寝耳に水だ。磐田は驚愕《きょうがく》した。監査法人は信用が第一だ。粉飾を見抜けなかったとなれば、大事な信用に傷がつく。監査法人にとっては致命的だ。

磐田は室員を非常呼集し、監査資料の分析を指示した。しかし、事実かどうか、判断はできなかった。幹部と対応を協議した。情報が不足していては、対策も立てられない。もちろん、監査を担当した志村忠男を呼び、事実関係を質《ただ》した。

「そんなバカを、私がやると思いますか。見逃すはずもない。これでもベテランです。監査は適正に行われた。中央審査会も、決算を承認したではないですか」

志村は疑惑のいっさいを否定した。志村の話は一応筋が通っている。粉飾に加担しても会計士には何の得にもならない。得にならないどころか、露見すれば資格を失い、最悪の場合、刑事被告人だ。

聴取には強制力はない。それ以上、追及するのは難しい。信じたいと思った。そう思ったのは身内の情からだった。

最初は軽く見た。よくある話だ。志村の話を鵜呑《うの》みにしたのも、そのためだ。夜半になって情報が少しずつ入ってきた。粉飾は事実らしい。産業再生機構に連絡をとり、確認がとれた。そんな重大な事実を握りながら、なぜ再生機構は連絡してこなかったのか。そのとき、深くは考えなかった。

また情報が入ってきた。粉飾に関し、兼高自身が、すでに粉飾決算の事実を認めているというのだ。万事休す。

金融庁の意向を知りたい。ひとりの男の顔が思い浮かんだ。金融庁出身――。あるいはと考えた。だが、青柳を呼んだのは気まぐれのようなものだ。呼びつけてみはしたが、一介の会計士にすぎない相手にすべてを明かすことはできない。曖昧で要領を得ない言い方をしたのはそのためだ。

もちろん磐田には知るよしもないことだが、そのため由美子から別離の話を持ち出されることになったのだから、青柳には迷惑な話だ。この男の気まぐれが、方々で不幸を生み出している。

兼高に対する疑義。あのとき決算を疑うなら再監査すべきだ、と青柳は言った。確かに正論だ。その通りなのだ。しかし、と思う。しかし、と思う心が磐田を混乱させている。保身。それもある。それだけではない。あずみおおたか監査法人を背負って立つ気概。そうも考えるが、よくわからない。どういう対策を講じるべきか、考えあぐねた。

青柳と話し、思いついたことがあった。そこで磐田はひとつの決断を下した。すなわち内部に調査チームを発足させ、兼高を再監査することだ。いや、この場合、全クライアントの再監査が必要だろう。その結果を、世間に公表し自浄の実《じつ》を示す。もうひとつは、監査法人としての、責任を明示すること。少なくとも、執行部の責任は重大だ。すなわち理事長以下、執行部は一定期間賞与を返上。

三つ目は広報だ。大事なのは広報だ。先手を打ち、事実関係を自ら公表するのだ。

情報開示というやつだ。記者会見を開く必要もある。具体的には、広告代理店と相談して決める。対応策の適否につき弁護士の意見を聞く必要もある。そうだ、その手でいこう。危機は乗り切れる。そう決めると元気が戻ってきた。これも、気まぐれと言ってよい。しかし、それがいかに甘かったか、を思い知るのは、後のことだ。毎朝新聞が粉飾の事実をつかみ、取材に動いていることを、彼は知らなかったのだ。いや、動いていたのは、マスコミだけではなかった。このとき東京地検特捜部が内偵を始めていた。

ともあれ、磐田は機敏に動いた。こういう場面で見せるのは、能吏の顔だ。次期理事長候補と言われる所以《ゆえん》だ。対応策をまとめ、さっそく佐伯を理事長執務室に訪ね、報告した。そういうところはぬかりはない。

「粉飾とはな。見抜けなかったのか」

「そのようです」

佐伯は渋い顔をした。いつも柔和な佐伯にしては珍しい。二人の関係は微妙だ。佐伯の立場なら叱責《しっせき》しても当然だ。しかし、叱責はしなかった。

その場で、翌日にも理事会と社員総会を招集することを提案した。しばらく考えてはいたが、佐伯理事長は異議を差し挟まなかった。

翌日の午前。緊急の理事会を開いた。いくつか質問は出たが、意見は出なかった。賞与返上はあっさりと決まった。最後は、事実を社員総会に報告するかどうかで意見は分かれた。隠しきれまい。積極的に公表すべきではないか、と磐田は押し切った。

（危機を自分の手で乗り切ってみせる！）

自信はあった。

禍《わざわい》転じて福となす、好機だ。磐田はそう思うようになっていた。

午後、社員総会が開かれた。会場のあちらこちらで社員たちが私話を交わしている。すでに知れわたっていたのだ。彼らは不安なのだ。情報をちゃんと開示する。そうすれば動揺はおさまる。社員らの姿を見て、自分の考えは正しいと確信した。

磐田は総会の演壇に立った。

「兼高の監査をめぐり、いくつかの疑義が出ているのはご存じと思う。まだ調査中であるため、判断を下せる状況にはないが、言えることはひとつです。このままでは、あずみおおたかは滅びてしまう。いま必要なのは改革です」

そして磐田は、厳格監査の必要を訴え、改革の一環として「危機管理特別チーム」を近々発足させることを宣言した。その上で監査にはクオリティ確保、つまり監査の品質保持がもっとも大事だ、と磐田は厳格監査の必要を幾度も強調した。

場内から失笑が漏れた。業容拡大を最優先させ、内部に競争原理を持ち込み、厳格監査を曖昧にしたのは、他ならぬ磐田自身であったからだ。普通の株式会社と同じように監査法人も、必要なのは利益の確保だ。そういうことを言い続けたのも磐田自身だ。それでは厳格監査もへチマもあるまい。それが社員らの率直な感想だ。しかし、磐田は意気揚々としていた。必要な手を打ったつもりだ。

「明日にでも記者会見を……」

村重正一に命じた。記者会見ですべて情報を開示する。村重は広告代理店に連絡し、記者会見の準備を始めた。

対応策――。執務室のソファに座り、側近たちと、チェックリストを確認してみた。必要十分な手は打った。それでも不安は払拭《ふっしょく》できなかった。側近たちが執務室を出たあと磐田はひとり思念した。

（なんだろう。これは……）

胸元を通り過ぎる重苦しさは。事態がどう動くか予断を許さない。いや杞憂《きゆう》にすぎない、と打ち消した。

その予感のとおり、事態が急変した。杞憂ではなかった。社員総会から、二週間後。とんでもない情報が飛び込んできた。最初は半信半疑だった。

粉飾に手を貸した——?

粉飾を見逃したことと、粉飾に手を貸したことは、全く次元が異なる。粉飾幇助《ほうじょ》は犯罪にあたるからだ。

まさか！　知ったのは、昨夜だ。情報を上げてきたのは村重だ。産業再生機構とは、連絡を密にし、兼高再建のため、二人三脚でやってきたつもりだ。

その産業再生機構が、なぜ仔細《しさい》を伝えなかったのか、理由がわかった。監査法人が粉飾に手を貸したとなれば話は別だ。監査法人自体が疑惑を追及される立場だ。粉飾幇助を疑う再生機構がわざわざ情報を提供するはずもない。行政処分ですまされるような話ではない。下手をすれば刑事事件だ。

金融庁に連絡をとってみた。金融庁はいっさい手の内を見せなかった。そればかりか連絡を取ったこと自体をとがめた。その態度から疑われていると確信した。

追い打ちをかけたのが、毎朝新聞の報道——兼高の「粉飾決算」に新たな疑惑の浮上。公認会計士が粉飾幇助か——。内部情報を得て書いているのか、粉飾の手口までが仔細だ。磐田は思い出した。

記者会見でのことだ。ひとりの女性記者が鋭い質問を浴びせ続けたことを。長身で細身の記者だ。質問を受けながら、ほー、なかなかの美形、歳は三十前後か、とみとれた。が、すぐにわれに返った。容赦のない質問にたじろがされたからだ。

「我々は不覚にも騙《だま》されたのです」

それで押し通すつもりだった。

「騙された？　というのですか。それはないんじゃないですか。少なくとも、兼高が経営危機にあることはご存じでしたよね」

「ええ、そりゃあ」

「兼高の監査を始めて何年になります？」

「七年目です」

「でしたら、兼高のすみずみまでご存じのはずじゃありませんか」

「われわれも全能ではありませんから」

質問は矢継ぎ早だ。

そこまでは広告代理店が描いたシナリオでもあった。シナリオの範囲を超えたのは次の質問だった。

「担当したのはどなたです？」

「個人情報に関わりますから……」

「それでは確認してください」

そう言って女性記者は、志村忠男代表社員以下、四人の名前を上げた。

「毎晩タクシーで帰っていますね。もちろん客先からですよ。ここに日にち、どこまで乗ったか、の記録があります。タクシー券はもちろん兼高のものです。確認できますか。銀座で三時間待たせたこともありますね」

「…………」

女性記者はさらに質問を重ねた。

「それは……」

しどろもどろだった。

「食事も兼高が準備しましたよね。ときには高級レストラン。一万八千円の高級ワインも出たようですね。ときには、高級料亭から取り寄せ弁当。八千円だそうです。こういうのって、一種の供応ですよね。つまり、癒着というべきです」

客先との癒着の材料を次々に出した。

客先での供応は日常化している。魚心あれば水心——。それが実態だ。その実態を、磐田は知っていた。女性記者は極端な事例を挙げはしたが、しかし、事実だ。いささか度が過ぎていたのはわかっていたが、まさかそれを認めるわけにはいかぬ。

癒着——。彼女は、その延長線上に粉飾幇助があると見なしていたのか。手持ちの材料はまだまだあるように見えたが、しかし、それ以上、彼女は質問はしなかった。けれども、監査法人とクライアントの癒着の関係を暴かれただけでも致命的だ。

上場企業は監査法人から「適正」のお墨付きをもらい、監督官庁に有価証券報告書一式を提出する義務がある。監査法人の適否の判断のない決算書は受け付けられない。だから決算の可否は監査法人が握る。

その監査法人が客先と癒着すれば、どうなるか——。株主は正確な情報を得られず、破綻企業の株を買い、大損をする。他方監査法人は、手ぬるい監査で粉飾の事実を見逃せば、株主から訴訟を起こされるリスクを背負う。その上に刑事責任を追及されるかもしれぬ。

（なんということだ！）

磐田は頭を抱えた。

執務室で対応策を考えた。しかし、一向に知恵は浮かばない。部下たちも同じだ。ああ、出るのはため息ばかりだ。

事態を甘く見ていた。再調査を始めたばかりだったのだ。その結果も出ないうちに、醜聞《しゅうぶん》が露呈した。とりあえず在京の理事が集まり、対策を協議することになった。珍しく佐伯理事長が職権で招集したのだ。時計を見る。理事会の時間が迫っている。

「理事長がお呼びです」

秘書から伝言を受けたとき、覚悟を決めたはずだった。しかし、なお身体の震えが止まらない。顔を洗った。新しいワイシャツに着替えた。気分が少し落ち着いた。

「これから行く。そう伝えておいて」

磐田は秘書に言った。

理事長室は一階上の十八階にあった。磐田は階段を使った。理事長室の前に立った。ネクタイに手をやり、呼吸を整え、ドアをノックした。中から、どうぞ、と声がした。

佐伯重郎——。

公認会計士協会の会長を務め、この業界では有名人だ。瘦身に黒縁の眼鏡。いつも柔和《にゅうわ》な笑みをたたえている。上質の背広を、粋《いき》に着こなしている。巨大監査法人の草創期に活躍した男だが、有能な男だとは、一度も思ったことがない。あくまで温厚。温厚なだけが取り柄の佐伯だ。

あずみおおたか監査法人は、二千人を超える大所帯だ。いまでは業界で一、二を争う巨大監査法人だ。大きな成長を遂げた。業績も上がっている。基盤は盤石だ。その最大の功労者は自分だと、磐田は佐伯の顔を見ながら思った。

　磐田は大きな改革を実行に移した。社員の評価を営業成績で決め、相応の報奨金を出す仕組みも作った。つまり報酬を「基礎報酬」と「貢献報酬」との合算にする仕組みだ。個人の業績を報酬に反映させ、社員のやる気を奮《ふる》い立たせるのが狙いだ。新規の顧客を獲得するのも評価基準のひとつであり、磐田が言う競争原理の導入だ。筆頭理事の立場で、いまは経営企画を担当している。改革の要となるのは経営企画室だ。

　これからは国際化の時代だ。米国の監査法人と契約を結び世界的なネットワークを構築した。米国や欧州への進出も、実現させた。いまやあずみおおたか監査法人は国際的な「業務・事業」を展開している。それもこれも自分でやった大仕事――。そうして掲げたのが「売上高七百億円」の巨大監査法人の実現だ。要するに、磐田がひたすら目指したのは拡大路線だった。

　反対する守旧派もあった。守旧派の主張は決まっている。監査法人の社会的使命は監査クオリティの確保にあり、監査法人は他の事業会社とは異なる――と。そんな理屈は子どもにもわかる。戦わざる者の屁理屈。

　守旧派の異論をことごとく潰した。理屈ばかりこねる守旧派に、売上高七百億円の監査法人を作れたか。できはすまい。磐田には自負がある。自分の考えに間違いはない。改革であずみおおたか監査法人は確実に変わったのだから——。

しかし、その自負もいまやずたずたになっている。理事の一部から、拡大路線に対する批判の声が上がっている。今度のことは営業中心の拡大路線に遠因があるとする批判である。それでも、磐田は経営改革の方向は間違っていなかったと思う。そう思わなければならぬ。そう自分に言い聞かせた。

理事長室には、志村忠男がいた。兼高監査の責任者だ。他に数人の理事がいた。理事たちは渋い顔だ。志村は蒼白。身体が震えているのが遠目にわかる。理事たちが、志村に質問を浴びせているところだった。

「ごくろうさま……」

磐田の顔を見ると、柔らかな笑顔を送ってきた。そういう佐伯を好きになれない。監査法人全体を統括、管理するのが経営企画室長だ。本来なら会議を仕切る立場にある。なのに、志村と並んで座ったのは、気持ちが萎縮していたからだ。理事たちの視線が冷たく感じられ、居心地が悪い。なんだか、被告席のような感じだ。

「兼高の粉飾に手を貸した、そんな疑義が出ていてね。それで志村君から事情を訊いているところなんだ。これは記録に残さない、非公式なものだがね……」

佐伯理事長は、誰もが先刻承知のことを出席者にいま一度説明した。事態が切迫しているというのに、こういう回りくどい言い方をするのは歳のせいだ。

「経営危機にある企業の監査は、慎重であらねばならぬ。しかも粉飾だからね」

理事のひとりが責めた。

「仮に兼高が粉飾をやっていたとすれば、粉飾を見逃した責任は認めます。しかし、粉飾に手を貸すなど、絶対にやっていない。会計士としての二十年のキャリアにかけて、誓うことができます」

粉飾は動かしがたい事実だ。それを認めはしたが、新たな疑惑——粉飾幇助はいっさい否定した。志村は言い訳を始めた。あのときのやり取りと同じだ。

「騙された。兼高にすっかり騙された。無念です。無念です」

志村は繰り返した。

同情の余地はある。本来、監査には強制権はない。顧客が出してくる資料を読み、判断する以外にないからだ。公認会計士ができるのは、サンプルを取り出し、そのサンプルにもとづき、統計学の手法をつかって演繹《えんえき》するやり方だ。サンプルの精度が高ければ高いほど、精緻な監査ができる。しかしそれができない事情がある。

志村のようなベテランになれば、いくつもの上場会社を掛け持ちしなければならず、繁忙《はんぼう》を極めるからだ。そこに営業中心主義の拡大路線が、追い立ててくる。とはいえ、それは言い訳にすぎぬ……。

志村は自他ともに認めるベテランだ。代表社員でもある。現場ではトップだ。幹部なのだ。粉飾を見逃せば、監査法人がどうなるかもよく承知していた。いや、それは自分自身に降りかかってくる。監査法人の公認会計士は、株主の損害に対し、無限連帯責任をかぶらなければならぬ。しかも世の中は株主優先主義で動いている。株主優先主義とは、経営者、株主、従業員、取引先などからなる株式会社にあって、なによりも株主を優先させる考え方だ。その株主優先主義が監査への目を厳しくさせている。志村は時代の変化もわかっているはずだ。

多少、飲食程度の供応を受けたぐらいで志村ほどのベテランが、粉飾に手を貸すような大きなリスクを背負うはずもない。それは出席者なら誰でもわかっていた。

しかも……。

志村は中央審査会の議長を務めたほどの実力の持ち主だ。審査会では現場リーダーに厳しい質問を浴びせ、たじたじにさせた。妥協を許さぬ人間との評価もある。現場から恐れられる公認会計士だ。強面《こわもて》だ。志村はそうした逸話にこと欠かない。

それほどのベテランだ。部下にも自らにも厳しい。監査には厳格な態度をとる志村。それが簡単に騙されたとは、にわかには信じられない。誰もが疑うのは、裏報酬。役人でいえば賄賂《わいろ》の類《たぐい》だ。でも志村に限ってはありえぬことだ。志村の釈明は筋が通っている。

「騙された！」

本当に無念という顔で、最後は気魄《きはく》をこめて騙された——と主張した。会計士にとっては「騙された」などというのは、最大の屈辱だ。聴取は五時間ほど続いた。志村の部下に対しても聴取が行われた。延べ十二時間。誰もが疲れていた。関係者に対する聴取が終わったあと、理事会が再開された。

「意見をうかがいたい」

佐伯は言った。しかし、意見らしい意見は出なかった。疲れていたこともあるが、やはり白黒の判断を下せるだけの材料を欠いていたからだ。志村の釈明を信じたいと思う一方で、やはり疑念が残る。

「困った。どうしましょうかね。困った」

佐伯理事長は困惑顔で泣きごとを言い出す始末だ。いや、佐伯を責めるわけにはいかない。磐田とても同じだ。理事会は深夜まで続いたが、結論も出ず、対応策も発議されなかった。散会したのは午前一時半過ぎだった。磐田は残った。佐伯と二人だけになった。磐田は提案した。

「騙された——で通すしかない……」

「騙された、とね」

佐伯は思案している風だった。磐田は、その根拠というか、理由を話した。粉飾を見逃すとは、情けないことだが、粉飾加担を認めるよりは増しだ。認めれば、あずみおおたか監査法人は確実に潰れる。それでもいいのか、と迫った。

「それも、そうだな……」

佐伯は消極的だったが、最後は受け入れた。

それは思考につまった末の、気まぐれにも似た決断だった。それが後々尾を引く——。

4

「おい、青柳君じゃないか……」

地下鉄千代田線の中で、突然呼ばれた。振り向くと、監査第三部長、峰村義孝の姿があった。車内は混雑していた。背丈が一メートル八十近くの偉丈夫《いじょうふ》が、周囲に失礼などと言いながら人混みをかき分け近づいてきた。

「急ぐのかい?」

「いや、危機管理特別チームは、定時で帰れますから楽です。今夜は特別な用事もないですが……」

これより二週間前、青柳良三は危機管理特別チームに異動していた。磐田室長の直接の指名によるものだ、と聞かされたときは、さすがに驚いた。現場が好きな青柳には、心外な配転であった。

「そんなら、一杯やろう。ちょっと話しておきたいこともあるので……」

ちょうど千駄木の駅に着いていた。地下二階の下りホームにはエスカレーターがある。改札口からは階段だ。突風が吹いた。風洞の設計ミスか、ときおり強風が上がる。目の前の老婆が風を避け手すりにしがみついていた。いまにも吹き飛ばされそうな格好だ。その老婆の腕を、峰村が支えた。峰村には、そういうことがとっさにできる優しさがあった。地上に出た老婆は何度も礼を言った。

二人が落ち着いたのは、「にしくぼ」だ。カウンターには、いつもの常連がいた。軽い挨拶《あいさつ》を交わしているうち、芳子が気を利かせ、奥の座敷を用意した。衝立《ついたて》があるので、他人の目は避けられる。

「八海山をぬる燗で。肴は適当にお願い」

「わかっていますよ」

芳子は下がった。

「お疲れ……」二人は盃を上げた。

峰村が訊いた。

「君、少し元気がないようだが。あのチームに問題でもあるのかね。君は現場を希望してたから、不満なのか。それとも個人的なことか」

監査第三部は危機管理特別チームと同じフロアにあった。ときおり姿を見かけるが、このところ挨拶程度で長話をしたことはない。峰村は社員をよく観察している。部下の気持ちもよくわかる男だ。監査――。その方法を、初歩から教わったのも峰村からだ。青柳には師匠も同然だった。目指すなら峰村のような会計士になりたいとも思った。

お通しは煮豆。ヒラメの刺身、天ぷらの盛り合わせが出てきた。峰村は食欲旺盛だ。気持ちのいい食べ方だ。学生時代にラグビーでならしたという。しかもポジションは、フォワード。背丈があり、分厚い胸。太い腕。耳はつぶれてしまっている。しかし神経は繊細だ。運動部出身に見られるがさつさはない。峰村は箸を置いた。

「今度のこと、どう思う」

まじまじと青柳の顔を見て訊いた。

「どうって？」

答えは決まっている。磐田室長が敷いた拡大路線。営業中心主義。顧客獲得に社員の尻を引っぱたいた。その暴走が今回の事件を引き起こしたのだ。それは青柳に限らず誰しも思っていた。

「会計士に競争原理は似合わないよな。確かに磐田さんは異常な路線を敷いた。クオリティ第一などと子どものようなことは言わないが、あれはやり過ぎだ。しかし公平に言えば、磐田さんの路線は功罪半ばすると思う」

峰村は大鷹の出身。磐田が経営を実質支配するようになって、割を食ったひとりだ。峰村は仕事のできる会計士だ。年次も経験も磐田に勝《まさ》っている。五十を越えて現場を持たされて、地位は現場の部長どまり。大鷹派外しの磐田による恣《し》意的な人事だ。その峰村が磐田のやったことを、功罪半ばと言う。

「これには裏がある」

と、峰村は断定的に言った。

「裏？」

青柳にはわからなかった。

ことは単純。裏のあるような複雑な話ではない。第一、粉飾は実際にあった。しかも五年もの長期にわたって。兼高の経営者は、保身のため、嘘を言っていたのだ。それがばれたのは東京みなほ銀行が融資を打ち切り、産業再生機構送りになったからだ。産業再生機構は監査法人と違い、調査には強制力を持っている。その結果、粉飾の事実がばれただけの話——。ただし、粉飾を見逃しただけなのか、それとも粉飾に手を貸したのか、それはわからない——。

青柳は危機管理特別チームに移り、佐伯理事長の直接の指示で立ち上げた再監査チームに同行して、異様な光景を見た。五年にわたる粉飾を再監査するチームに、兼高の経理担当重役はいきなり土下座した。

「本当にすみませんでした。騙しておりました。騙しました」

五十年配か。もっと年上かもしれぬ。その態度に再監査チームは呆然《ぼうぜん》と立ちつくした。真偽を確かめる前に兼高側は、虚偽の決算を認めたのだった。そこには嘘はあるまい。経理担当重役は、牟田口《むたぐち》といった。牟田口は専務の職にあり、刑事告訴を覚悟の上で、粉飾の事実を認め、洗いざらい事実を話した。

「それが裏がないという理由です」

青柳の長い話を黙って聞いていた峰村は、酒に強い質《たち》ではないようだ。息が弾み、顔が真っ赤になっている。沈黙が訪れた。

峰村が沈黙を破った。

「それはわかっている。兼高の粉飾は間違いなく事実だ。僕が言うのは、そのことではない。兼高のようなケースはざらにある。僕もそういう事例を嫌というほど見聞きしてきた。なぜ、兼高だったのか。まだ確証はないが……」

そこで峰村は言葉を切った。

「ただ……」

と、峰村は続けた。

「粉飾決算……。僕が知っている限り、相当な数だ。うちが担当している案件のうち兼高のようなケース、君はいくつあると思う?」

「さあ……」

「十指にあまるさ……。問題はなぜ兼高だったのか……。なぜ、志村さんが当事者になったのか。なぜ、再監査チームの人選が佐伯理事長の差配《さはい》で決まったのか。それに金融庁の態度……」

峰村は、青柳が考えてもみないことを口にしていた。考え過ぎ？　そうとしか思えなかった。事実は明白なのだから。

「公表されていない事実がひとつある。兼高の粉飾疑惑を、事前に幹部は知っていた。少なくとも佐伯さんはね。一年前には……。というのは、理事長宛に内部告発の封書が届いていたんだよ。しかし、佐伯さんは動かなかった。あのとき、動いていれば、こんなことにはならなかった。未然に防げたからね」

「内部告発……？」

いったいどういうことか。客先の粉飾決算だ。その内部告発——。見逃せば、監査法人自体に火の粉が降りかかる事案だ。理事長の立場なら現場に事実確認を求めるのは当然だ。それを佐伯はしなかった！　では、事態の収拾に動いている磐田室長の立場はどうなるのか。まるで阿呆だ。罪科を問われ、一番損をした志村の場合はどうか。知らないで動いていたとすればバカだ。派閥の壁が情報共有を阻んだのか。

「それはわからない。しかし、磐田さんには寝耳に水だったのは確かだ。あの慌てようだからね。何も知らなかったのだろうな」

確かに……。

最近はやりの内部告発。いずれも匿名《とくめい》。動機も、それぞれだ。社会正義に照らし、やむにやまれずの告発。怨恨《えんこん》からの告発。タメにする告発。愉快犯による告発もあろう。この世の中には、告発を趣味とする輩《やから》もいる。告発マニアだ。内容も玉石混淆《ぎょくせきこんこう》だ。政敵を誣告《ぶこく》する悪質な告発もある。ときには政界の深部を暴き内閣を倒壊に追い込んだ事例もある。しかし、具体的な証拠を上げていない限り、取り上げないのが普通だ。

「それが、ね……」

峰村はコピーの束を取り出した。A４判にビッシリ書かれているものが五枚ほど。それに文字組の異なる紙が二枚添えられている。書体や文体から見て、複数の人間が書いたもののようだ。

「………」

普通郵便の封書だ。宛名は佐伯重郎理事長とある。裏を返してみると、「兼高の将来を憂《うれ》える一個人」とあるのみで匿名なのは、内部告発のためだ。告発の内容は具体的だった。青柳が助っ人、すなわち監査補助者として兼高の食品部門を監査し、そこで抱いた疑問、それが具体的に指摘してある。手口は不良在庫隠しと正常在庫の水増しだ。そのプラスマイナスで利益を偽装していたのだ。

（なるほど……）

青柳が感心するほど、巧妙な手口だ。

たとえば、こういう具合。

冷凍食品は、文字通り冷凍保存する商品であり、冷凍食品の在庫計上は可能だ。しかし兼高の食品部門では、賞味期限が切れ、資産価値のない食料品までも、正常在庫に混入させ、貸借対照表に偽装計上。二百五十億円を粉飾——と。

異常に膨らむ在庫は、つまり不良在庫の資産計上だったのだ。からくりは、そういうことだったのか……。現場に出向き在庫を確認すれば、簡単に見つかるものだが、あのときは監査補助者の立場で、それができなかった。会計士が倉庫や現場に出向くことなど、滅多にないことだが、それにしても無念だ。

たとえば——。

化粧品部門では、「架空売り上げ」を繰り返しながら、利益を計上していた。つまりこういうことだ。取引先に商品を販売したかのように見せかけ、決算が終わった段階で当該商品を引き取る手口だ。もちろん、兼高自身が引き取るわけではない。関係会社や協力会社に引き取らせるのだ。二重三重に迂回《うかい》させながら、最終的に兼高が弁済する仕組み。その構図を図入りで示してあった。その手口で四十億円の利益を偽装計上している——と。

たとえば――。

繊維部門のケース。売れ残った毛布の資産計上。倉庫から悪臭を放つのは、資産計上された売れ残りの毛布――とも。これなどはまだ可愛い部類だ。

本格的なのは子会社や関係会社を使った手口の粉飾だった。子会社の赤字を隠すために連結外しをやっていた。たとえば、こういう具合だ。実質的子会社を、取引先に見かけ上譲渡する形をとり、赤字子会社十数社を連結から外し、連結赤字を解消させた。さらにもうひとつ。本社の赤字を、子会社に飛ばすやり口。ご丁寧にも、見かけ上譲渡した株式は決算が終わったのち返還する――という裏契約まで結んでいた。

青柳は思わず峰村の顔を見た。

「確かに内部告発ですね」

専門知識がなければ、これだけの告発文は書けない。しかも、内部者――。財務部門に近い社員が書いたものであろうことは、容易に想像がつく。ことの重大さは、会計士ならわかるはずだ。

「これを佐伯理事長は、幹部に回覧しなかったのですか。少なくともリスク管理部には回覧したんでしょうね」

峰村は頭を振った。本当か、よ。これだけの内容。緊急ボタンを押して当然。たとえば、青柳自身が、この内部告発文を読んでいたら、現場に出向き、在庫の確認をしただろう。そうすれば二百五十億円もの在庫資産の粉飾計上は間違いなく阻止し得たはずだ。

「佐伯さんは、リスク管理部に回したと言っているが、リスク管理部は、曖昧模糊としていて要領を得ない。肝心の志村さんは、怪文書の存在は知っていたが、それが内部告発の文書であるとの認識はなかったと言う。言い分が食い違い、あとは水掛け論――」

なんということだ。腹が立ってきた。これほど重要な問題をたらい回しにしたあげく、責任のがれの水掛け論とは……。やはり派閥の弊害《へいがい》。情報共有を阻害したのは派閥の壁だ。

「しかし、実際には派閥など存在しない。あると思っているのは、もしかして磐田さんだけかもしれないね。彼は周囲に人を集め、佐伯理事長に対抗しようとしているが、それは幻影と戦っているにすぎないと思う。佐伯さんは強《したた》かだ。所詮、磐田さんがかなう相手ではない」

磐田がかなう相手ではない？　そうだろうか……。彼は次期理事長の有力候補者であり、間違いなく実力者。この監査法人に入って三年、自分が見聞きしてきたのは間違いであったのか。今夜の峰村は、いつもの峰村と違って、物事をいやにシニカルに見ているように思えた。

「だから、今度のことには、何か裏があるのではないかと思うんだ。まだ、確証はつかんでいないがね。そうでなければ、考えられないことばかり……」

事実なら、社内の権力構図は百八十度の大転換だ。佐伯と磐田の立場は逆転し、策士磐田はまるでピエロだ。磐田がピエロ？　あの策士が……。考えられない。言われてみれば確かに今度のことは説明不能なことばかりだ。不可解だ。

内部告発の文書もそのひとつだ。なぜ、回覧し、注意を喚起しなかったのか。疑問は募《つの》る。それらを峰村の話に符合させれば確かに納得がいく。

そうだろうか。青柳には判断できない。にわかには信じがたかったからだ。青柳はいささか混乱をきたしていた。

しかし、峰村は虚言を弄《ろう》する人間ではなかった。それに権力には淡々としている。そういう立場からすれば、なるほど、そういう見方も成り立つのだ、と青柳は理解した。示唆《しさ》はある。裏の事情があるのなら、必ず陰から糸を引く黒幕が存在するのが世の常だ。峰村の話は黒幕の存在を暗示していた。

「佐伯理事長？」

「それは断言できない。しかし、危機管理特別チームは、危うい組織だ。事態は混沌としていて、何が出てくるかわからない。わかっていると思うが、そのことを伝えておきたくって、君に時間を作ってもらったんだ」

峰村は話題を変えた。

「君の悩みは、個人的なことのようだね。だいぶ痩せたね。苦しみを胸の内にしまっておくのも、ひとつの生き方だと思う。しかし、所詮人間は弱い。弱い者同士は、支えあわなければ生きていけない。お互いに力になれることも、あるかもしれない。そのときは、声をかけてくれないか……」

峰村の優しさにすがりたかった。しかし、それはできなかった。やせ我慢ではない。できない事情があるからだ。峰村を千駄木駅まで送った。「無理するなよ」そう言い残し、峰村は階段を降りていった。

まだ酔うほどに飲んでいない。青柳は根津に向かって歩いていた。そこには、馴染みの店があった。酔いたかった。ひとり飲むのは淋しい。だが、そうしなければ、耐えられない自分がいる。

携帯を取り出した。逢いたい。かけようか、かけまいか、また迷っていた。この繰り返しを、二週間も続けてきた。辛い。本当に辛い。峰村に話せば少しは楽になったかもしれぬ。迷い続けて二週間——。携帯が恨めしい。しかし電話をかける勇気はなかった。彼女が書いたと思われる毎朝の記事を読めば、なおさら連絡するのがためらわれる。

たった一行の別れのメッセージに込められた、その意味。多くを語らぬがゆえ、気持ちが伝わってきた。いまになって思えば、時間があるない、逢える逢えない、でもめたあの頃が懐かしい。いま二人の間に大きな壁ができた。職業上の立場の壁だ。女性記者と懇《ねんご》ろになり、情報を流す。そう見られても、言い訳はできない。露呈すれば、スキャンダルだ。由美子は青柳の立場がわかっていた。由美子の判断は正しい。しかし、それで二人の関係は終わるのか。受け入れがたかった。

運命は皮肉だ。職場が替わり、ようやく時間が取れるようになったのに、そのときから由美子に逢えなくなるなんて……。

第二章　騙されたと言い続ける監査法人

1

由美子も同じ内部告発文書を入手していた。企業経理を知らない由美子には、難解な文書だった。読み終えるのにまる二日を要した。ようやく粉飾の構図が見えてきた。しかし、青柳とは違った判断をした。あずみおおたか監査法人が、これと同じ文書を持っているかどうかを、確かめた。どう対応したかも訊いた。

「怪文書の類《たぐい》。コメントはできない」

との回答だった。

コメントができない？　そんなバカな。この文書は、粉飾の事実を告発しているのだ。要するに粉飾の事実を知りながら、動かなかったということだ。正確にいうならば、握りつぶしたのだ。内部告発の文書が出回ったのは一年前という。ならば、現場に注意を喚起することができたはず。一年も放置したのは、明らかな作為だ。

なぜ、握りつぶしたか――。理由は明白。これこそが、粉飾幇助《ほうじょ》の動かぬ証拠であったからだ、そう判断した。浮かぶのは隠蔽《いんぺい》工作の疑惑だ。しかも、組織ぐるみで……。疑問は膨らんでいく。

彼女は粉飾幇助を確信した。たぶん、兼高の内部者の告発だ。かなり企業経理に詳しい人間だ。例証も具体的。もしかして、担当者ではなかったのか。良心の呵責《かしやく》に耐えられず勇気を持って、告発した。監査法人ならば、動いてくれると信じて。しかし、実際には動くどころか、握りつぶした。

(内部者の勇気に敬意……)

その文書を読み終えたとき、由美子は決意を新たにしたのだった。

粉飾は三つの柱からなっている。ひとつは不良在庫を正常在庫に偽装し、利益を計上するやり方。二つ目は、本来親会社の財務諸表に合算計上すべき子会社の赤字を、連結から外し、赤字を消すやり方だ。三つ目は、架空取引を重ね、利益を計上するやり方だ。

「ああ……」

由美子は伸びをした。

眠気覚ましの缶コーヒーを、自販機から買ってきて一息入れる。今日は珍しくスカート姿だ。紺色のブラウスの上にカシミヤのカーデガン。髪型はロングヘア。以前よりきれいになったように見える。深酒をつつしんでいるためなのかもしれない。しかし、仕事は多忙だった。

午後九時。編集局に大勢の同僚がいた。朝刊の原稿に追われ、それぞれが机に向かっている。その日、由美子は出稿の予定はなかった。しかし、その日も、遅くなりそうだ。取材は大詰めの段階にある。証券取引等監視委員会が独自の調査に入っていることが判明したのは、昨日のことだ。取材チームのもっぱらの関心は東京地検特捜部がいつ強制捜査に入るか、その一点にあった。

それにしても、滑稽《こっけい》だったのは、先日の記者会見での対応だった。思い出すたびに笑いがこみ上げてくる。切れ者との評判の経営企画室長が応答に立った。何が切れ者か。監査法人とクライアントの癒着の関係。それをつかれただけで返答に窮《きゅう》した。由美子が質問したのは手持ちの材料のごく一部にすぎない。それだけなのに答えはしどろもどろ。

「ひとつ懇談を……」

記者会見のあと、広報室長が持ちかけてきた。断った。なんていう組織なの。常識では考えられない。露骨！　意図は明白。どの程度まで情報を持っているか、探るためだ。その手に乗るほど甘くはない。

多くの材料を持ちながら、追及を途中で止めたのは、記者会見場には他社の記者が大勢いたからだ。質問を続ければ、連中の知るところになる。何も連中にわざわざ、苦労して集めたネタを教えてやる必要はない。

「特ダネを抜き続ける！」

良三との別れを決意したとき、由美子は心に決めた。なぜ、そう決めたのか、自分でも説明しにくい。ただ言えるのは、良三に対する優しさ（？）なのかもしれない。良三の立場を考えれば、別れが最善と思われた。いや、そうではない。無意識の防御本能。それなのかもしれない。いまの由美子は、そのことをまだ意識していなかった。

監査法人の粉飾幇助疑惑を追及する由美子の立場からすれば、良三との関係自体がスキャンダルだ。相手は巨大な監査法人だ。身辺調査など造作もなかろう。当然、二人の関係にいきつく。二人が過ごした痕跡はいたるところに残っている。あれは、ベッドの中で取った情報なんだ――と尾ひれをつけ、それを週刊誌に流す。週刊誌が面白おかしく書きそうなネタだ。

毎朝新聞は右派週刊誌のターゲットだ。毎朝新聞のスキャンダルは格好の餌食《えじき》だ。テレビが参入し、スキャンダル報道はエスカレートする。それは彼女の立場を危うくする。そればかりか、報道自体の信憑性《しんぴょうせい》を失う。ジャーナリストならもっとも恐れる事態。致命傷だ。だが、そんなことを、彼女が恐れたわけではない。潜在下の意識だ。新聞記者というのは因果な商売だ。経験をつめばつむほど自然に身につく防御本能――。相手を追いつめれば、相手は牙を剝《む》く。報復の手を考えるのは当然だ。しかも相手は権力。そのことを意識させられるのは後のことだ。

彼女はひとつのことを考えていた。

たった一行に込めたメッセージの意味。良三はどう受け止めたか。別れのメッセージを送っておきながら、揺れる心。まだ良三を愛しているのかしら?

それにしても――と思う。

人を好きになればなるほど、酷《ひど》い仕打ちをしてしまう。しかし、約束を反故《ほご》にされ、腹立ち紛れにそうしたのではない。いま二人が置かれている状態を考えれば、逢わないでいるのが最善と思われるからだ。彼が好きだから、そうするのだと由美子は、自分を納得させた。だから仕事に熱中することが、いまの彼女の救いでもあった。

「ちょっと……」

と、四方が背中に声をかけてきた。

気恥ずかしい、そんな感覚がある。だからあの夜以来、由美子は四方に距離を置くように気をつけている。それは四方もわかっているようだった。とはいえ、上司と部下だ。それに同じ取材チームにいる。顔をあわせるのは毎日だ。仕事の関係は以前に増して密度が濃くなっている。大胆に記事も任せてくれる。手持ちの情報はすべて提供してくれる。そんな四方のことを、由美子は以前にも増して頼もしく感じていた。

四方は記者たちを手招きした。

顔が笑っている。こういうときは、四方が新しい材料をつかんできたときだ。自ら取材の先頭に立つ。デスクに向かっている時間は少ない。夕刻からたいていは夜回りだ。上が頑張れば部下も奮起するものだ。

「実は……」

と、四方はいつもの調子で話し始めた。

東京地検特捜部、産業再生機構、証券取引等監視委員会。これまでは、バラバラに動いていた。それが合同会議を開き、兼高の粉飾決算につき、情報交換をしている

——という情報をつかんできたのだ。

三者間には、外部者が見るよりも大きな壁があった。それぞれは、それぞれの権限にもとづき動く。もちろん、特捜部は、立件・起訴が狙いだ。各組織が勝手に動けば、関係者に情報を与えることとなり、証拠隠滅に動くチャンスを与える。セクショナリズムが全容解明を妨げてきた。それを憂慮し、特に東京地検特捜部が、官邸に働きかけ、合同会議を持ったのだ。もちろん、合同会議が開かれたこと自体は秘密にされていた。そのことを知っているのは毎朝だけだ。

「これは、官邸の意向だろうな……」

四方は最後に結んだ。

打ち合わせが終わると、ひとりの同僚が電光掲示板を見ながら言った。

「ずいぶんな下げだな。百八十円……」

編集局の電光掲示板にニュース速報が流れている。今日も株価は乱高下。政府自民党の税制調査会、株収益に対する減税も——とのテロップも。終値で百八十円安。株価はかなり危うい動きだ。

「貯金より株だ、そうだ。庶民を煽《あお》っちゃだめだよな。最近では、ＯＬばかりか、家庭の主婦もやっているそうだね。パソコンでアクセス、パソコン上で売り買いする。

現実感がないものだから、大枚をつぎ込み、大損をこき、亭主に内緒だものだから、あげくは売春だよ。全く……」

その同僚記者の言葉を受け、別な記者が言った。

「素人には無茶だよな。株なんて。専門家だって、やられる世界だ。それに株にまつわる不祥事は、あとを絶たない。粉飾決算、インサイダー取引、投機筋の仕手戦――。株式投資は所詮、素人が手を出せるような世界じゃないから……」

近ごろ株はブームだ。政府部内に巣くう市場原理主義者が煽っているのだ。貯金よりも株投資を――と。郵政をぶち壊そうとするのも、そのためだ。まるで株屋の手先のような市場原理主義者。そんなことを、同僚記者たちは言っている。

由美子は自分の席に戻った。携帯を見てみた。もしかして――。期待もし得ないのに、携帯を確かめる由美子。しかし、良三からの電話はなかった。由美子は同僚たちの雑談から、フッと連想した。四方の話に同僚たちの話をつなげた連想だった。

官邸の介入《かいにゅう》？

職業柄、連想は膨らみを増す。そうすると、と考える。兼高の粉飾決算は、政治マターなのか。官邸の介入、そのことを示唆する発言を官房長官がしていた。一民間企業の粉飾決算に政府高官が言及するのは珍しい。

「市場の透明性――」

を、官房長官が改めて強調したのは、閣議終了後の記者会見のときだ。異論を差し挟みようのない正論。そりゃあ、誰でも納得のできる理屈だもの……。

（そうかしら？　しかし）

と考えるのは、新聞記者の習い性だ。

その同じ時刻。

東京丸の内のあずみおおたか監査法人の本部大会議室では、緊急の会議が招集され、幹部たちが集まっていた。

連日の疑惑報道。次第にその矛先は監査法人に向かってきている。監査法人が粉飾に手を貸したのではないか――と。ちらほら、関係者の証言も飛び出している。

「市場の透明性――」

政府高官が声を荒らげている。市場の番人ともいえる監査法人が疑惑の目で見られている事態を憂慮しての発言だ。せっぱ詰まった事態に会議は紛糾していた。

理事長佐伯重郎は、部下の言い分をにこやかに聴いていた。まくしたてているのは、経営企画室長の磐田勇治だ。大会議室には、百名近くの者があった。出席者の人数が多いのは、古手の代表社員が参加しているためだ。

「騙された！」

で、押し通す以外にない。そう主張するのは磐田室長だ。いくらなんでも、それで世間が納得するはずもない、と主張する者が出てきても不思議ではない。それで、会議は紛糾しているのだった。

たいてい大きな組織では、衆議一決するには根回しのための時間が必要であり、この組織も同じだ。その意味で議論は序の口だ。会計士の世界は、頭のいい連中がそろっている。ああ言えばこう言う類の連中だ。理屈にかけては天下一品。事件発覚以来、組織の体をなしていない状態。それもそうだろう。この監査法人は、顧客への粉飾幇助が疑われ、下手をすれば、潰れる可能性すらあるのだから……。

しかし、磐田は違っている。この監査法人に愛着を感じ、この監査法人を立て直すことができるのは自分しかいない、と組織を背負って立つ気概に充ち満ちている。そう思い、そう行動しようと思っている。それにしても腹が立つ。この危機に対する佐伯の態度だ。

（ことなかれ主義）

この期《ご》におよんで……。

確かに佐伯の態度はことなかれ主義だ。考えもせず、判断をせず、流れに身を任せる態度。磐田にはそうとしか思えなかった。しかし、

(ああ、やられているな)

峰村義孝は思った。

にこやかな表情は仮面だ。それを知らずに吼《ほ》えたてる策士。漫画のようだ。峰村は沈黙を守ることに耐えられなくなっていた。別に喜劇役者、策士に同情してのことではない。

「理事長……」

峰村は言った。

「『騙された！』という路線を採るにしても、それが理事長のジャッジなら、私どもは従います。しかし、理事長は何の判断も示されていない。最終的には、この組織で最終責任を負うのは、あなたじゃないですか、いかがお考えか……」

日本人は組織論に弱い。そこを突いた。組織の長が責任を負うべきだ、と。正確にいえば、それは間違い。もちろん、峰村は、それを承知だ。もともと、監査法人は公認会計士の集合体であり、仮に問題が起こったとしても、法律的に無限責任を負うのは公認会計士個人だ。その意味で監査法人は他の組織とは異なるのだ。

一瞬。佐伯は天井を仰いだ。はて困ったものだ、どうしようか、と困惑する。その態度は好々爺《こうこうや》の風に映る。が、彼の目は、恐ろしい光を帯びていた。

「峰村君の言う通りだね。僕も同じだ」

佐伯はあっさり認めた。

「それでいくことにしますか」

話の流れからすれば、「騙された！」を押し通すと聞こえる。しかし、「それでいくことに～」は、主語を曖昧にした言い方だ。会議では、二つの路線が激しくぶつかり合っている。大半はどっちつかずの態度だ。それを承知の「それでいくことに～」である。それぞれは、それぞれの立場で「それ」を理解する。

この老獪《ろうかい》さ。

会議の流れが変わってきた。それは峰村には思わぬ方向だった。さすがに佐伯がまさか「騙された！」路線を採るとは思わなかったからだ。

「兼高自身が認めていることですよ。騙しました！　騙してすみません、と。土下座までして経理担当専務が謝ったのですからな。われわれは騙されたのです」

同僚が発言した。その発言が流れを変えたのだ。磐田だけなら、誰も同意すまいが、彼の発言に出席者の過半は深くうなずいた。深慮することもないままに、これで流れが決まった。まずい、このままじゃまずい——。峰村は発言を求めようとしたが、止めた。もはや引き戻すことのできぬ流れになっていたからだ。

（甘かった！）

発言の本意とは別な方向だ。峰村は佐伯の老獪さを、改めて知った。

それにしても、珍妙な光景だ。騙されたことを、強調する異常さ——。日本を代表する監査法人が騙された、と口をそろえて言うのである。普通の会社なら自らの職業を否定するような、このような発言は通るはずもない。嘘を暴き、企業会計の公正を担保する職業が公認会計士なのに、「騙されました！」と居直るのだ。実際問題、滑稽だ。

いや、「騙された！」と思う以外になかったのだ。被害者に甘んずる方が楽だ。それが出席者を思考停止の状態にさせたのだ。長丁場の幹部会議では三つのことが決まった。

外部調査委員会の設置。

外部有識者を委員に迎え、今回の事件を徹底的に洗い出し、膿《うみ》を出し切る。外部有識者は大学教授、官僚ＯＢ、弁護士、同業の監査法人の会計士、世間で名の売れた評論家、ジャーナリストなど十三名で委員会を構成。三ヵ月以内に調査を終え、調査結果を公表する。

外部ホットライン制度。

内部告発を積極的に受け入れること。例の内部告発文書が内部に回覧されなかったことの反省を踏まえての新制度だ。ホットライン設置を内外に公表。

全社員に対するヒヤリング。

意見を聴取し、ヒヤリング結果にもとづき機構改革を実施。ヒヤリング対象は、有資格者（公認会計士および弁護士）に限らず、事務系および技術系の職員も対象とする。

弥縫策《びほうさく》と言ったら言い過ぎだが、誰でも考えつく世間向けのアピールだ。それで世間が納得してくれればいいのだが……。

発議したのは経営企画室長磐田勇治だ。しかし、肝心な粉飾幇助疑惑については、深く詮議《せんぎ》されることもなく外部調査委員会に委嘱《いしょく》されることになった。

その一週間後。理事長佐伯重郎は、突如辞意を表明した。

「時代は急テンポで動いています。もはや私のような老人には、ついてゆけません。それが身を退《ひ》く理由です。いやね、前々から考えていたことです」

それが佐伯理事長の退任の弁だ。後継を襲ったのは、本命と目《もく》されていた経営企画室長の磐田勇治だった。磐田は、あずみおおたか監査法人の幕引きをする理事長になるとはつゆ知らず、その大役を引き受けたのだった。

2

それから一ヵ月後——。年の瀬も迫った十二月末。「騙された！」を、言い続けてきた新執行部に衝撃が走った。

広報室長から第一報が入ったのは、昼過ぎのことだ。おりから磐田は、新任の挨拶のためクライアントを回っていた。クライアントには平身低頭《へいしんていとう》、ひたすら釈明に努め、「騙された！」の説明に終始した。クライアントが納得したかどうかはわからない。騙されるような監査法人を信用できるかどうか……。

携帯が鳴った。表示は広報室長だ。

「本当か！」

東京地検特捜部が家宅捜索に入ったという連絡だ。容疑は兼高の偽装決算に係る商法違反。

　ひとというのは面白いもので、幹部会議で決定した「騙された！」路線は、磐田自身を呪縛《じゅばく》し、本当に騙されたと思い込むようになっていた。自らの言葉に自らが、騙されるという錯誤《さくご》に陥っていたのだ。

「落ち着け落ち着け——。」磐田は、一呼吸おいて言った。

「なあに調べてもらえばわかることだ。やっていないことはやっていないのだから」

　広報室長に、そう伝えた。

　それは甘かった。

　まず東京地検特捜部の捜査官が襲ったのは兼高を担当した監査第五部だ。案内に立った広報室長を閉め出し、いきなり捜査官は監査第五部を封鎖。全員に手を上げさせ、窓際に寄るよう命じた。机、書棚、ロッカー。それに卓上のパソコン。片っ端から、目につくものを押収し始めた。

「手帳を出してください。手帳です」

　まるで操《あやつ》り人形。抵抗などできようもなかった。言われるままに手帳を出す。私物も押収された。

「あなたは？」

「手帳は持っていません！」

「ならば、電子手帳があるでしょう」

「…………」

一方、九階の電算室。ここにも、十数名の捜査官が入った。手順は監査第五部のときと同じ。少し違っていたのは、

「キーボードに触らない。触っちゃだめ」

という第一声ぐらいだったか。もうひとつあった。手帳など私物を、押収しなかったことだ。それらに目もくれず向かったのは、データがつまっているサーバーだった。

手際の良さに電算室の技術者は呆然と立ちつくす。あっという間にサーバーマシンを取り外して持ち去った。あらかじめ予行演習でもしていたかのように。その時間三十分余り。おそらく電算室の職員たちは何が起こったのか、しばらく理解し得なかったに違いない。

「どうなっている？」

三十分後、磐田理事長は、本部に戻ってきて訊いた。しかし、要領を得ない返事だ。それもそのはず。まだ監査第五部の家宅捜索が終わっていなかったからだ。

「長引いているようです」

代表社員でもある広報室長が答えた。

「…………」

額に汗がにじむ。立っては座り、座っては立ち、所在なく歩き回る。磐田は不安と必死で戦っていた。それを表情に出すまい、そう思えば思うほど、不安が募る。磐田はひとつのことを念じていた。これは兼高に対する捜査の一環だ。うちに関係する捜査ではない。そうに違いない、うちは騙された被害者なのだから——と。

約七時間におよぶ家宅捜索。それが終わったのは、午後八時少し前。三々五々、理事たちが理事長室に集まってきた。捜査員が引き揚げたのを聞き、磐田が訊いた。

「志村君はどうした？」

引っ張っていかれたかどうか、を訊いたのだった。

「身柄拘束？　それはないですよ。ずうっと家宅捜索に立ち会っていました」

「そうか、そうか」

一抹の不安はあった。磐田は胸をなで下ろした。やはり兼高に対する捜査の一環。磐田は確信した。

連絡を受け弁護士が駆けつけた。

急遽《きゅうきょ》、対応策が検討された。駆けつけた弁護士は十余名。弁護士は家宅捜索の容疑事実を訊いた。令状を見ればわかる。さすがに専門職。質問も的を射ていた。

「兼高の商法違反容疑……」

「令状のコピーを見せてもらえますか」

しばらく考えていた。

「兼高の関連ですか。やはり……」

「ウチに対する捜査ですか」

「なんとも言えません」

弁護士が顔を横に振った。

また不安が忍び寄る。しかし、兼高監査の責任者には何のおとがめもない。実際、遅れて志村は理事長室に姿を見せた。家宅捜索の状況を報告するためだ。その志村に広報室長がいった。

「志村さん以下、四名の自宅にも家宅捜索が入ったようです。奥様からの連絡です」

「自宅が？」

志村の顔が引きつった。それぞれの担当から状況報告が続く。しかし、自宅が家宅捜索されたとは、意外。

「原本は大丈夫か」

この時期、来期の決算に向け、監査法人は繁忙期だ。すべてを失えば、決算に支障が生じ、客先は大混乱をきたす。

「コピーがあります」

「押収されたのは、兼高関連だけじゃなかったようです。あとで、押収品目リストを届けるとは言っていましたが……」

しかし、さすが監査法人。押収品目はきちんとメモを作っていた。そのメモにもとづき何を目的とした家宅捜索か、弁護士たちの分析が始まった。——膨大な量の資料が押収された。弁護士たちの作業が終わったのは九時過ぎだ。問題は検察が兼高との共謀関係を疑っての捜査であるかどうか——。しかし、その夜は結論が出せなかった。

「報道が過熱しています。あずみおおたか監査法人としての立場を、世間に公表しておく必要があるんじゃないでしょうか」

弁護士の一人が薦めた。

「それも、そうだな」

理事会は弁護士の薦めに同意した。

あずみおおたか監査法人は、理事長名で声明を発表した。

「今回の家宅捜索はまことに遺憾《いかん》。あずみおおたか監査法人は、兼高と共謀し、粉飾を行った事実はない」

弁護士のアドバイスによる声明だ。信用第一の監査法人。家宅捜索の事実は、広く知れわたっている。黙っていれば、共謀関係が疑われる。そのために出した声明だ。これが検察を怒らせ、後に事件は混迷する。


「ありゃあ、何だ?」

毎朝新聞の記者があずみおおたか監査法人に対するガサ入れを目撃し、編集局取材チームに第一報を入れたのは、午後二時過ぎのことだった。家宅捜索が始まったのは、十二時五十分だ。この記者はバカだ。東京地検特捜部の家宅捜索であるのを、確認しなかったのだ。他紙に遅れること一時間二十分。しかし、新聞社にとっては決定的な遅れだ。

他紙の夕刊には、すでにあずみおおたか監査法人に対する家宅捜索の記事が躍っていた。毎朝新聞が同ニュースを伝えるのは夕刊第二版だ。他紙は事前につかんでいた。

「抜かれた！」

午後五時、四方民夫が怒鳴り声を上げ、その怒鳴り声に、由美子はハッとした。それから一時間後。四方は編集チームを集め気合いを入れた。四方が指示を出し、指示を受けた記者たちは、それぞれ現場に散った。

「いよいよ始まったよ……」

「何が？」

と、居残りの若い記者は訊いた。その態度に四方は怒った。

「何を取材していたんだ」

毎朝は抜かれた。焦《あせ》りがある。気持ちはわかる。しかし、由美子は違っていた。他紙は現状を伝えたにすぎないのだ。手持ちのネタは腐るほどある。焦ることはない。

若い記者を叱り飛ばす四方をたしなめた。

「四方さん、大丈夫です」

「わかっているさ、わかっている」

午後九時半。

編集チームの会議が始まった。明日の朝刊の一面に特集記事が載る。紙面は編集局長と折衝《せっしょう》し、確保した。左肩上だ。かなり派手な扱いになるはずだ。

それぞれ、取材結果が報告された。

「本部の他、杉並の自宅にもガサが入りました。えっと、志村忠男ですね。志村は兼高監査の責任者。志村の自宅を含めて、四ヵ所、ガサ入れ。いずれも、兼高監査をやっていた連中」

同僚記者がメモを見ながら報告。

「本部の方は午後十二時四十分。本部の裏口から入りました。捜査は、監査第五部および電算室の二ヵ所です。午後八時前に家宅捜索は終了しました。押収品は段ボール四十三箱分。パソコン五十台。サーバーに残っていたメールの記録も、押収されたようです」

「次っ！」

「えっと。あずみおおたか監査法人は声明を出しています。午後九時。内容は……」

同僚記者は一枚紙を配った。

報告は一段落した。

「粉飾幇助——で、いくかどうか」

四方が腕組みをした。

それをはっきりさせるには、今日の家宅捜索の狙いがどこにあったのか、それを見極めなければならない。

兼高関連なのか、それともあずみおおたか監査法人を含む、粉飾決算の共謀関係を視野に入れた捜査なのか。心証としては共謀関係の立件が濃厚だ。粉飾決算で監査法人を共謀で立件するとすれば初めてだ。しかし、材料を欠く。判断の難しいところだ。

方向を間違えば、誤報となる。会議には社会部長や編集局長も顔を出している。顔は出すが、口出ししないのが社風だ。

「共謀関係はあります」

由美子は断定的に言った。共謀——。それを実証するため、一年近くも取材を続けてきたのだから……。

「根拠となる、その材料はあるのか」

珍しく編集局長が訊いた。

由美子はノートをひろげた。そこに内部者が告発した粉飾幇助を示す材料があった。編集局長は資料に目を通しながらいった。

「それでいこう！」

午後十時。

千駄木の「にしくぼ」の奥の座敷に青柳良三の姿があった。相手は金融庁の先輩の片倉卓だった。痩せぎすだが、神経は図太い。毒舌家でもある。

「ついに強制捜査だ……。検察を甘く見ちゃいかんよ。粉飾幇助。検察はそう睨《にら》んでいるようだな。声明を読んだが、検察を怒らせるだけだ。こういうときは、恭順《きようじゆん》の姿勢を示すことだな。おまえんとこの幹部は、それができない、バカだ。幇助を否認するにしても、やむなく黙認したとか、言い様がある」

デリカシーのない言い方だが、片倉の言葉は的を射ている。鼻が利く男だ。どういうつながりなのか、検察の情報に通じていた。

「まさか、幇助はない」

「あったかなかったかじゃない。検察の捜査方針は幇助立件。クライアントと監査法人の関係は異常だ。毎朝新聞が書いていたじゃないか。あの記事は、本当のことだな。役人ならとっくに贈収賄《ぞうしゆうわい》で引っ張られている」

「…………」

青柳は反論ができなかった。それが常態であったからだ。

「由美子っていったっけかな、彼女とはいまもつきあっているのか。あれはおまえの情報だろう？」

痛いところをついてきた。一度、三人で食事をしただけだ。それを覚えていた。

「俺じゃないさ。彼女にはふられたよ」

「ふうーん。そうか」

片倉は怪しいという顔をしていた。

「ところで……」

と、片倉は続けた。

「騙された？　被害者だと？　バカ言っちゃ困るよな、おまえんとこの幹部は。全くアホだ。共謀の方が、まだかわいげがある。クライアントの立場で戦って見せるというかわいげがさ。いい悪いは別だが、それはそれで男気っていうもんだよな。ただ、騙されたじゃな、話にならん……」

言いたい放題の片倉卓。呼び出したのは片倉だ。にもかかわらず本題に入らない。毒舌はしばらく続きそうだ。頃合いを見計い、青柳はひとつ訊いた。峰村が言ったあのこと。それが気になっていた。

「佐伯さん、なぜ辞めたと思う。まるで今日のことを予想していたような辞め方だ。金融庁と関係があるのか……」

片倉はまじまじと青柳の顔を見た。

「なぜ、そう思う？」

「今度のこと、片倉さんが言うほど、単純な話ではない、俺はそう思っている」

「単純ではない？」

「そうだ。単純な事件じゃない。大きな何かが動いている。たとえば、会計士業界の国際的な大再編とか、監査法人に巨大な権限を与えて、金融庁の別働隊にするとか……」

「発想は面白い。続けてみて」

「確かに兼高の粉飾は酷い。しかし、あんなケースならいくらでもある。兼高で言えるのは、非常にわかりやすい粉飾だということじゃないの……。つまり事件化が容易だということだ」

「で、証拠はあるんか。証拠だ」

「ない。だから片倉さんに訊いている」

「ひとつだけ言っておく。おまえ、あそこを早く辞めろよ。再就職のことなら、俺が面倒をみる。明日にでも辞表を出せ。おまえもひっくくられる可能性がある。一日も早く安全圏に逃れろ。いいか、忠告だ」

「俺が？」

「ああ、そうだ。それを言いたくておまえを呼び出したんだ。さっきも言っただろう。検察は粉飾に手を貸したかどうかを問題にしているんじゃない、と」

「なぜなんだ。話してくれないか」

「バカかおまえは！　おまえも役所にいた人間だろう。俺の立場で、話せるわけがないじゃないか。分かり切ったことを訊くな」

「それも、そうだ」

青柳は示唆を得た。それで十分。

早く辞めろ——か。

片倉はタクシーに乗った。その姿を見ながら、自分の考えに改めて確信を持った。

3

翌朝。青柳良三は新聞に目を通した。毎朝新聞の朝刊は、おどろおどろしい見出しに飾られていた。一面の左肩。

「粉飾幇助か⁉」

逃げ道を「か⁉」の疑問符に委ねた記事だった。断定はしていない。それは推量だ。しかし、仔細《しさい》だ。毎朝新聞だけが、群を抜いた報道を続けている。

ＴＶをつけた。朝の番組は、芸能と尊属殺人。孫が祖母を刺し殺したというニュースだった。ＴＶは堕落した。真っ当な報道などとうの昔に捨てている。同じ映像が繰り返し流され、コメントをするのは、常連のお笑い芸人と芸人化した弁護士だ。何の問題にも、コメントをする彼ら。大衆の劣情を煽る、したり顔のコメントだ。決まり切ったパターン。よくまあ、浅い知識で発言できるものだ。所詮、ＴＶなどというのは、専門知識などいらぬ。ＴＶから知性とか教養というものが感じられぬ。それで十分となめた態度だ。感心できるのは、彼らの心臓の強さだけ……。

やはり新聞は違う。活字が持つ重み。その重みが書き手の責任を問いかける。ＴＶを消し、身支度を始める。時計を見る。羽田まで約一時間。青柳良三は地下鉄に乗った。今日は熊本だ。危機管理特別チームに異動したからといって、完全に現場から手を引いたわけではない。いくつか仕事が残っている。熊本の老舗いわみずも、そのひとつだ。朝の羽田空港は出張のサラリーマンでごったがえしている。彼らは足早に目的のゲートに向かう。青柳はエスカレーターを降り、約束の場所に向かった。

「おはようございます」

手を上げたのは、同僚の監査補助員だ。缶コーヒーを買ってきた同僚と向き合って座った。

「大丈夫でしょうか、ウチは？」

彼は三十五を過ぎて試験に合格。いまは監査補助員の身。有資格者と違って、身分は不安定だ。ようやく入れた巨大監査法人。ここで修行し、晴れて公認会計士の資格を得て旅立つことを夢見ている。そこに降ってわいた粉飾幇助疑惑。彼ならずとも、不安になるのも当然だ。

「大丈夫じゃないね。最悪だ」

「…………」

粉飾幇助。それが事実かどうか、いまやそんなことが問題ではない。信用第一の監査法人の信用が台無しになったのだ。顧客は離れていく。金融庁も行政処分を出す。今度の行政処分は軽くはあるまい。そんな意味のことを、青柳は言った。

彼の不安を増幅させたようだ。

「転職……」

彼は、そう言って口を噤《つぐ》んだ。

「毎朝新聞、読みましたか？」

機中で彼が訊いた。

「ああ、読みましたよ。ほぼ事実じゃないかな……」

飲み食いは常態化。先生などと呼ばれいい気になる。長く担当すれば、クライアントに情が移る。情が移れば、ちょっとのことなら黙認するようになる。それが重なり、大きな粉飾に発展する。まして志村の場合は、五年もの長期にわたり兼高を担当した。なれ合いと黙認。容易に想像できる。それが今回の事件の全体構造。だから彼らには、粉飾幇助などという意識は皆無。毎朝の記事は、そこのあたりを巧みな筆遣いで書いていた。由美子の高揚した気分が伝わってくる。しかし少し足りないものがあるように思えた。

具体的な証拠？　犯罪を立件するには証《あかし》を示す必要がある。犯罪を引き起こした現場の状況はわかるが、問題は証拠。それが少し欠けているようにも思える。

青柳は由美子の口癖を思い出した。

「私たちは少し違うの」

新聞記者は警察や検察とは違う。警察や検察は、具体的な証拠がなければ、立件はできない。共謀犯ならば、いつ、誰と誰が、何を相談し、どういう方法で実行するかを決め、いつどこで、その計画は実行されたか。主犯は誰か、従犯は誰か。それが刑法のどの条項に違反するのか——を特定。

その際重要なのは動機だ。人を殺すにはその動機があり、経済事犯にも動機がある。すなわち犯罪目的の解明だ。それらのいっさいを準備し、裁判所の判断をあおぐ。それが検察や警察の役割だ。

違いはもうひとつある。警察や検察は強制権を持っていることだ。被疑者を拘引《こういん》、恫《どう》喝《かつ》し、自白を迫る。長期の拘引も可能だ。一年を超える拘置も珍しくはない。机を叩き、恫喝し、徹底的に締め上げる。被疑者の弱点をつき、責め立てる。被疑者は長期の拘引で世間との接触が断たれ、孤立する。家族は自分を見捨てやしないか。職場はどうなっているか。自分の将来はどうなる。被疑者は不安でいっぱいになる。そこに優しい言葉をかける。やがて被疑者は落ち、自白を始める。

しかし、新聞記者には、強制力がない。警察や検察のやり方はできない。あくまで良心に訴え、告白を期待するだけ。ときにはマスコミを利用しようと、接近してくる者もある。嘘の情報を与え、攪乱《かくらん》する。相手を信じたがゆえに、大誤報——。新聞記者は用心深くなければならぬ。経験をつめばつむほど自然に身につく防御本能。そんな新聞記者の性《さが》を、由美子から聞いたことがある。

「それがなければダメ」

と、由美子は言っていた。

その意味で末尾の「か!?」は逃げではない。新聞記者としての役割を十分果たしている、青柳はなぜか、そう思う。

旅客機は高度を下げ始めた。阿蘇《あそ》の外輪がくっきりと見えた。快晴。阿蘇にも雪が降るのか、白く見えるのは、たぶん初冠雪なのであろう。美しかった。

「大丈夫でしょうか。オタクは?」

開口一番、「いわみず」の若主人は、監査補助員と同じことを訊いた。若主人も、監査法人の信用性を疑っていた。当然だ。

「最悪です」

青柳は率直に答えた。

率直な態度に監査補助員は驚いていた。

監査は二日を要した。

時間をかけたのは、他の公認会計士に仕事を引き継ぐことを前提として作業をやったからだ。すぐにでも引き継がせることができる。その旨《むね》若主人に説明した。

「それはまた……。どのようなことになっても先生には引き続き、お願いしたいと思っております」

「ありがたいことです」

青柳は低頭した。嬉しかった。信用を失った監査法人の公認会計士には、もったいない言葉だ。若主人は最後の夜、宴席を用意してくれた。これが最後になるかもしれぬ。本来断るべきだが、青柳は受けた。宴席には若主人の二人の部下も出席した。専務の肩書きを持つのは実弟。もうひとりは古株の番頭だ。彼も縁者のひとりである。

「監査結果につき、御意見を申し上げてもよろしいでしょうか」

「ええ、お願いします。先生」

若主人はうなずいた。

七代目の当主。会長と呼びならわされる父親が事実上、引退したのち、実質いわみずの経営を差配しているのが若主人だ。大学は早大という。七年ほど機械メーカーに勤め、郷里に戻ったのは三十一のとき。少し歳を喰っているのは大学院を出ているからだ。以後二十年間、いわみずの経営にあたってきた。五十を過ぎても、若主人と呼ばれるのは、先代が健在だからだ。

本業は造り酒屋。しかし、若主人の代になって業容をひろげた。流通や食品チェーン店などにも乗り出した。ガソリンスタンドも経営している。酒造工場の規模も拡大した。従業員は二百人弱。売り上げは六十億円を超えている。熊本県では、中堅企業といってよいだろう。

「改善すべき点。二つあります」

売り上げは伸びている。しかし、売り上げに対し、経常利益が薄い。いま拡大路線を採るよりも、大切なのは、利益の確保だ。そのため改善すべき余地はある。改善は人手を減らすことではない。それもあるが、冗費を減らすこと。たとえば、本業の酒造業と食品チェーン店は、別会社の形を取っているため輸送は別々だ。両者を一本化すれば、輸送費の削減も可能だ。すなわちグループの流通の一元管理だ。これだけで数千万の経費削減ができる。抱える在庫も多すぎる。税の加重負担が生じていた。販売実績をよく検討し、生産計画を立て、生産を調整する必要がある。事務の合理化も必要だ。

管理部門の人員が多すぎる。余剰人員を営業に再配転し、営業力を強化する。経営の柱は酒造業だ。これに力を入れねばならぬ。安売り競争を強《し》いられるガソリンスタンドの経営は、見直す時期に来ている。撤収もひとつの考え方だ。収益は最悪で、赤字が続き、経営の足をひっぱっているからだ。それらの改善点を青柳は具体的な数字を示し指摘した。

「もうひとつ……」

いまは、業容拡大のときではない。銀行は貸し出しを引き締めている。自ずと金利は高くなる。新たに設備投資をしても、回収には時間を要する。これが経営を圧迫し、収益を劣化させる要因になっている。

「しかし、経営内容は立派だと思います」

講評を締めくくった。

「大事なことを指摘いただいた。ありがとうございます」

若主人は改めて礼を言った。

監査結果を踏まえ、コンサルティングをサービスするのも、公認会計士の大事な仕事だ。いわみずとつき合いが始まって二年。短い間だったが、いろんなことがあった。リゾート開発の話が持ち上がったのは、確か監査を引き受けて一年が過ぎたあたりの頃だった。持ってきたのは実弟の専務だ。相談を受け、調べてみたが、共同出資者が怪しげ。それに、いまはリゾートの時代ではない。青柳は調べた結果を話し、反対した。案の定、リゾート計画は半年で頓挫《とんざ》した。若主人は青柳の意見によく耳を傾けてくれた。

気持ちのよい監査だった。クライアントと信頼関係がなければ、いい仕事はできぬ。公認会計士を育てるのは、クライアントだ。それを学んだのも、いわみずの若主人からだった。こういう監査なら、この仕事をいつまでも続けたい、と思う。

「いい仕事をされましたね」

監査補助員も、満足げだった。翌朝、若主人が飛行場まで見送ってくれた。

「これを……」

酒瓶を差し出した。今年一番の焼酎。いわみず自慢の芋焼酎だ。まだ若いが、独特の香り。「高清水」も好きだが、自宅で飲むのは「いわみず」だ。由美子の好みでもあった。日曜の夕方から、二人でちびちび飲みながら、とりとめもない話をし、冗長に時間を過ごしたのが懐かしく思い出されるのだった。

「いただきます」

青柳は礼を言った。若主人は、律儀なひとなのである。若主人は青柳たちが出発ゲートに消えるまで手を振っていた。

東京本部――。

久しぶりに味わった爽やかな気分も吹っ飛んだ。社内は騒然としていた。同僚たちは仕事など、そっちのけだ。社内のあちらこちらでひそひそ話を交わしている。もはや組織の体をなさない。末期的症状だった。

家宅捜索から三日目。

行政処分の噂が出ていたのだ。もちろん金融庁による行政処分だ。粉飾決算に絡《から》んで行政処分が発動されるとすれば、かなり重い処分が予想される。何しろ、粉飾に手を貸したと疑われているのだから。それにあずみおおたか監査法人が行政処分を受けるのは、これが初めてではない。地方銀行の決算に絡み戒告《かいこく》処分を受けたのは二年前だ。今回は戒告だけではすまされまい。

公認会計士法にもとづく行政処分は、三段階に分かれている。すなわち、戒告処分、業務停止命令、解散命令の三つだ。

「解散命令——」

と、考えるのが妥当かもしれぬ。

というのも、ことは刑事事件化し、世間の監査法人に対する目も厳しい。マスコミの追及も激しさを増してきている。金融庁は世間の動向を見ながら、結論を出すのが常。政治的な配慮も働くことになるだろう。野党の追及をかわすためには、与党は金融庁に対し、厳罰対処を求めてくる。そうだとすれば、処分は解散命令以外には考えられない。そんな噂が社内を一人歩きし、上は理事から、下は一般事務員までが右往左往している。

解散命令とは、すなわち、あずみおおたか監査法人は、文字通り組織を解散させられ、もはや監査業務が継続できなくなる、重い処分だ。それは、同時にここで働く者の仕事を奪うことだ。社内が騒然とするのも当たり前だ。仕事を失い、路頭に迷うことになるのだから。

しかし執行部は相変わらずだ。

「騙されました」

と、言い続けている。

二千人を超える職員が失業の危機に怯《おび》えているというのに、何の対応もできずにいるのだった。それでも会議だけは毎日のように開き、結論の出ない議論を交わしているのだった。その日も社員総会が招集され、磐田理事長が「厳格監査、社内の意識改革」を訴えた。パフォーマンスだとしても、誰に向けてのパフォーマンスなのか。聞く耳を持つ社員は誰もいないのに。

家宅捜索以後、特捜部は沈黙したままだった。新たな動きもなかった。そのことも、金融庁の処分問題に、人びとの耳目《じもく》を集めたのかもしれない。先行きは悲観一色に染まっている。東京地検特捜部の沈黙。そして追い打ちをかける行政処分。二千人の職員は、追いつめられていた。情報もない。追いつめられたとき、ひとは思わぬ行動をとるものだ。現実から目をそらし、出てくるのは根拠のない楽観論。ただの屁理屈なのだが、不安を打ち消そうとする心理が、そうさせるのだろうか。青柳は、そういう人間の心理を初めて知った。

「いや、行政処分が出るのは、もっと先のことだよ。経済事犯の裁判は長引く。十年裁判だ。裁判所の判断が出る前に、行政処分は出さないんじゃないか」

頓珍漢《とんちんかん》な議論も出てくる。役所の判断で出すのが行政処分だ。司法の判断と別次元の話だ。司法は司法で判決という形で判断を示す。法律的にも両者の立場は異なり、処分の根拠法も異なる――と、司法の有資格者は頓珍漢な議論をする職員をたしなめていた。

もうひとつの楽観論。

司法と行政を混同し、だから行政処分が出るのはもっと先だ――というのでは、いかにも陳腐《ちんぷ》にすぎて笑い話にもならぬが、もうひとつの楽観論というのは、少し根拠があった。

「解散命令は違法状態となる」

という理屈だ。何が違法状態なのか、というのを理解するには、ちょっとした監査法人に関する知識が必要だ。

一般に行政処分の対象が監査業務であれば、すべての監査業務ができなくなると解釈される。しかし、上場企業の決算は証券取引法により、会計監査人による監査が必要。ところが監査法人は業務停止だ。つまりあずみおおたか監査法人に監査を依頼している上場企業は、会計監査人の監査を受けられず株主総会に決算書を提出し承認を求めることができなくなる。もちろん、監査意見の添付のない有価証券報告書を、役所が受け取るはずもない。つまり、上場企業は宙に浮く。それが違法状態というわけだ。想定されるのは株式市場の大混乱だ。

「そんな混乱を引き起こすような行政処分を金融庁はするだろうか……」

そういう理屈だ。しかし、議論は現実味を帯びている。あずみおおたか監査法人が契約しているクライアントは、上場企業だけで約八百社。これらの企業がいっせいに別な監査法人と契約を結び、新たな監査法人のもとで監査を受けるには、あまりにも時間が少なすぎる。事実上、それは不可能。そこで決算ができない企業が続出し、市場は大混乱に陥る。

「だから業務停止処分などできない。そんなリスクを金融庁が負うはずもない。せいぜい戒告処分。戒告だよ……」

だからと言って、処分が出ないとは、言い切れまい。それは妄想だ。しかし、それを言い続けていたのは、実は磐田理事長自身であることを聞き驚いた。何というバカか。それがこの監査法人の甘さ。実態だった。

「ああ……」

三日ぶりの東京本部。青柳良三は、同僚の噂話を耳にし、ため息をつくだけだった。

4

家宅捜索から二週間後。沈黙していた東京地検特捜部が動き出した。兼高の財務担当専務以下、財務部門幹部の逮捕に踏み切った。続いてあずみおおたかの兼高担当の責任者志村忠男たちに対する事情聴取が始まったのだ。しかし、それでも執行部は、楽観論を崩していなかった。事情聴取は兼高を立件するのが目的。証拠を固めるための事情聴取という判断だ。

この判断は間違っていた。

弁護士は検察庁から戻った志村以下から事情聴取の中身を仔細に聞き出し、それを報告書にまとめた。弁護士から報告を受け、磐田は激怒した。

「まるでウチが、粉飾に手を貸した、そういう事情聴取じゃないか！」

磐田は信じている。ウチの会計士に限って絶対、粉飾に手を貸すようなことは、ありえない――と。もちろん、志村以下、事情聴取を受けた会計士たちは、全面的に否定。そのことを弁護士から聞かされ、磐田はようやく安堵のため息を漏らした。

「そりゃあ、そうだ。やっていないんだからな。否定して当然だ」

しかし、不安は払拭できなかった。不安は膨れあがっていく。それを顔に出してはならぬ。平静を装う。トップが動揺すれば、組織は持たなくなる。磐田は不安と必死で戦っていた。いま磐田が恐れているのは、逮捕者が出ることだった。もうひとつは客離れだった。

正月明け。磐田は忙しく働いていた。三月期の決算に向け、監査法人は繁忙期に入る。新年の挨拶回りも、冴えなかった。賀詞交換会に出ても、誰も彼も素っ気なく、何か避けられているような雰囲気だ。携帯が鳴った。

「もしもし……」

いやな予感が胸中を走る。広報室長からだった。

「至急、戻っていただきたい」

賀詞交換会を途中で抜け出し、本部に向かった。経団連会館のエントランスに記者たちが集まっていた。フラッシュをたき、いきなり質問を浴びせてきた。無礼な連中だ。

「幇助はあったんですか」

一瞬、意味が理解できなかった。経団連会館から本部までは目と鼻の先。警備士に護られながら、ようやく車に乗り込んだ。窓にマイクを突きつけ、同じ質問を繰り返した。

「いったい、何だ！」

事態がよく飲み込めず、怒声を上げるだけの磐田。本部ビルにも、記者たちがつめかけていた。各社のＴＶクルーがカメラの放列を敷いている。磐田の車は迂回し、裏口から地下駐車場に滑り込んだ。

弁護士が報告した。

「容疑は証券取引法違反です。有価証券報告書の虚偽記載。代表社員の志村忠男氏以下四名につき、逮捕状が執行されました」

身体の震えが止まらぬ。

監査の繁忙期だ。この時期、検察が強制捜査に踏み切るはずもないと堅牢《けんろう》な理論で周囲を説得し、社内の動揺を抑えてきた磐田理事長は、愕然と肩を落とした。しかも自身の自宅も家宅捜索を受けたと聞き、二重の衝撃が走った。理事長の自宅を家宅捜索するとは、粉飾幇助が組織ぐるみで行われたといわんばかりだ。

ただちに声明を発表した。

「組織ぐるみで兼高の粉飾決算に加担した事実はない！」

さらに弁護士を通じ、東京地検特捜部に強硬な抗議を申し入れた。これが特捜部の心証を悪化させた。

前代未聞の公認会計士逮捕に、マスコミはわきたった。報道の過熱化。マスコミが抱いた心証は「黒」だ。クライアントは動揺をきたしていた。あずみおおたか監査法人に引き続き、監査を依頼すべきか、再検討を始めたクライアントも出てきていた。

「まさか……」

青柳良三は任意同行を求められ、狼狽《ろうばい》を隠せなかった。早朝の六時。そのとき青柳は自宅のベッドの中にいた。インターフォンの音で目覚め、ドアを開けると、男三人が立っていた。青柳は訊いた。

「容疑者としての聴取ですか」

「いや任意です。ご協力を願いたいのです。ただし家宅捜索は強制です。この通り令状もあります」

三十前後か。若い検察官だ。いやに気負っている。事務官と検察官に両脇を挟まれ、待ち受けていた車に乗せられた。まるで逮捕も同然の扱い。ついでに自宅のノートパソコンも押収された。

検察官は、任意同行といったが、強制連行と変わらぬ。連行されたのは、三田の公館だった。会議室風の設《しつら》えの部屋。ガラーンとしている。一時間ほど待たされた。

「待たせました」

四十前後の検察官が、事務官をともない姿を現した。口調は丁寧だ。

「年齢、出身、職業をお聞かせください」

人定質問だ。

あとで知ることになるのだが、このとき東京地検特捜部は、四十人を超える関係者を引き立て、事情聴取を行っていた。

生年月日、出生地、現住所、父母、兄弟の有無、出身大学、職歴、職業、婚姻、子どもの有無、交友関係など、人定質問は仔細をきわめた。

「そんなこと、あなたがたはわかっているんじゃないですか。時間の無駄です。本題に入ってください」

「急ぐ必要はありません。時間はたっぷりありますから……。まず、ご自身から説明を受けたいのです」

人定を確認するだけで二時間を要した。

「失礼ですが、恋人は？」

人定質問が一段落したところで、検察官は質問を変えてきた。

「そんな個人的なこと、答える必要があるんですか」

「それの判断は、私どもがします。恋人の存在。いるんですか、いないんですか」

「…………」

「それでは私どもから申し上げましょう。確認をしてください。毎朝新聞社会部記者。彼女は他紙とは異なる情報を持っているようですね。群を抜いた報道。なかなかの敏腕記者ですな。彼女とあなたの関係――。どういう関係ですか」

青柳の身体がこわばった。こんなところで由美子のことが出るとは思わなかった。彼女との関係――。何を訊きたいのか、おおよその見当はついた。いまさらじたばたしても始まらない。

「彼女とのつき合いはありました。いまは別れ、つき合いはない」

「ほー。そうでしたか。あなたは職業上の機密を彼女に話したことはありますか。たとえば今度のことに関して……」

やはりそうだった。検察も彼女の情報の出所に関心を持っていたのだ。

「全くない。全くありません」

「そうですか？」

検察官の口元が笑っている。以後も事情聴取は延々と続いた。もう夕刻というべき時間だ。

「食事はまだですよね」

知っていて訊く狡猾さ。早朝六時に連行しいまは午後四時。朝食も昼食も摂《と》っていないのを、知っているのは検察官だ。しかし、少しも空腹を覚えなかった。

「ご一緒しませんか、隣りの部屋に用意していますので……」

まるで別人のような優しげな態度。別室はソファが用意されていて、接客のための設えだ。事務官は下がり、二人だけになった。検察官は正面に座った。テーブルには弁当が用意されている。三段重ねの豪華版だった。お茶の用意もある。

「料亭から取り寄せました。今日はご苦労をお願いしましたので……。少し気張りましたよ。私の奢《おご》りです。遠慮なくどうぞ」

あくまで慇懃《いんぎん》な紳士。

「これいくらくらいだと思います？」

奢ると言いながら、値段を訊く。ただの嫌みじゃあるまい。意図が感じられた。

「さあ……」

青柳は思わず箸を置いた。

「八千円ですよ。あなたも役人でしたからおわかりでしょう。利害関係のある民間業者から、こういう接待を受けると、公務員倫理法に触れますよね。当然ながら、われわれも関心を持ちます」

「法律に抵触するでしょうな」

「こういうのを、監査に出向くたびにご馳走にあずかるのですか。毎回……。いや、女性記者が詳しく書いていたものですから。そういうのは、慣行なんでしょうな。法律が不備なんでしょう……」

検察官は刺身を口にしながら、独り言のように言う。嫌みだ。タヌキめが！　彼が突きたいのは癒着の関係だ。

「どうでしょうか。少なくとも、こんな豪華な弁当を頂戴《ちょうだい》したことがないから、それはわかりませんね」

「あなたは立派ですよ。例外ですね。そういうのを、いっさいはねつけられる。でも、同僚の会計士はどうですかね。違うんじゃないですか。公認会計士には、公務員のような縛りがない。業者とのつき合いも自由です。それ自体は、法律には触れませんからね……」

今度は挑発だ。

「ご存じでしょう。日本公認会計士協会は内規を作っています。クライアントからの過度な接待を受けることを禁じた内規です。われわれにも縛りがあります」

「そうでしたか。失礼した」

神経戦だ。

慇懃な物腰。嫌み。挑発——。その態度に幾度も切れそうになった。切れ、怒り出したらおしまい。それを青柳は肝に銘じた。

「美味《うま》い弁当でした」

青柳は弁当をほめた。食欲はなかったが全部を平らげ、お茶を飲んだ。

「そりゃあ、よかった。ところで……」

と、話題を転じた。

「あなたは兼高の担当者でしたね」

いよいよ本題だ。

「担当者――？　その言い方は正確性を欠きますね。監査補助員の立場で食品部門の監査をお手伝いした、それだけです」

「なるほど、正確さを欠きました。間違いはお詫びします。でも、あなたは、兼高の粉飾を知っていた。知っていながら黙認した。なぜ黙認したんですか」

「私が粉飾を知っていた？　勝手に論を進めないでくださいよ。黙認？　それどういう意味です？」

「どういう意味って。あなたほどの会計士ですよ。手口は簡単明瞭。あれは赤児《あかご》でもわかる単純な粉飾です。それを見逃すはずもないじゃないですか」

神経戦はエネルギーを浪費する。ときどき自分を見失いそうになる。はり倒してやりたい、そういう衝動に幾度も駆られた。

それにしても検察官はタフだ。少しも疲れを見せない。革張りのソファ。そこにゆったりと腰をおろし、世間話でもするような態度で迫ってくる。

「ご存じでしょう。私は食品部門につき、意見を上げている。過剰在庫――。監査補助員にできるのは、そこまで……。その意見書はあなたがたが押収したパソコンに入っています。確認したらいかがです」

「意見を上げた？　と。やはり知っていたんですな。過剰在庫、ね。過剰在庫といいますと？　私は素人でしてね。もう少し説明願えないですかね」

（わかっているのにとぼけやがって……）

しかし、そう思ったのは間違いだった。そこに落とし穴があった。落とし穴を、検察官は仕掛けていたのだ。

検察の狙いは明瞭。あずみおおたか監査法人自体を、有価証券報告書の虚偽記載の罪で立件するのが狙いだ。しかし、商法違反では、法人を罰することができない。あくまでも個人が責任を負う。法律は個人を裁けても、組織は裁けない。裁いても、法人を牢獄につなげないから。組織を裁けるのは行政だ。すなわち、行政処分。公認会計士は、株主に対し無限責任を負う立場だ。その論理構成で検察は事件を立件する腹。個人すなわち、会計士を立件する以外にない。そのために材料を積み上げる。それを言外に言ったのだ。そのことが青柳にわかったとき、検察官は不意に立ち上がった。

「ご苦労さまでした」

検察官は深々と頭を垂れた。

「…………」

青柳は帰宅を許された。帰り際、検察官は怒気を含み、言ってのけた。それは初めて見せた検察官の素顔だった。

「こんなことを許せば、資本主義は滅びる。国家が滅びる。私は絶対に許さない。あなたの仲間に伝えてください」

青柳は少し感動を覚えた。

職業上のそれぞれの立場の違いがあっても気概は同じだった。

十四時間におよぶ事情聴取。千駄木に戻り、仲間とにしくぼで飲みたかった。今夜は高清水という気分ではない。もっと強いいわみずが欲しいと思った。できれば、由美子と。しかし、それができぬ事情がある。

「丸の内……」

三田公館の近くでタクシーを拾い、行き先を告げた。奇妙な解放感。しかし、その一方で検察官と、もう少し議論を続けたかったという思いが残る。

広報室の職員が待ち受けていた。大会議室――。中央に座るのは、磐田理事長。理事長を取り囲むのは弁護士。日本でも有数の人材を抱えた大手法律事務所の弁護士たちだ。

「十四時間ですか。酷い扱いだ」

弁護士が嘆息した。

「人権問題です。被疑者でも、そんな長時間の尋問は許されない！」

人権問題とは全く無関係な法律活動をする渉外弁護士は怒りを露《あら》わにした。己の言葉にエキサイトする男だ。検察官のように諧謔《かいぎゃく》を弄《もてあそ》ぶ男でもなかった。同じ法律家でも検察官ほどの執念はない。その弁護士が青柳に問い質した。青柳は、尋問の続きのような気分になった。

もうへとへとだ。もう沢山だ。本部にたどりついたとき気力も体力も失っていた。自分を自分で励《エンカレッジ》ましながら、ようやく答えた。

「補助員としてやった食品部門の監査に関してでした。あとは、クライアントと監査法人の一般的な関係についてです」

「たとえば、どんな？」

「クライアントからよく接待を受けるのかとか、そういう類の質問です。接待を受けるかどうかは人によって異なる、そのように答えました」

「食品部門に関しては、どんな話を？」

「当時の私は、監査補助員……。その立場からしても、少し在庫が多いように感じ、意見書を書き、上に上げた、ことを。それは記録に残っていることですから、正直に答えておきました」

舞台の向こうで弁護士数人が、声を潜めて話し合っている。一座の長と見られる弁護士が、訊いた。

「それだけですか。検察に訊かれたのは？」

「はい……」

事件に関連し検察官に訊かれた事柄は、洗いざらい話した。しかし、青柳がひとつだけ話さなかったことがある。由美子との関係に関連した質問についてだった。

「青柳君……。ご苦労だった」

最後に磐田理事長が言った。磐田もひどく疲れた顔をしていた。無理をして手にいれた理事長の椅子。前理事長佐伯重郎は、易々と逃げおおせたのに……。たぶん、志村逮捕以来ほとんど寝ていないに違いない。

東京本部を出たのは、午前一時過ぎ。酒も飲んでいないのに深酒した気分。小雨がぱらついている。いやに寒い。小雨が雪に変わりそうな気配のビジネス街だった。そういえばコートも着ていない。襟を立てて、歩速を早めた。

青柳はひとつのことを思い続けた。検事は由美子のことを言った。驚きだった。そういう風に毎朝の記事を、読んでいなかった。検事も関心を持つ由美子の情報源――。改めて思う。青柳には、全く別人の由美子が浮かぶ。彼女の情報源。青柳には全く心当たりがなかった。

青柳は銀座の方向に歩いていた。青柳は携帯を取り出した。なれた指先の感触。いつものように、いつもの相手に親指が動くのに気づき携帯をＯＦＦにした。

「エンカレッジ……」

今夜は、特に必要なワード。その言葉を口にし、バーのドアを押し開いた。カウンターに峰村義孝がいた。やあ、と柔らかい笑顔を見せ、手を上げた。並んで座った。

「君もやられたそうだね」

青柳はウィスキーのストレートを、注文した。カッと喉を燃やした。四十数人が事情聴取を受けた。

「志村さんたちは、幇助を認めることになるかもしれんね。まあ、実刑にはならない。一年も拘置所にいるよりも、早いとこ認めて出てきた方が楽だもの……」

「認める？　認めるんですかね」

「ああ。そうなるさ」

自白――。わかるような気がする。検事の聴取を受けた経験。並の神経では、とても持たないと思った。

第三章　かけられた情報漏洩の嫌疑

1

不安——。追いつめられたとき、ひとは思考を深める。あれこれ、考え、迷いに迷いながら、深く自分を見つめ直すからだ。由美子も不安で身を捩《よじ》っていた。まさしく由美子が想定した方向に事態は動いている。有頂天《うちようてん》になっていいはずなのに喜べなかった。そのことが薄気味悪くさえ思える。

「やはり粉飾幇助は確か」

同僚は感嘆した。四方は由美子の取材力をほめた。四方の誘いを、軽くかわし、地下鉄に乗った。深夜と言える時間。地下鉄丸ノ内線は酔客でいっぱいだ。由美子はドア近くの手すりにつかまっていた。

「毎朝の記者さんですよね……」

隣りの男が小声で訊いた。由美子は一瞬身が縮んだ。声を飲み、相手の顔を見た。

「…………」

普通のサラリーマンの風体《ふうてい》だった。四十前後か──。きちんとした身なり。カシミヤのコート。少し目に険はあるが、傍目には凡庸なサラリーマンという印象の男。男は覆い被さるようにして言った。

「一読者です。今度の事件、毎朝は群を抜いています。たいへんな取材力ですね。ファンなんですよ。でも、少し間違いもあるようですけど……。間違いはひとを傷つけますよ……」

そのとき、電車は新宿駅に着いた。男は人混みに紛れた。目で後を追った。

「少し間違いがある……」

その言葉が後を引いた。由美子はわかっていた。取材力などではない。兼高粉飾決算の報道を引っ張ってきたのは、たまたま確かな情報源があったからだ。

東京地検特捜部が兼高の監査にあたった公認会計士四人を逮捕した。以後、四十数人におよぶ会計士と監査補助員から事情聴取を行った。主犯格の志村忠男を除き、自供を始めているとの情報も入っていた。検察ＯＢから四方民夫が聞き出した情報だ。

志村の自白も時間の問題だろうと言う。

　由美子には新しい情報はなかった。情報源が距離を置き始め、連絡が途絶えがちとなっていたからだ。被疑者たちは、まもなく起訴されるだろう。残るのは、あずみおおたか監査法人の法人としての処分だ。いま編集チームの関心は、処分問題に移っていた。監査法人に対する行政処分。厳しい処分が出るとの観測が強まっている。最も重い処分。解散命令だ。その意味を、由美子は深く考えたことはなかった。

　由美子は中野坂上で電車を降りた。

　中野坂上の近くに女友達が住んでいた。先ほどの乗客——。それが後を引いている。ひとりでいるのが不安になった。由美子は携帯を出した。

「あらっ。由美子？　どうしたの」

「泊めてくれる？」

「いいけど、でも、珍しいこと」

「ちょっとあってね」

　深夜。訪ねられる友人は多くはない。コンビニに寄り、買い物をした。ちょっとした酒の肴と軽食。それにビール。こういうとき女友達はありがたいものだ。ビールがいやに重たい。インターフォンを押す。すぐにエントランスのドアが開いた。エレベータで六階に着いた。

「シャワーでも浴びたら……」

女友達は祐子といった。祐子はパジャマを用意していた。大学以来だから、もう十数年のつき合い。２ＬＤＫ。ＬＤは書斎のような使い方をしている。書棚と机。ソファには書籍と資料が山積みだ。ＴＶは資料の山にかくれている。女性の部屋にしては、いささか殺風景。いま彼女は、大学の研究室に残り、講師を務めていた。三十前後で講師の職を得るのは優秀だからだろう。あれこれ詮索めいたことを訊かないのが楽だ。

風呂から出ると、祐子は資料を片付けて二人の座る場所を作った。

「とりあえず乾杯か」

「何に乾杯する？　まあ、何でもいいか」

二人は缶ビールを上げた。

「彼氏、良三といったかしら。元気？」

「別れちゃった」

「あらそうなの……」

祐子はそれ以上何も訊かない。

「明日早いの？」

「ううーん。午後から一コマだけ」

「じゃあ、今夜は飲もうよ」

「いいわよ。でも、先に寝ちゃうかも」

女同士の話はとりとめもない。とりとめもない話をしていて、気がついたら、明け方になっていた。いつの間にか、寝込んでしまったらしい。毛布がかけてあった。

「祐子！」

返事はなかった。時計を見る。正午近くだった。水が欲しかった。台所で水道水を飲んだ。祐子！　やはり返事はなかった。冷蔵庫に張り紙があった。

「いつでもおいで。待っているから」

と書いてあった。

涙が出た。何も訊かないで、一晩、とりとめもない話につきあってくれた祐子。台所の汚れ物。乱雑に置かれた新聞・雑誌。少しだけ片付け、部屋を出た。ドアを閉めると自動ロックの音がした。

「今日はお休みにしよう……」

由美子は社に電話を入れた。特に入稿の予定もない。同僚が出た。取材の予定も入っていなかった。

「少し疲れちゃった。休みます」

「わかった。四方さんに伝えておく。ゆっくり休養して……」

同僚はいたわってくれた。このところ無理をしているのを彼は知っていた。

由美子は自宅には帰らなかった。こみ上げてくる不安。これって何だろう……。私って鬱？　そうなのかしら……。気分が滅入る。その理由が由美子は自分でもよくわからなかった。いや、わかっていた。ただ不安の正体をつきつめようとしないだけ。

地下鉄で日比谷に出た。日比谷線に乗り換え、草加に向かった。駅から十分ほどの距離だ。そこに両親が住んでいた。実家。帰るのは三ヵ月ぶりのこと。由美子は、この家のひとり娘だった。

「あらっ。ユミちゃん……」

突然の娘の帰宅に母親は驚いている。母親の顔を見たら、こみ上げそうになった。

「どうしたの？」

思わず母親にしがみついた。黙って抱擁する母親。少し小さくなったのかな。母親をそんな風に感じた。子犬の「健太郎」が足元にまとわりつき、じゃれていた。

「ちょっと疲れただけ。何もないよ。甘えてみたかっただけなの……」

「そう」

母親が不審げだった。

健太郎を抱いて二階に上がった。由美子の部屋は家を出たときと同じ状態。机を触ってみた。埃《ほこり》はない。壁際のベッド。その隣りに小さな本棚がある。世界文学全集が置いてあった。ドアの隣りがクローゼット。開けてみる。樟脳《しょうのう》の臭い。懐かしい衣類。カーテンを引き、窓を開けた。

窓の向こうに森が見えた。団地からこの家に引っ越してきたのは小学三年のときだ。宅地開発は進んでいたが、まだあの当時の田園が残っている。由美子には、故郷の原風景といえるかもしれない。

「ユミちゃん。お茶よ。下りてきて」

母親の声がした。

健太郎がついてきた。振り返って、甘え顔をし、鼻をならした。可愛い。この子がいるだけで癒される。

紅茶とケーキ。いい香りだ。

「美味《おい》しそう」

絨毯《じゅうたん》の上に正座し、親子は午後のお茶を楽しんだ。たわいのない話に母親はころころ笑った。母親は少女のようなところがある。ユミちゃん、と母が娘に顔を向けた。

「良三さんは元気にしている？　しばらくお会いしていないわね……。二人でまた家にいらっしゃいよ」

「別れちゃったの。ごく最近、ね」

「いいひとだったのに、何があったの」

「いいヤツだよ。アイツは」

良三はこの家に来たことがある。父親とも気があった。息子のいない父親は、良三を可愛がった。午後の縁側の日溜まりのなか、囲碁の相手をさせ、悦《えつ》に入《い》った。良三が強かったが、それでも負け惜しみを言う父親。その夜、父親は押し入れに隠し持っていた二十一年物のバランタインを振る舞った。高級酒はアッという間に空になった。

「アイツ、遠慮というものを知らない」

帰ったあと、毒づいた。

しかし、顔は笑っていた。

冬日が縁側に日溜まりを作っていた。この家にも思い出を残したアイツ。もう考えないことにしていたのに……。

親子は自転車で散策に出た。少し自転車を走らせれば、荒川に出る。河川敷は公園化していた。吹く風が頬を刺す。帰り道、ファミレスでお茶をした。

「あんなに仲がよかったのに。どうして？」

「うん。いろいろあってね。ひとつはすれ違い。もうひとつは、仕事のこと。アイツに迷惑をかけちゃ悪いもん……」

「仕事のこと？」

「お母さん、読んでくれているでしょう。私の記事……」

「そりゃあ、署名記事だもの……」

由美子は良三に情報漏洩《ろうえい》の疑いがかかるのを恐れていた。二人は親密な関係にある。一方は新聞記者、もう一方は事件の当事者。本当は何の関係もない話なのだけれど、疑われて当然な関係だ。それに由美子自身も傷つきたくなかった。それが正直なところ。でも、辛かった――。由美子はそんなことを話した。

「そうだったの……」

もう夕暮れどきだった。

「でも、ユミちゃん。愛を育てるには、我慢が大切なのよ」

「たとえば、お母さんがお父さんにするような我慢？　できるかな、私に……」

母親は笑っていた。

立ち振る舞いは少女のようだが、母親は気丈な女だった。父親の不倫が発覚したときも少しも動じなかった。由美子がそれを知るのはずっと後のことなのだが、結局、父親は母親のもとに帰ってきた。

「我慢か……」

由美子はひとりごちた。

家に帰ると、健太郎が拗《す》ねていた。ひとりぼっちにされ、拗ねているのだ。近づこうとしない。呼ぶとソファの陰に隠れた。そういう態度をとる健太郎がたまらなく可愛い。抱き上げ、頬ずりすると、ようやく機嫌を直しいたずらを始めた。

「お父さんは何時頃?」

「八時に帰れるって。ユミちゃんが帰っているって伝えておいた」

親子は台所に立った。学生の頃、一度として台所など手伝ったことのない由美子。しかし、いつの頃からか、母親と台所で語り合うのが楽しくなった。父親が家に戻ったあたりかもしれぬ。

冬は鍋だ。鱈《たら》ちり。父親は約束の時間に帰ってきた。三人で食卓を囲むのは、久しぶりだった。都市銀行の幹部行員の父は、酒好きだ。娘と飲むのがいかにも楽しいらしい。饒舌《じょうぜつ》になっていた。

「由美子、大丈夫か、大丈夫なのか……」

翌朝。父親は妻に訊いた。

昨夜、娘は父親を論難した。父親は狼狽した。娘は強かに飲んだ。父親に絡んだ。止めろよ、もう！　と言ったのに。それでも強かに飲み、私もうダメなの……。そう言って泣き崩れた。その娘の言葉が残響する。

「何かあったのか」

父親は妻に訊いた。さあ？　と妻は答えるだけだった。父親は首を傾げながら、職場に向かった。まだ娘は二階で寝ている。健太郎は由美子を捜している。

今日も出社の気分になれない由美子。昼近くに目覚めた。ボンヤリした気分。すぐに起きる気力はない。ベッドのなかでしばらく考え事をした。やっぱり鬱の私……味噌汁が飲みたい。母親が用意していた。母親の味噌汁が世界一だと思っている。

パジャマのまま下りていくと由美子の膝に健太郎がのってきた。ジッと由美子の顔を見ている。可愛いヤツ。健太郎の耳を、思いっ切り引っ張った。キャンキャン、鳴き声を上げ、健太郎は逃げ回った。逃げ回る健太郎を、追い回す由美子。

「ユミちゃん。止めなさいよ！」

まるで子どものよう。

久しぶりで怒られた。懐かしい気分で味噌汁を飲んだ。食欲だけはあった。それにしても、と思う。弱っちい私……。

昼過ぎに元気が戻ってきた。もうくよくよしない……。夕方、由美子は家を出た。

「ユミちゃんは大丈夫だから……」

母が背中に声をかけた。うん、とうなずく由美子。健太郎がキャンキャン吼《ほ》えていた。思わず振り返った。母が手を振っていた。

2

あの夜、青柳良三は峰村義孝と午前三時まで飲んだ。そこは二人の行きつけのバーだ。週に一度は足を運ぶ。二人が話したのはあずみおおたか監査法人の行く末についてだった。もう絶望の淵にあるのに、なお磐田執行部は、「粉飾幇助はなかった」を貫いていた。

「それはそれで凄いことだよな」

峰村は奇妙なほめ方をした。いまになっては磐田執行部も、これまでの主張を撤回し、当局に恭順の姿勢を取るわけにもいかないのだろう。けれど、こういうとき、ひとつのことを言い続けるのは難しいものだ。事態がどんどん変わってきているのだから。磐田も、事態を飲み込んでいるはず。すべて承知で磐田執行部は無罪を言い続けている。凄いことだ、と峰村は何度も言った。少なくとも、途中で逃げた佐伯よりも——と。

行く末。暗い見通ししかない。峰村は解散命令を予言した。解散か……。監査法人としては、あってはならぬ不祥事の露見だ。司法は個人の犯罪を裁くが、行政は法人の違法行為を裁く。行政処分の形で……。法人は命を絶たれる。それが解散命令だ。

「大きな何かが動いているように思う」

峰村は言った。

「何なんですか、その大きな何かって?」

「わからない……」

大きな何か——。

あずみおおたか監査法人を、葬り去る力を持つ、大きな何か……。事件を仕掛けたのが大きな何かであるとすれば、それは国家権力以外にあるまい。しかし、監査法人を潰す目的がわからない。金融庁の別働隊のような監査法人だ。まだ金融庁と監査法人は蜜月の時代が続いていると思っているのに。

「事情聴取は、どんな具合だった？」

峰村が訊いた。

青柳は検事と向き合った場面場面を、鮮明に思い出すことができる。

「料亭の弁当が出てきましたよ。三段重ねの豪華版。検事の奢りでね。しかし、嫌みだよな。こういうのを、監査にいくたびご馳走になっているのか、と訊かれた。公務員なら倫理法に触れるとも……」

「そういうのって常態だからな……」

峰村は眉をひそめた。

正常に話ができたのは、そこまで。十四時間におよぶ事情聴取。まだ身体の芯が、震えている。緊張がとけたのは、五杯目のストレートをあけたときだ。緊張がとけたせいか、青柳は酔っぱらった。

「彼女との関係も訊かれた」

「彼女って」

弁護士にも話さなかったこと。それを峰村に打ち明けた。

「あの記事を書いた毎朝の記者か」

「…………」

「何も問題はないじゃないか。君は、内部事情を話したわけじゃないんだから。いや、たとえ話したにしても、それが問題になるとは思わない。その彼女と、いまでもつきあっているの？」

「別れましたよ。振られたんです」

「そう……」

酔いのせいだったのか、由美子との関係を洗いざらい話した。ちょっとだけ気分が楽になったように思う。気分がよくなって三時まで飲んだ。峰村はよくつきあってくれた。いつどうやって帰ったのか、よく覚えていなかった。峰村と肩を組み、大声で歌い、銀座七丁目を歩いたのが微《かす》かに記憶に残るだけ。

三日後の夕方――。

エントランスの受付から電話があった。

「どうしましょうか」

受付嬢が、取り次ぐべきかどうか、迷っているような風だった。相手は週刊誌の記者を名乗っているという。週刊誌とはつき合いもないし、知人もいなかった。取材なら広報を通す慣例だ。結局、青柳は面会を断った。

午後七時。

青柳は早めに職場を出た。地下鉄千代田線に乗り、いつものように千駄木で降りた。自然に足が向いたのは「にしくぼ」だった。

「お客さん、が……」

芳子が奥の座敷を、顎《あご》でしゃくった。

「客？」

青柳に心当たりがなかった。まさか。検事が飲み屋にまた押しかけてきた？　背筋が寒くなった。気配で察したのか、奥から男が出てきた。四十前後――。あのときの検事ではなかった。

「青柳さんですか。青柳良三さん？」

男は名刺を差し出した。

「週刊二十一世紀マガジン」編集部記者――。

右派系の週刊誌だ。大衆の劣情を煽《あお》り、過激な国粋主義的な主張をして、時代の右傾化に乗っかり、部数を伸ばしている週刊誌だった。いまの攻撃の対象は、親中派の学者や政治家。土下座外交と罵声を浴びせる。旧日本軍による南京虐殺説を否定しない学者・研究者を片っ端から切り捨てるキャンペーンを張ったこともある。新聞社も対象だ。とりわけ毎朝には厳しい。官僚叩きでも、定評がある。ともかく左派系なら何でも切って捨てる。

教育問題にも口出しする。市民運動も目の敵《かたき》。それに弱い者虐《いじ》めは目を覆うばかりだ。たとえば、生活保護者虐め。生活保護費受給者は「怠け者」と決めつけ、大衆の劣情を煽り立てる。それでも発行部数四十万というから、けして影響力は少なくない。

普通のサラリーマンの風。身なりもきちんとしている。しかし、目に険があった。地下鉄のなかで、由美子に話しかけたあの男。しかし、青柳には知るよしもない。

「立ち話も何ですから、向こうで……」

記者は奥座敷を指さす。

「お断りします」

「そう言わずに、ほんの少し、一緒に飲みたいだけですから」

「あなたと話すことは何もない。飲むのなら勝手に飲んでください」

青柳は取り合わなかった。

「それでいいんですか。それでも……」

険のある目が笑っていた。

「訊きたいのは、毎朝の記者さんとのことなんですがね……」

青柳はギクリとした。これは脅迫? 行きつけの飲み屋まで探り出し、待ち伏せする記者とは。記者は由美子のことを出した。侮りがたい調査能力。青柳は男を凝視した。体力には自信がある。はり倒そうか……。

「ですから、ほんのちょっとだけ」

男は執拗だ。

検察官に事情聴取を受けて以来、鬱積《うっせき》した感情が爆発しそう。由美子のことを出され、頭は真っ白。拳《こぶし》を固めたとき、そこに割ってはいったのが吉塚だった。

「ちょっと、あんた。こちらは断っているんだよ。それがわからんのか。話のわからんヤツだ。つまみ出すぞ」

常連のヨッちゃんが凄味をきかせた。迫力満点。さすが左官屋の親方だ。しかし、男も負けていなかった。

「話を訊くのが商売。話を訊くことの何が悪いんです」

男は屁理屈をこね始めた。ヨッちゃんに屁理屈を言ったら負けだ。ヨッちゃんは本気で怒った。

「バカヤロウ。四の五の言っていると、本当につまみ出すぞ」

ヨッちゃんは男の胸ぐらをつかんだ。

　男は拳を固め向かってきた。そのとき、

「ウチは客を選ぶ。さっさと出ていけ。二度と店の敷居をまたぐな」

もの凄い剣幕で一喝したのは、この店の主人健三だ。初めて見る健三のタンカ。

男は引き下がった。

「来週、出ますから。楽しみに」

カシミヤのコートを手に、男は捨て台詞《ぜりふ》を残し立ち去った。

しばらくして二人の制服警官が現れた。近くの交番の巡査だ。

「こちらでもめ事、ありました？」

年老いた方が訊いた。

客は顔を見合わせた。警察官が出てくるようなもめ事ではなかったからだ。

（はて？）

「ちょっと諍《いさか》いはありましたよ。けど、お巡りさんが出てくる話じゃない。どういうことなんですか」

健三が逆に訊き返した。

「あのね。この店で暴行を受けたという男が来たものですから。念のため、事情をうかがおうと思いまして……」

実は、と吉塚が説明した。面談の強要。それが原因――。警官がメモをとる。

「そういうことです」

警官は納得したようだ。

「その男、どこにいます。連れてきてよ。こちらにも言い分がある」

「いや、衣服の乱れもないし、怪我をしている様子もない。事件性はないと考え、帰ってもらいました」

「あっ。あの野郎。散々飲み食いし、カネも払わず、出ていきやがった。無銭飲食じゃないか！」

警官も驚いたという顔をした。

「無銭飲食は犯罪ですよ。どれほどの金額ですか。被害届けを出します？」

警察官が訊いた。

「五千八百円ほど……。アイツが何かいちゃもんでもつけてきたら、そのときは考えますが、いまのところは……」

こういう場面では、意外にも健三はしっかりしている。すっかり怯えているのは、芳子の方だった。

「あの野郎。質《たち》が悪い！　被害者ヅラしやがって。今度ツラを見たら本当に叩きのめしてやる」

ヨッちゃんは、憤懣《ふんまん》がおさまらずにいる。

「すみません。迷惑をかけて」

青柳は常連たちに頭を下げた。

「あんたが悪いんじゃない。謝る必要なんてないさ。さあ、飲み直しだ！」

ヨッちゃんは、一気にコップ酒を飲み干した。空いたコップを突き出す。たっぷりと注ぐ。青柳もヨッちゃんにならって一気飲みした。拍手が起こった。

「ありがとう。ありがとう」

礼を言った。

励ましの拍手だ。青柳が勤めるあずみおおたか監査法人が、どんな具合になっているか常連たちは知っている。週刊誌に追い回されるのは、そのためだ——と。知っていながら決して話題にせぬ彼ら。青柳はこの街の人たちの優しさに守られているのを知った。

「ありがとう」

あのまま記者をはり倒していたら、間違いなく今頃は留置場だ。それを止めてくれたのがヨッちゃんたち常連と健三だ。しかも喧嘩のやりかたも巧み。他人の喧嘩を買い取り、打って出る男気。青柳を少しも傷つけることなくことをおさめた。

嬉しかった。本当に嬉しく思えた。

「いいってことよ。お互い様よ」

別な常連が言った。

常連の大半は小商いの店主。零細企業の経営者たちだ。魚屋、雑貨屋、八百屋、自転車屋、豆腐屋、文房具屋、パン屋、床屋、美容院、大工、石屋、表具師、洗濯屋など業種は雑多だ。彼らは街の旦那衆だ。祭りでは法被《はっぴ》姿で仕切るのも彼らだ。

青柳はときおり常連の経理の面倒をみていた。経営上のアドバイスなどもした。節税の方法も伝授した。中小零細企業向けの金融システムについても教えた。担保なしで非常に低い金利で借りられることを知った彼らには目から鱗《うろこ》――に違いない。書類をとりよせ手続きもしてやった。

もちろんボランティアでだ。左官屋をやるヨッちゃんの場合は帳面のつけかたから教えた。節税対策をやったので、納税額が年間二十万近く減った。零細左官屋にとっては大金だ。彼らはそれを恩義に感じているのだ。

「お互い様よ――」

と、言ったのは、そういう意味だ。

（自分は守られている。自分が守らなければならぬのは由美子だ……）

自分のことについては覚悟を決めた。人生を棒に振ろうとも、自分が追い込まれていっても、由美子だけは守る。あのやろう！　殺意さえ抱いた。由美子は傷つけてはならぬ。青柳は心に決めた。

その夜、青柳は電話をした。しかし、つながらなかった。仕方がないのでメールを送った。そのメールを由美子が読んだのは、翌日の昼過ぎだった。軽く舌打ちをした。

「至急連絡を請う」

と、だけあった。

二日も休み、母親に甘え、友達に甘えてようやく心の安寧を取りもどしたのに。アイツときたらまたかき乱す。無視しようかとも思った。そう思いながらも、心待ちにしていた自分に気づき、由美子は狼狽した。そんなはずないもの……。とっくに決めているんだから。二度と会わない――と。

由美子はもう一度読み返してみた。実に素っ気ない、事務連絡みたい。普段なら良三はこういうメールを書かない。至急って、何の用事なのだろうか。不安が頭をもたげた。もしかして……。悪い予感。最悪の事態。悪い方向に考えが傾く。思いあたることがあったからだ。携帯に手が伸びた。指先が携帯の番号を覚えていた。

一回、二回。呼び出し音が鳴っている。心臓の高鳴りを覚える。鼓動が早くなった。できたら出ないで欲しい。お願い、自分で電話をしておきながら、そう念じる由美子。子どもなのかしら？

出た。聞き慣れた良三の声がした。二ヵ月ぶり？　懐かしい声だった。

「逢いたいんだ、いますぐ。出られるか」

良三は急《せ》いていた。

「もう逢わない、メール見たでしょう」

由美子は剣呑《けんのん》な口調で言った。

「勘違いするな。そういうことじゃない」

有無をいわせぬ言い方。二人が落ち合う場所を指定した。こんなこと初めてだ。

「説明してよ」

「それは逢ったときに話す。出るときは、注意して……」

良三は念を押した。

由美子は社を出てタクシーを拾った。後ろを振り返る。地下鉄で声をかけてきたあの男か。近ごろ、不審者がつきまとっているようにも感じられた。気のせいかも。そうも思ったが、至急連絡を請う——との良三のメールが不安を募らせる。後ろを振り返ったが、それらしい車はなかった。

（でも、どうしてかしら？）

愛を育てるには我慢が大事と言う母。わからないわけではない。由美子はときに思う。素直になれたらな……。でも、アイツには特別にむかつく。その理由を何度も探したが、いまだにみつからない。霞が関から神田錦町を抜けて秋葉原から不忍池に出た。言問《こととい》通りを渡ったところで止めさせた。

「場所を用意しておく……。そこに来てくれないか。道順は……。わかるな」

良三は電話で言った。

良三が説明した通り、そのしもたや風の家はあった。振り向いてみたが、人影はなかった。木戸をくぐった。広い庭だ。家人が出てきて、奥の座敷に通された。座敷で青柳が二人の男と話し込んでいた。どういうことなのかな——。逢うのは二人っきり、そう思っていたのに。

一人は五十年配の男。もう一人は良三と同年配の男……。歳を喰った方の男が、笑顔を作り峰村義孝と名乗った。

「同僚です」

「弁護士の高井です。青柳君とは大学の同期です。よろしく……」

このとき青柳は必要な手を打っていた。ひとつは信頼する上司、公認会計士の峰村義孝に事情を打ち明け、相談したこと。もうひとつは友人の弁護士高井正夫に法律的なアドバイスを求めたことだ。それにもうひとりいた。ヨッちゃんだった。

「遠慮はいらねえよ。俺の家、使え」

そのしもたや風の家は、ヨッちゃんの家だ。例の記者の配下の者か、マンションの周辺に見かけぬ男がカメラを構えてたむろしていた。用心にこしたことはない。ヨッちゃんは快く場所を提供してくれた。そういうことで、ともかく手はずを整えた。それがいまの青柳良三にできるすべてだった。由美子は飲み込めた。青柳良三が切り出した。

「昨夜のことです」

青柳は、にしくぼで待ち伏せしていた週刊二十一世紀の記者とやり取りした、その一部始終――つまり、毎朝新聞の女性記者のことを訊きたいと執拗に面談を強要したこと、面談を拒否したためちょっとした諍いが起こったこと——を話した。

（やはり、そういうことだったの……）

悪い予感は当たっていた。

「彼らの狙いは？」

峰村が訊いた。弁護士が答えた。

「そりゃあ、決まっていますよ。狙いは宿敵毎朝でしょうな。右翼雑誌は毎朝を叩けば十万部は上乗せできるそうです」

峰村は苦笑した。

由美子の顔がこわばった。

恋人から得た情報で、スクープを飾った毎朝女記者——。そんな小意地の悪い見出しが想像できた。TVも群がるかもしれない。編集局はどんな反応を示すか。好奇の目で見る同僚記者。晒《さら》し者だ。それよりもなによりも情報の出所を訊かれたとき、どのように答えればよいものか……。出所が良三ではないことを証明するのも難しい。さりとて、本当の情報源を、明らかにすることもできない。バラせば相手に迷惑をかけるのは自明。情報源を明かすことは新聞記者の倫理にも反することだ。唯一の救いは良三が情報源を、あえて問い質すような真似をしないことだ。それとても、いつかは話さなければならないときがくるはず。それはそれでいいか、とも思う。そう思うと、不思議な自信が湧いてきた。

「対応策は三つ……」

高井弁護士が説明した。

「ひとつは、原稿を入手できるかどうか。入手できれば、出版差し止めの訴訟を起こします。二つ目は内容が虚偽報道であれば、名誉毀損《きそん》で刑事告訴。三つ目は損害賠償の民事訴訟に持ち込む……。これが弁護士として提案できる対応策です」

「事前に原稿なんて見られるのかね」

青柳が首をひねった。

「全く不可能ということじゃない。たとえば広告会社などから、入手できる可能性もある。ひとつ当たってみますか」

さすがは、弁護士稼業。裏の道にも通じているようだ。しかし——と、青柳は考えた。いずれも、法律的な処置であり、対抗だ。週刊誌が発売されれば、由美子の存在が白日のもとにさらされる。それでは困る。他に由美子を守る方法はないだろうか。

「予防的な方法はひとつだけある。警告文を送りつけることだろうな。出せば、訴訟に踏み切る、と。しかし、あまり効果は期待できないな……」

高井弁護士が答えた。

「まあ、考えられる対応策は、そんなところでしょうな。確認の意味でお訊きするのですが、情報源は青柳君じゃない、そういうことですね」

峰村は由美子に訊いた。

「ええ、良三ではないです。情報源は……」

と、言葉を飲む由美子。

「あなたは新聞記者。情報源を秘匿《ひとく》する義務がありますから……。あなたを信じます」

高井弁護士は押しとどめた。その理由は単純明快だ。その必要がないからだと高井が言った。仮に情報の出所を、青柳だと彼らが断定的に書けば、その立証責任は週刊二十一世紀側が負うことになる。いつどこでどういう内容の情報を漏らしたか。立証できなければ虚偽報道になる。そこを刑事訴訟で突く。

「そういうことです」

高井弁護士は満足げに笑った。

「そうはいっても」

言いかけた青柳の言葉をさえぎり、

「私、弱っちくないですから。私のことなら大丈夫です」

と、由美子はにっこり笑った。

根性が据わった表情。彼女は変わった？　由美子の軽やかな、その表情に青柳は、これまで見たことのない別な由美子を見た。

3

相変わらず「粉飾幇助はない」を、押し通してはいるが、近ごろ磐田勇治理事長は、自信に満ちていた。馬子《まご》にも衣装などという不埒《ふらち》を言う者もあるが、ポストは人を変えるという。ポストが人間の器を大きくし、ポストが人間を成長させるからだ。そのたとえに従うなら、理事長という重責が磐田を変えたのかもしれぬ。もっと言えば、あずみおおたか監査法人を襲った未曾有《みぞう》の危機が磐田の意識を変えたのだろう。

確かに磐田理事長は傍目にも変わった。やるべきこともよく心得ていて、部下の意見具申に耳を貸すなど、これまでになかった態度だ。部下に出す指示も的確だ。自ら先頭に立ち、危機を乗り切ろうとする気概もある。とりあえずは外部調査委員会が動き出し組織改革にも着手した。

もっとも恐れた客離れも思ったほどではなかった。磐田自身が客先に出向き、組織改革の実《じつ》を説明し、理解を求めた。何しろ、代表社員の公認会計士が逮捕されたのだからクライアントの目は厳しくならざるを得ない。そういうふうに磐田は理解していた。そのクライアントを説得するため行脚《あんぎや》する彼の行動は称賛に値するものだった。

唯々諾々《いいだくだく》の前理事長とは明らかに違っていた。

しかし、本人の頑張りとは違った方向に事態が動くのが世の常だ。

青柳良三はメールに見入っていた。業務提携をしている米国の監査法人アカウント・グローバルからのメールだった。額に脂汗が浮かぶ。もう一度読み直した。

「提携の打ち切りか……」

メールを見て、青柳良三は判断した。

「受け皿が必要……」

というのがメールの最後の結論――。

そのメールを理事長に転送した。どのように返事を書くべきか、自分の権限を超えていたからだ。いよいよという思いがある。次第に包囲網は狭まっているのを実感した。

いま青柳は、対外関係の折衝にあたっていた。危機管理特別チームにあって、対外折衝を任されたのは、金融庁にいたとき米国留学の経験があったからだ。ただ、それだけの理由で。先ほどの思いが脳裏に浮かぶ。

「受け皿……」

米国のパートナーは、最悪の状態を想定しているのだ。金融庁が解散命令や業務停止命令を出したとき、あずみおおたか監査法人が受け持つ顧客の扱いはどうなるのか、最悪を想定すれば、受け皿の用意が必要だが、その受け皿の用意はあるのか――。いずれも業務停止命令が発動されることを想定しての質問ばかりだ。

あずみおおたか監査法人が手がけている上場企業は約二千三百社。加えて日本企業のグローバル化が進み、海外の現地法人は千二百社に上る。日本企業の国際化に対応するため会計基準も改められた。すなわち内外の子会社の業績を連結させる決算だ。その一部の業務を委嘱している提携相手がアカウント・グローバルなのである。

業務停止命令が出れば、アカウント・グローバルも、巻き添えを食らい、一定期間決算業務を停止せざるを得なくなる。それでは困る。というのも、担当する企業の決算が宙に浮いてしまうからだ。パートナーとしては傍観が許されぬ事態というべきであろう。その意味であずみおおたか監査法人に対処方針を質問してくるのはわかる。

（しかし、それだけだろうか……）

青柳は考えた。

受け皿を用意せよ、とも要求している。それが適わぬならば、業務提携の解消を、言外に臭わせているようにも読める。いや、それは深読みというものだろうか……。

五分後。

卓上の電話が鳴った。

（由美子……？）

そう思ったのはわけがあった。

二ヵ月ぶりの邂逅。

由美子は優しかった。できれば、二人で食事をしたかった。それができなかった。

その夜は、旧友高井正夫と約束をしていたからだ。

「女を入れちゃだめだ。彼女は敵になるか味方になるか、わからん。もう未練はないんだろう。今夜は青柳の弁護士としておまえに言っておきたいことがある」

「しかし、彼女を信じると言っていたじゃないか……」

「バカか、おまえは……。ああ言ったのは方便だ。方便……。俺はおまえに雇われた弁護士だ。俺はおまえのためにしか、働かんからな。そのつもりでおれ。今夜時間を作れ。相談したいことがある」

　小用に立ったとき、後に続いた高井が袖を引き、そう耳元で言った。

「私は、これで。あとで連絡するから。今日は失礼するわ」

　由美子はそのまま社に戻ると言った。彼女も忙しいようだった。由美子とはあれ以来逢っていない。逢えば逢ったで切なくなるこの気持ち。たった三日の空白。それがとてつもなく長い長い空白のように思えた。電話から聞こえてきたのは、

「青柳君か……」

　という磐田理事長の声だ。青柳は現実に引きもどされた。このところ、何かと青柳を重用する磐田。多忙な磐田だ。理事長のパソコンには、日々何十通もメールが飛び込み、それを処理し、その合間に会議会議の毎日だ。それにクライアント回りの行脚も続いている。それにしてはレスポンスの早いこと。彼も、あのメールの意味を、素早く理解したのであろう。

　青柳は急ぎ、理事長室に向かった。理事長室には二人の理事の他、峰村義孝の顔があった。監査第三部長兼務のまま、危機管理特別チームの統括責任者に就任したのは二日前のことだ。これは異例の人事だ。本人も驚き周囲も驚いた。派閥を超えた抜擢

と見られていた。腹心の村重正一の姿はない。彼は手勢を引き連れ、他の監査法人に移籍する工作を始めているとの噂もある。

組織が危機に瀕したとき、ひとは、利害損得で動くものだ。忠義面をして磐田に仕えた村重は、あずみおおたか監査法人を捨てたのだろう。それは責められまい。しかし、人間関係はわからないものだ。磐田に痛烈な批判を浴びせていた峰村だが、いまやその峰村を磐田がもっとも頼りにしているのだから。

それぞれが会議用の楕円形テーブルに席を移した。磐田が口火を切った。

「アカウント・グローバルが受け皿の用意を提案してきた。もちろん最悪の事態を想定すれば、客先に迷惑をかけてはならず、そのために受け皿は必要。それはそれで、提案は至当と思う。だが……」

磐田理事長は、そこで言葉を切った。転送されてきたメールを読み終えたとき、ひとつの疑問を抱いた。アカウント・グローバルのディビッド・アルトマン会長とは遠慮のない旧知の間柄だ。法人の生き死にに係る重要な問題をなぜ自分に連絡もせず、事務レベルでことをすまそうとするのか——。青柳が抱いた疑問と同じ疑問を、磐田は抱いたのだった。

「受け皿ですか。つまり新規に別法人を立ち上げ、最悪、業務停止命令が出たとき、そこに業務を移すというわけですな」

理事のひとりが言った。

「いまわれわれは組織改革の最中にある。改革の実を、行政がどのように判断するか、それに業務停止命令を出すかどうか、まだ決まったわけではない。この段階で別法人を立ち上げるのは、組織改革を途中で放棄するようなものだ。これは、たとえアカウント・グローバルの要求といえども受け入れがたい」

磐田の態度は明瞭だった。

「そうかもしれませんな……。クライアント離れを防ぐため別法人を立ち上げた、そう世間は見るでしょうな。金融庁は金融庁で処分逃れとみるかもしれない」

峰村は理事長の考えを支持した。

しかし、問題は微妙だ。

「青柳君は、どう思う」

突然、磐田が青柳に訊いた。

磐田の考え方はわかる。改革を急ぐ磐田は改革の実効を上げ、クライアントの信頼を得て、その信頼をもって、金融庁に寛大な行政処分を求めるという考え。それに所属会計士が逮捕されはしたが、まだ有罪が確定したわけではない、という思いがある。この段階で早々に別法人を立ち上げては、有罪を認めたように世間は受け止めるのではないか。それが別法人の立ち上げに躊躇する理由だろう。

「まあ、いま受け皿の別法人を立ち上げるのは、いかがかと思います。行政処分をすり抜ける便法の別法人ではないか、と批判を受けるでしょう。しかし、業務停止命令が下されたときの、最悪のケースを想定した緊急時対応を準備しておく必要があると思います」

「なるほど、続けてみて……」

そこで青柳は二つのことを提案した。

ひとつは、同業の大手監査法人に協力を求め、業務停止命令が解かれるまでの間業務を移管させるケース。しかし、この場合のリスクは、クライアントがあずみおたか監査法人に再び戻ってくる可能性が少なくなることだ。つまりクライアントを奪われてしまうリスクだ。もうひとつは中堅どころの監査法人に業務を委嘱する方法。この方法ならば大手と違ってコントロールが容易であり、顧客流失のリスクは最小限に抑えられる。別法人を立ち上げるよりも、これなら金融庁の理解が得やすいのではないか――と。

「国内企業は、それでいいかもしれぬ。しかし、問題はグローバル企業。グローバル企業はアカウント・グローバルの協力を抜きには監査ができないからな」

理事のひとりが疑問を呈した。もっともな意見だ。議論は延々と続いた。磐田は最後に結論を出した。

「クライアントの利益を損なわないようにするのがわれわれの第一の責務。そのため最低限必要な準備をしておく必要がある。いまの段階では別法人の必要性は認められない。とはいえ、万々一を考え、グローバル企業に対する配慮も必要だ。国際業務の緊急移管のプランを準備する。このプランが発動されることがないよう祈るだけだ」

磐田の額に汗がにじんでいた。三時間近くに及んだ会議が終わったのは九時半を過ぎていた。これから在京の理事を集め、臨時の理事会が予定されているとのことだ。

「青柳君……」

理事長室を出ようとしたとき、背後から峰村が声をかけてきた。二人は一緒に事務所を出た。自然に足が向いたのは千駄木だ。

「その後、動きはないか」

にしくぼの奥座敷に腰を落ち着かせると峰村が訊いた。週刊二十一世紀の動きだ。

「音沙汰なしです」

自宅周辺をうろついていた男たちも姿を消した。記者本人からの連絡もない。弁護士の高井が印刷会社に探りを入れたが、それらしい入稿もないという。由美子も覚悟を決めているようだ。暴露記事が出ても動揺することはあるまい。いまのところ由美子は凪《なぎ》だ。

「そうか……」

そこで峰村が話題にしたのは、先ほどの会議の続きだった。

「偶然かどうか、なんだか変な動きだね」

「峰村さんも、そう思われますか」

アカウント・グローバルが新規法人の立ち上げを提案してきたことの意味。一方、社内では村重正一らを中心に別派立ち上げを画策しているともいう。

両者は呼応しているのか。連携しながら動いているようにも見える。あまりにもタイミングがよすぎるからだ。もっとも村重らの動きは噂の域を出ないが……。

「そのことを、磐田さんに話してみた」

「反応は？」

「あまり気にしている風ではなかった」

「そうですか」

事実とすれば、磐田が掲げる改革路線は足元から崩れる。峰村の忠告にも、気にしている風はないという。策士として知られる磐田は、謀略には謀略をもって動きを封じるのがこれまでのやり方だ。腹心の裏切りにも動じる気配もない。ただ沈黙を守っている。不思議な態度だ。

「彼は変わったね。別人のよう……」

峰村は嘆息した。

磐田理事長の変身——。それをどう見るべきか、疑義はある。いまのところ、磐田の変身は歓迎すべきだった。人事も思った以上に公平だ。大鷹出の峰村を、危機管理特別チームの統括責任者に指名するなど、以前なら考えられない人事だ。しかも統括責任者には従来の経営企画室長に匹敵する大きな権限を与えている。

改革に取り組む姿勢も本物だ。自ら先頭に立ち、骨身を惜しむことなくクライアント回りを続けている。理事長に就任しわずか一ヵ月の間に回ったクライアントは二百におよぶという。真似はできない。

社内の融和を図るため社員との懇親会にも積極的に顔を出す。各支部に出向き地方社員との対話集会にも出席した。外部者に委託した調査委員会に対しても協力的な姿勢を見せている。外部調査委員会が要求する社内資料も大胆に情報開示《ディスクローズ》に応じている。なによりも大きな変化は、部下の意見に耳を傾けるようになったことだ。ただ、心配なのは相変わらず「粉飾幇助はない」と、言い続けていることなのだが……。

だが、三つ子の魂《たましい》百まで――ということわざもある。変身は偽装なのか。変身が偽装ならば、油断のできぬ食わせ物だ。あれほどの策士。権力の権化のような男。やはり三つ子の魂百まで――ではないか。峰村には磐田がよくわからなかった。

「でも、変身が偽装であったとしても、やっていることは評価できると思いますよ。理事長が手がけていることは、方向として間違っているとは思えないです」

青柳は峰村の疑問に、そう応えた。

「それも、そうだな。冷や飯を食わされてきた者のひがみかもしれん。まあ、ひとの評価は、君が言うように、やっていることで決めるしかない……」

そう言って、峰村は笑った。

翌週――。

いっときなりを潜めていた「兼高粉飾」報道が再び紙面を賑わせ始めた。逮捕された公認会計士が「幇助の自供――」を始めたと発表されたからだ。共謀や幇助を全面否定し「兼高に騙された」と、言い続けてきたあずみおおたか監査法人には大きな打撃だった。

責任の大きさ――。

磐田勇治は新聞を読み終え、しばし放念した。理事長に就任して以来、人前では絶対に見せない顔だ。照明を落とし、磐田は考えに耽《ふけ》った。新聞は勝手を書く。いまや、そのことにも腹が立たぬ。

考えているのは、監査法人の責任の大きさだった。三千社を超える顧客。その顧客が稼ぎ出す金額はＧＤＰ（国内総生産額）の十五パーセントにも相当する。理事長の椅子に座ってみて初めて気がついた数字だ。理事長の椅子からは、いろいろな物が見えてくる。権力に近づく者、離れていく者。沈みかけた巨大監査法人には、もはや用なしとばかりに転職に動く者。別法人を作ろうと画策する者など動きは多様だ。それはそれで責めることはできまい。しかし、監査法人の理事長としてはＧＤＰ十五パーセントの現実に立ち向かわなければならぬ。そして監査法人の社会的役割についても、再認識させられた。想像以上の権力を有する監査法人。匙《さじ》加減いかんで企業の生死を決める。それは、裏を返せば監査法人が負う無限責任だ。それは恐怖だった。

最悪のシナリオ――。

考えないわけではない。いや、いつも脳裏をかすめるのは、そのことだけ。ＧＤＰの十五パーセントを会計処理する監査法人が潰れれば、どうなるか。想像するだけで、肌に粟立《あわだ》ちを覚える。監査法人が引き起こす経済恐慌。事情を知らぬ者は、冗談としか受け止めないだろうが、冗談ではない、経済恐慌の引き金を引く可能性が本当にあるのだ。上場企業の多くは決算ができず、株主総会も開けず、株価暴落という地獄が待つからだ。

(絶対に潰してはならぬ……)

磐田は理事長に就任して以来、心に決めていた。そのためなら、何でもやってみせるつもりになっていた。必要ならクライアントに対し土下座も辞さない。社員ひとり一人の意見も聞く。改革も本気で進める。世間に向かっては、説明責任を果たす。ディスクローズも積極的に行う。危機に瀕したあずみおおたか監査法人を救うことは、日本経済を救うことでもある。ひとは変われるか。いや、自分は変わらねばならぬ。その決意が磐田の変身を促したのだった。

もう一度、新聞に目を通す。見出しは毒々しい。最後まで踏んばっていた志村もついに自白――とあった。兼高の経営陣が粉飾を認め、自白したのは、予想通りの結果だ。身内の自白は痛い。しかし、身内が幇助を自白したとなれば、事情が違う。

「粉飾幇助はない」

と、言い続けてきた前提が崩れる。この段になって、まさか「社員に騙された」とは言えまい。志村忠男代表社員は、監査には厳しい態度で臨む男として知られる。しかもベテランである。彼が「粉飾帮助」を認め、自白したというのなら、新聞が報道する通りなのかもしれぬ。しかし、磐田は、それでも粉飾帮助だけは絶対に認めたくはなかった。

磐田勇治はスーツの上着に腕を通し、鏡の前に立った。酷く疲れた顔だ。新たな事態の出来《しゅったい》にいかに対応するか、何も決めていない。表情に不安が浮かんでいる。これではまずい。これから大会議室で理事および代表社員の合同会議がある。こんな情けない顔で会議には出られぬ。蒸しタオルで顔を拭く。頭髪に櫛を入れる。ピシャリと頰を叩いた。笑顔を作ってみた。ビジネス・スクールで教わったビジネス・スマイルだ。顔が引きつりうまく笑えない。

不意に前任理事長、佐伯重郎の顔が浮かんできた。温厚なだけが取り柄の佐伯。優柔不断な男だ。いい時期に辞めたものだ。怪我ひとつせず、惜しまれて去っていった。いまは気楽な常任顧問という立場だ。うらやましいとは決して思わぬが、その辞め方に釈然としないものが残る。形の上では理事長ポストを投げ出したかの佐伯ではあったが、事実上は力で奪い取ったような理事長ポスト。しかし——と、思うことがある。近ごろ本当に力で奪い取ったポストであるかどうか、疑問に思えてくるのだった。

「さあて……」

余計なことは考えまい。気を取り直し、執務室を出た。いつもの自信を取り戻し、磐田の頰に微笑みさえ浮かんでいた。

4

「次長、相談したいことがあります。ちょっと時間をいただきたいのですが……」

由美子は原稿に目を通している社会部次長の四方民夫に声をかけた。

「そう。急ぐの？」

読みさしの書類から目を離し、訊いた。

「ええ……」

「ごらんの通りいま入稿中だ。そうね。三十分後に二階の談話室で待っていて」

そう言うなり四方は原稿を読み始めた。

午後七時。

もう朝刊第一版の入稿が始まっている。あまり大きなニュースはない。今朝、同業他社が伝えた「公認会計士、自供を始める」の後追い記事だ。それも社会面の三段の扱い。少し早めに編集局を出た。談話室は閑散としていた。この時間新聞社の誰もが多忙なのだ。コーヒーを注文し、文庫小説を読み始めた。けれど集中できなかった。由美子は読みかけの文庫小説を置き、頬づえをつき思った。

「偶然の拾いもの……」

兼高の粉飾決算疑惑報道では群を抜き、連続してスクープを飾ってきた毎朝社会部。しかし、いまは他社に抜かれっぱなしだ。スクープを飾れたのは偶然の出会いから、得がたい情報源をつかんだからだ。とても、実力なんていえるものじゃないわ。やはり拾いものというべき……。拾いものには、余分なオマケまでついてきた。情報源とは何の関係もないのに、良三までも巻き込んでしまった。何ていうことなの。そのオマケに日々由美子は悩まされている。

良三の前では気丈に振る舞った。しかし内心は違う。ひとりになると、忍び寄る不安で胸がはち切れそうになる自分。誰かに頼りたいのに、それができない。頼りになる人はすぐ傍にいたのに。あのときは本当は用事などなかった。それなのに社に戻った。素直になれないのは、弱さのせい。本当に弱っちいのだから。考えれば考えるほど、自己嫌悪に陥る由美子だった。

「待たせたね。ちょっと手こずってね。アイツときたら全くできが悪い！」

四方は席につくなり、同僚記者のひとりを罵倒した。部下の記者が書いた原稿が気に入らなかったのだ。四方には悪気もないし、部下の記者を、本気で罵倒しているわけではなかった。そういう言い方をするのが好きなだけなのだ。

新聞社の社会部は、どこか工事現場に似ている。上司の怒声が飛び交い、記者たちは時間に追われ、突貫記事を書く。ときには原稿の書き直しを命じられる。それも限られた時間内に。またときには、再取材を命じられ、書いた原稿は棚上げだ。ドタバタを繰り返し、ようやく整理部に手渡す。それが社会部の日々だ。工事現場のような、社会部の雰囲気に四方はよく馴染んでいる。

由美子はなにげなく時計をのぞいた。

「これから用事でも……」

何の意味もない、由美子のその仕草に四方は訊いた。一緒に飲みたい素振りが露骨に出ている。今夜は早番。九時には上がれる。そんな期待が顔に出ていた。

「いいえ……」

「で、相談っていうのはなんだい？」

四方は真顔に戻っていた。

(どう話せばいいのかしら……)

由美子は考えあぐねた。

由美子は事実を伝える新聞記者だ。事実は正確に伝えなければ……。ことの経過を話すのは難しい。というのも、一部に推測が入るからだった。今日が週刊二十一世紀の発売日だ。しかし、それらしい記事は見あたらなかった。良三が待ち伏せを食らったのは、先週のことだ。逆算すれば、記事は出ていいはずだ。それが出ていなかった。自分なら絶対に書く。逆の立場に立てば、これほどエキサイティングなネタはないからだ。そうしなかったのはなぜ？　憶測が入る第一の理由だ。

「なるほど、そういうことか……」

由美子の説明に四方が難しい顔でうなずいた。スキャンダルを追い求める新聞社は自らのスキャンダルを嫌う。世間を切って捨てる新聞社が、スキャンダルの当事者になるのは、あまりにも滑稽だ。週刊誌側からいえば、新聞社のスキャンダルほど価値がある商品はない。その滑稽さを狙って週刊誌は書く。いや、新聞社も同様だ。売らんかなの週刊誌に対して、正義漢面してスキャンダルを書くのが新聞社。違いはそれだけ。正義漢ぶらないだけ週刊誌の方が増しか。

「それで……」

と、四方が促した。第二の理由を訊いたのだ。第二の理由――。情報ソースに関することだ。もちろん、情報源の存在は上司の四方には打ち明けていた。しかし、社の上層部には秘密にしている。だから編集局長も情報源の存在は知らなかった。それに四方も取材に同席したことはなかった。それでも、由美子の上げてくる情報を信じ、四方は記事にすることを許した。けれども、四方は辣腕《らつわん》の社会部記者だ。上げてくる情報を、ただ鵜呑みにしていたわけでない。部下を動員し、再取材をかけて確認をとるのも忘れなかった。これまで一度としてタメにする情報の垂れ流しはない。

「何が問題なのか？」

そう四方に訊かれても、由美子は応えようがなかった。それは漠然とした疑い。いや疑いというには大げさかもしれない。それにしても、突然、連絡を絶った情報源。利用されたのかも……。特ダネをつかんだ新聞記者なら誰でも思い至る疑義だ。特ダネほど怖いものがないからだ。

「これまでのところ、誤報はない。そう考えるのは考え過ぎだ。気にするな」

四方は鷹揚《おうよう》だ。

「久しぶりだな。飲みにいくか……」

少し迷いはあったが、社の前でタクシーをひろった。

向かったのは神楽坂の「しらき」だった。通されたのは例の個室だ。この季節なのに曼珠沙華《まんじゆしやげ》の鉢があった。彼岸花は不吉な花だ。掛け軸も替えてあった。雪景色の松と真っ赤な紅梅だ。赤……。曼珠沙華も真っ赤。曼珠沙華は人間の生き血を啜《すす》るという。葉はなく茎だけの姿。やはり不気味。

四方は珍しく自分を語った。何の変哲もないサラリーマン家庭に育った。典型的な都会っ子。両親とも健在だ。心配ごとがあるとすればひとつ、両親の老後のこと。妻とは相思相愛の仲。お互いに求めて一緒になった。妻も仕事をしているが、家庭を犠牲にするほどの仕事人間ではない。妻と子ひとりの家庭に何の問題もない。社内でも出世頭だ。将来の編集局長間違いなしとの噂も否定しなかった。社内での庇護者の存在も語った。しかし、心に生じた空白。これは何なのか。四十にして惑わずというのは嘘。冗談を交えて言った。そこまで続けて四方は訊いた。

「相談っていうのは何だい?」

「…………」

談話室で訊いたことと、同じ質問を四方はした。四方は鋭い。まだ由美子は本音を喋っていない。親友の祐子にも話せない切ない気持ち。あの夜、とりとめもない話題に終始した。女同士だから話せなかったのかもしれない。話してみようか、この男《ひと》に。脈絡もなく、あの夜の唇の感触を思い出した。この男になら抱かれてもいいかも……。

「次長、私を抱きたい？　いいよ」

「バカヤロウ！」

由美子の頰が熱くなった。平手打ちを喰わされたのだ。

「俺はおまえが考えるほど、安っぽい男じゃない。第一、君には恋人がいる。君は彼に惚れているじゃないか。無体をするな。自分の気持ちに正直になれ。いいか、よく聞け。俺は君に心が揺らいだよ。しかし、君を抱く勇気はない」

涙がこみ上げてくる。ジッとこらえる由美子。しかし、心とは違った言葉が出た。

「お願い、ひとりにしないで！」

由美子の涙をみて、四方は驚いた。

仕事のできる女記者。理知的で勝ち気。寸分の隙も与えぬ仕事ぶり。女男の別を抜きにして、評価の高い記者だ。その彼女が地に臥《ふ》して、のたうち回り、悲鳴を上げている。あのときの由美子も、そうだった。自分の感情にとても素直だ。可愛い。憐憫《れんびん》を誘う。そんな可愛い女を見たのは初めてだ。わき上がる激情を、四方は抑えられそうになかった。

それから三十分後。

二人は「しらき」を出て、毘沙門天の路地裏のバーに入った。バーテンダーは汚れた布巾でグラスを磨いている。注文を聞いただけで、何も言わない。無口な男だ。客は二人だけ。四方は饒舌になっていた。饒舌の裏に潜む彼の気持ちを由美子は知っていた。知って由美子ははしゃいだ。

「そんな汚れた布巾でなぜ拭くの」

バーテンダーは苦笑いした。

「これ、セーム皮っていって、子鹿の皮なんですよ。グラスの汚れを落とすのにこれが一番。グラスは輝きを増します。決して汚れではないですよ。もともと、こんな色なんです」

「ああ、そういうこと……」

たわいのない話に由美子は笑い転げた。

一時間ほどでバーを出た。

ひとの行いは常に言葉とは裏腹だ。四方の場合も、そうだ。俺は安っぽい男じゃないといったのに……。男女というのは、理屈で計れないのかしら。二人は自然に中野坂上の由美子のマンションに向かった。二人とも、それほど酩酊しているわけではなかった。成り行き、それとも刹那なの……。

言葉を交わす間もなく四方の身体が入ってきた。覚めた気持ちなの？　良三のときのような感動はなかった。女の身体は不思議。快感はあった。四方に抱かれながら、ひたすら良三の影を消そうとした。でも無理。

「君は無理をしたね」

四方が身体を離し、言った。わかっていて四方は由美子を抱いた。しかし、四方は好きだよと、耳元でささやいた。

由美子は眠りについた。目が覚めたとき四方の腕のなかにいた。腕を外し、シャワーに立った。たまらない嫌悪感。自分で誘っておきながら抱く嫌悪感。四方に抱かれれば、良三との距離を測れると思った。別離を決意できると思った。いや、こうなってみて考えた後付けの理屈にすぎない。

良三と再会して以後、心が複雑に揺れていた。由美子を必死で守ろうとしていた良三の気持ちはわかる。それはありがたい。よりを戻そうか。だが、その風景を思い浮かべると、色があせて見える。良三に対する思い。その比重は軽くなっていた。

もう終わったこと。終わったのよ。勝手に別れ話を持ち出しておきながら、いまさら、という思いもある。自分は四方のことを、どう思っているのか。愛している？……。四方は由美子のことを、どう思っているのか。遊びなの？……上司と部下の関係以上のことはないように思う。優しいひと。心に生じた空白に入り込んできた四方。心のヒダにしみこむ優しさ。でも、刹那の遊び？ そういう人間でないのはわかっているつもりだ。遊びならついていかなかった。

でも、よくわからない。言えるのは、嫌いじゃないことだけ……。一緒にいると不思議な安堵を得られる。でもそれ以上を求めているわけじゃないの。それにしても、なんてバカなの、私って。

寝室に戻ると、四方が起きていた。目を合わせるのが辛かった。四方が手を取り、引き寄せようとした。

「お願い止めて。もうダメなの……」

「…………」

妻帯者の負い目。四方は無言のうちに身支度を始めた。妻と子どものもとに帰っていく四方。その姿が憎々しかった。後ろ姿を追いながら、心がほんのわずか四方に移りつつある自分を知った。背中に抱きつきたい衝動が走った。新しい恋が始まったのだろうか。しかし、許されない禁断の恋だ。先行きのない暗く切ない恋になる。両親にも友人にも秘密にしなければならない恋。祝福を受けることのない恋。はっきりしたことは、ひとつだけある。良三とは、どんな顔で逢ったらいいのか。いや、もうこれで二度と逢えない、関係は完全に終わったということだ。

「やあ……」

翌日、四方の態度は変わらなかった。何事もなかったように四方は、笑顔を見せた。それが悔しく思えた。それなりの、サインを送ってくれてもいいじゃないの……。午前中に取材の打ち合わせ。四方の態度はあくまでも実務的。それぞれが現場に散っていく。いつもの新聞記者の日常が始まった。

翌週の水曜――。

毎朝、由美子は新聞六紙を、読むのが習慣となっている。職業上の必要から、そうするのだ。いつものように新聞をひろげた。一面は祖母を殺害した少年の事件。殺伐とした事件が続いている。ある新聞のトップ記事は、派遣業法の規制緩和。二〇〇四年に自由化された製造業への派遣解禁が及ぼす影響を追跡する特集。二面を開き、身体が震え出した。週刊二十一世紀の広告が目に入ってきた。白黒を反転させた毒々しい見出しが躍っている。

すぐに由美子はコンビニに走った。恐れていたことが現実となった。マンションに戻り、週刊二十一世紀を開いた。写真付きの記事だ。目を黒く塗りつぶされた男女が腕組む写真。いつ撮られたのか、記憶にない。古い写真であるのは確か。それでも、ひと目で誰であるかはわかる。写真にキャプション。

「兼高粉飾事件のもうひとつの裏側」「毎朝がスクープを飾った事情」「やはりあった公認会計士の情報漏洩」「ベッドの上での情報交換」「凄腕の女性記者」――。

いかにも週刊二十一世紀らしい記事の作り方だ。巧みなのは、氏名を特定せず、AO監査法人のAR公認会計士、情報漏洩をそそのかした毎朝社会部女性記者――と、していることだ。しかし、関係者ならば、容易に氏名を特定できる仕掛けだ。

出社してみると、編集局内でも話題になっていた。由美子の顔を見るなり、四方は心配するな、とだけ言った。同僚たちの態度はいつもの通りだ。むしろ同僚たちは概して優しかった。小さな声で、励ましの言葉をかける同僚もあった。

朝の打ち合わせを終えると、四方は編集局長に呼ばれ、会議室に入った。社会部長の姿も消えていた。編集局幹部が鳩首協議しているのはわかっていた。不安が募る。落ち度はないと思うけれど、由美子は覚悟を決めていた。何しろ名うての毎朝キラーの週刊二十一世紀が相手のこと。編集局幹部がどんな結論を出すか……。

四方は一時間ほどして、会議室から戻ってきた。心配げな由美子を見て、四方は指で輪を作ってみせた。安堵した。会議室で、どんなやり取りが交わされたのか、四方は何も言わなかった。あとで知ることになるのだが、会議では、心配性の編集局長が四方に訊いた。

「誤報ということはないだろうな」

「いや、それはありませんよ。自分は事前に報告を受けている。しかも週刊二十一世紀が書いている情報源は全くデタラメ。誤報は連中です。情報源も確認できています。問題があるとは思えませんが」

四方が応えた。

「検察が立件に動いたのは、ウチの記事がきっかけらしいね。むしろ特ダネを褒《ほ》めてやるべきじゃないかね」

社会部長が補足的に言った。

「そうだな……」

と、編集局長も諒解した。

「週刊二十一世紀にどう対処します？」

四方が訊いた。

「君にまかせる。あとは頼む」

そんなやり取りがあったらしい。

午後——。

四方は素早く動き、法務部と協議し、週刊二十一世紀編集部に強硬な抗議文を送ることと、社告を出すことを決めた。由美子の話を聞いたとき、週刊二十一世紀の記事が出ることを予想し、社会部長を含め必要な根回しをすませていたのだ。四方は法務部から戻ると、手招きをした。

「そういうことで一件落着。もう心配はいらないからな。安心していいよ」

そう言うと、自分の仕事を始めていた。四方は部下を完全に守りきった。

翌日の朝刊——。

「記事は事実無根である。毎朝新聞は断乎として抗議する。情報ソースは立場上、明らかにはできないが、同誌が言うＡＯ監査法人でないことは断言できる。訂正記事を求め、これが受け入れられないときは民事および刑事の法的措置を取る」

と、社会面下段に社告はあった。

あれほど心配し、不安に苛《さいな》まれてきたのに、呆気ない幕切れだった。こうなってみると、なぜ良三との別れを決めたのか、意味がなくなる。残るのは空しさだけ。由美子もわかっていた。

週刊二十一世紀のスキャンダル記事が不問に付されたのは、毎朝新聞にとっては何の痛痒《つうよう》も感じられなかったからだ。そう思うと、また嫌悪感に襲われるのだった。

第四章　ディープ・スロートの正体

1

毎朝新聞は週刊二十一世紀編集部に抗議文を送り、社告を出すことで落着させたが、あずみおおたか監査法人では、そうはいかなかった。公認会計士は、クライアントに対し守秘義務を負うからだ。三日後、社内に査問委員会が組織された。この巨大監査法人にしては珍しいことだ。

青柳良三が身に覚えのない嫌疑を受け査問委員会に呼ばれたのは、週刊誌が発売された一週間後のことだ。自分で自分の完全なシロを立証するのは難しいことだ。青柳は自己弁護が得意ではない。

社内での評判も散々だ。風評が流れ、誰もが青柳をクロと見なしていた。新理事長磐田勇治に重用されていることも、同僚たちのやっかみをかっていた。

「アイツは理事長にすり寄る〝二股〟だ」

なんて言う悪口も聞こえてくる。

正面に座るのは、五人の理事と四人の顧問弁護士だ。彼らは、威嚇的に質問を浴びせてくる。何しろ女性記者が関与する事件だ。好奇の目で見ているのは一目瞭然だった。立ち会っているのは、危機管理特別チーム統括責任者峰村義孝だった。

「彼女と恋愛関係にあったことは事実です。しかしそのことと情報漏洩とは無関係です。彼女に情報を漏らしたことはありません。あの記事を読む限り、私の職務の範囲を超えた情報が含まれており、そのことが私が情報漏洩者でないことを、示していると思います」

青柳は高井弁護士に相談したとき、このときのことを考え、書面を準備していた。彼女が書いた記事と、青柳自身の職務に関して知る得る事柄を、それぞれ対照させた一覧表も準備していた。

「これをご覧になってください」

青柳は、査問委員のひとり一人に一覧表を配った。大項目五つ。小項目三つ。それぞれが対照させてあった。査問委員会が最初に問題にしたのは、食品部門の監査だった。青柳が監査補助員つまり助っ人として監査に関わった経緯があるからだ。

「報道は非常に詳細だった。現場を知る者から情報を得ない限り、あの記事は絶対に書けないと思う。何しろ、専門のわれわれですら見落とすような粉飾の手口までを、暴露しているのだからね。この事実を青柳君はどう説明するつもりなのか？」

最初に質問を浴びせてきたのは、最古参の理事だ。彼の主張を整理すれば、以下のようになる。第一に記者は粉飾の手口までを詳細に暴露していること、第二になぜかような特殊情報を記者が入手できたか、推量されるのは内通者の存在だ。第三に記者と青柳とは恋仲にあること、第四に青柳は当該企業の監査に関わり、現場の状況を知りうる立場にあったこと、第五に情報は青柳を通じ、記者に流れたと見るのが至当——と決めつけた。どうだ、返答はできまい、と彼は勝ち誇ったように返事を迫ってきた。

「おっしゃることは推論です。なんらの証拠も示されていない。現場の状況に関しては、いくつかの文書が流れています。いわゆる告発文書の存在があります。そこに現場の状況、すなわち粉飾の手口などが詳しく暴露されている文書です。彼女が書いている内容と告発文には多くの類似点があります。参考のため文書を持参しました」

「君いっ。事前申告もなしにだよ、勝手に持ち込むとは……」

顧問弁護士はなんとも居丈高《いたけだか》だ。

「まあ、ここは法廷ではない。事実関係を明らかにするため、参考文書を検討するのもひとつの方法じゃないですかね……」

峰村が言った。

査問委員は質問の矛先を変えた。

「たとえば、賞味期限が切れた冷凍食品を正常在庫に混入させ、在庫を膨らませ、粉飾をしたことは、君も知っていたんじゃないのかね。そこのところは？」

「在庫が前期に比較し、異常に膨らんでいることは気づいていました。再調査の必要があると考え、その旨監査責任者に意見書を上げておきました。しかし、その必要がないとの結論でした。現場に出向き、再調査すれば粉飾は防げたかもしれません。その点はまことに残念です。念のため、申し添えますが、意見書は社内に残っているはずです。確認を願えますか」

「意見書を上げた、と？」

「その通りです。しかし、私自身は倉庫に出向いていないため、実態は把握できていなかったですから、あのような粉飾を行っていたかどうかは知り得る立場になかったです」

「…………」

査問委員たちは顔を見合わせている。

通常、公認会計士は現場に出向き、現物を確認するようなことはしない。たいていは書類による監査だ。書類一枚一枚を調べるようなこともやらない。やったとしても、サンプリングだ。つまり統計学上の手法をつかって演繹《えんえき》するのが一般的だ。誤差も数パーセントの範囲なら許容される。数字に大きな隔たりがあるとか、粉飾の疑いが濃厚であるとか、そういう場合でない限り、現場に出向き、調べることはまずない。何しろ監査法人は多くの顧客を抱えている。それに決算期が集中しているという事情もある。倉庫に足をのばし現物を確認したり、書類を一枚一枚調べる時間のゆとりはない。そのことは、監査法人の常識でもある。その意味で、青柳が上げた意見書は異例といえた。

「それは後ほど検討しよう。しかし、顧客からの過剰接待——。これも詳細に書いていたね。寝物語には格好な材料だわな。君自身の経験を、彼女に話したのかね」

下卑《げび》た笑い。最古参理事の質問は小意地が悪い。悪意に充ち満ちていて、明らかにタメにするような質問だ。

「監査法人とクライアントは利害相《あい》反する関係にあり、その利害相反する相手から飲食の接待を受けるなどもってのほかです。悪しき慣行は正すべきです。あの記事はわれわれに対する警鐘と受け止めるべきでしょう。そうじゃないですか」

客先からの過剰な接待を禁じた内規など少しも守られていない。クライアントとの癒着を日頃から苦々しく思っていた。これを正すべきと思った。

「そういうことを訊いているのではない。彼女に話したかどうか。それを訊いているんだよな。ちゃんと答えて……」

「話してはいません」

「しかし、内容がいやに具体的……。ありゃあ、鰻丼の値段までを書いていたね。内通者から話を聞かなければ、書けないよね。想像で書いたとしたら、彼女は小説家なみの想像力だ……」

最古参理事の言葉に査問委員たちが、どっと笑った。青柳は次第に腹が立ってきた。いったい何のための査問委員会だ。あずみおおたか監査法人は未曾有《みぞう》の危機のなかにある。委員たちには、その認識が稀薄だ。女性記者とのスキャンダル報道を楽しんでいるような態度。許せない。

「査問を続けるのなら真面目にやってくださいよ。あなたがたの質問は憶測ばかりだ。しかも著しく私の人権を侵害している。疑いがあるのなら、具体的な事実、証拠にもとづき質問すべきでしょう。それでなければ査問自体を拒否します」

人権という言葉に弁護士が反応した。別室に隔離し、長時間にわたり、五人の理事と四人の弁護士が、個人のプライバシーにかかる問題に質問を集中させる、それ自体が明らかな人権侵害だ。もともと、本人の同意を抜きに成立しない査問だ。社内規則でも拘束できる根拠がないからだ。本人が拒否すれば、それでおしまいになる。さすがに弁護士は、そのことがわかっている。弁護士が議長役の理事に耳打ちし、彼らは別室に下がった。残されたのは峰村と二人だけ。

「君の言っていることは正論だよ。僕は君を信じているが、彼らは君を疑っている。そこに違いがある。喧嘩をすれば、心証を悪くするだけだ。冷静になって」

「…………」

青柳は納得できなかった。二十分ほどして連中が戻ってきた。

「寝物語——と言ったのは取り消す。しかしわれわれは真面目に査問をやっているつもりだ。真面目にやってくれ、とはどういうことだ。査問委員会に対する侮辱ではないか。君の発言は不穏当だ。取り消しを求める」

最古参の理事が言った。

「冗談じゃない。これが真面目だって？」

ついに青柳は切れた。

「まあ、青柳君、抑えてよ。私には発言権がないが、皆さんの訊き方は穏当さを欠く。初めから青柳君を内部告発者と決めてかかっている。ついでに申し上げておくが内部告発は社会正義に適《かな》うなら、許される行為ですよ。それは置くとして、青柳君は当委員会に書面を提出している。まずは、そこから詮議を始めるべきでしょうな」

委員たちは、再び別室に下がった。

今度は時間を要した。

「本日はこれをもって聴取を終了する」

「ちょっと待ってください」

そこで青柳は逆に査問委員会に、毎朝新聞がしたように、週刊二十一世紀編集部に対し抗議しないのか、名誉を毀損された職員がいるのに、なぜ必要な法的措置を取らないのか、問い質した。

「そうするのがあなたがたの役目でしょう」

「いや、それは権限を越えている」

逃げを打った。委員たちはぞろぞろ部屋を出ていった。残った顧問弁護士のひとりが近づいてきて弁解した。

「失礼した。私どもは立場上、ああ、言わざるを得なかったのです。あなたの主張もわかりますよ。私どもの立場をご理解ください」

事実上の敗北宣言だ。

胸クソの悪い連中だ。閑職の年寄りを集めた査問委員会。無能者の集まり。事実を究明しようにも、あの体《てい》たらくでは、委員会が機能しないのも当然だ。連中ときたら何が問題なのかもわかっていない。

「君の勝利だね。査問委員会が再開されることはないと思うよ」

「勝利？　そうでしょうか」

青柳には釈然としないものが残った。峰村の予言通りだった。以後、査問委員会から呼び出しはなかった。しかし、青柳はこれでことをおさめるつもりはなかった。濡れ衣を着せられたままだからだ。

「委員会名による抗議と法的措置」

を強く求める文書を提出した。無回答は予想通りだ。しかし、諦めなかった。今度は友人の弁護士高井正夫を代理人に立て、理事長磐田勇治宛に同文書を送った。翌日、理事長執務室に呼ばれた。

「君はわれわれに喧嘩を売るつもりか」

磐田は激怒した。

「喧嘩？　そうじゃないです。理事長は監査法人に必要なのは信用だと常日頃いわれますね。公認会計士も信用が第一。私は濡れ衣を着せられたままの状態です。信用回復を要求するのは当然です」

「査問委員会は不問とした」

「不問にした？　そんな曖昧な。週刊二十一世紀編集部に抗議し、断固とした法的措置をとるべきです」

「いまさら、わざわざことを大きくする必要もないじゃないか。向こうも、これ以上、何かをやろうとしているわけじゃない」

守勢に回った磐田は大人の理屈を言う。青柳は追撃した。このとき青柳は辞表を懐《ふところ》にしていた。辞めるつもりになれば、怖いものなど何もない。

「そういうことでは改革はできません。あの委員会の体たらくはなんですか。事実無根なら事実無根と世間に向かってはっきり言うべきじゃないですか。それが改革の第一歩と私は考えますが……」

磐田はしばらく宙を睨み、考えていた。

「わかった！」

そう言うと、磐田は週刊二十一世紀編集部に対する法的措置を約束した。

「青柳君……」

磐田が執務室を出ようとした青柳に声をかけた。

「辞めるなよ！　君には引き続き特別チームの仕事をやってもらわねばならん。辞職は絶対に許さんからな。いまのあずみおおたか監査法人に君は必要な人材なんだから」

磐田も気づいていたのだ。しかし、傲慢をもって知られる磐田には珍しい言い方だ。青柳は一礼して部屋を出た。翌日、査問委員会名の社内メールが回覧された。急ぎ読んだ。以下の通りだ。

一部週刊誌報道につき、当委員会は真偽を確かめるべく調査を行った。当法人内から情報が漏洩した事実はなかったものとの結論に達した。当委員会は、当該虚偽報道を行った週刊二十一世紀編集部に対し、速やかに法的措置を取るよう執行部に勧告した。

「磐田さんもやるね」

峰村が感嘆した。査問委員会に働きかけたのは、磐田だろう。素早い行動だ。これまでとは違う。磐田はやるべきことをきっちりとやる。見事な変身だ。

「変身が本物ならいいですがね」

「辛辣《しんらつ》だな、君は……」

峰村が苦笑した。

その日、危機管理特別チームの幹部一同が会議室に集合していた。衝撃的なニュースが入った。今朝の各紙報道はかなり大きな扱いだ。東京地検特捜部が逮捕した四人のうち一名を除き、志村忠男代表社員以下三名の社員を起訴したとの報道だ。たぶん東京地検特捜部のリークなのだろう。被疑者は容疑事実を認めていると報道している。

しかも一週間後には公判が始まる。新聞記者が押しかけ、会見を求めてくるのは目に見えている。どう応えるか、対策が必要だ。

「われわれは兼高に騙された」

と、言い続けてきた執行部は窮地に立たされている。もはやそれは通るまい。青柳は腹案を持っていた。それを峰村に伝えた。最初は渋い顔だった。所属会計士が起訴されたからといっても有罪が確定したわけではない、という思いがあったからだ。世間の目が厳しいのもわかる。峰村はしばらく考え、それ以外にあるまいな、と応えた。

「執行部の責任を明らかにすること。執行部の総入れ替えも必要になるかもしれない。組織を一新することです」

峰村は対処の方針をチームに示した。

「やむを得んだろうな」

反対の声は上がらなかった。

「仔細は理事会で決定していただく」

会議は三十分ほどで終わった。会議を終えると峰村は理事長室に入った。長時間理事長室から出てこなかった。夕刻、峰村は疲れた顔で戻ってきた。

「説得に手間取ってね」

理事長の立場は明瞭。まだ「騙された！」路線を踏襲しようとしていたのだ。それを崩せば全面降伏だ。粉飾幇助を認めてしまえばクライアントは逃げ出す。磐田はそれを恐れていたのだ。

「それでは世間が納得しませんよ」

その一点で峰村は押した。

部下が粉飾に手を染めた事実がいまだに信じられない磐田。記者会見では監査法人の責任を追及する厳しい質問を浴びせられるのは確実だ。そこで「騙された！」と言い続けるのは難しい。やはり認めざるを得ない……。

「辛いね……」

強気の磐田が初めて見せた弱音だ。

直後、緊急理事会が招集された。

「理事長を除く全理事が辞職。理事長の報酬を半年にわたり五割カット。創業メンバーを特別扱いにしていた顧問制度を廃止。弁護士を通じて提出されている逮捕者の辞表を受理すること。兼高粉飾に関連した外部調査委員会に報告書をできるだけ早く取りまとめてもらい、公表すること……」

理事会は青柳腹案に沿って、対処方針を決定した。記者会見用のニュースリリースを書いているとき携帯が鳴った。不意に由美子の顔が浮かんだ。廊下に出て携帯を受けた。

「青柳か……」

金融庁の片倉卓からだった。

「おまえだから伝えておく。そのつもりで話を聞いてくれ……」

片倉が伝えてきたのは、行政処分が近々決定されることと、その前段となる審問の開始についてだ。審問とは行政処分に先立ち、関係者から弁明を聞くことを指す。

「言っただろう。おまえ早く辞めろ、と。週刊誌に狙われるようじゃ人生が台無しだぜ。もうひとつ新しい事件が起こる」

それだけ言うと片倉は電話を切った。

「新しい事件？」

青柳はわからなかった。わかるのは、関係者の起訴——。金融庁の審問。動きはひとつに重なりつつあることだけだ。

翌日午後。

記者会見は行われた。磐田理事長はまず執行部の不明を詫びた。青柳が起草した案文にそって、磐田は新しい事態すなわち所属会計士の起訴を受け、監査法人としての責任を明らかにし、全理事の退陣を発表した。

「それだけですか……」

記者のひとりが訊いた。戸惑う磐田に別の記者が質問を重ねた。記者の質問は、共通の疑問でもあった。

「今日の事態を引き起こした遠因。監査法人が一般事業会社と同じように利益を重視する拡大路線に走ったことにあったんじゃないですか。その路線を敷いたのは、磐田理事長ですよね。全理事が退きながら、それなのにアナタがなぜ退かないんです？」

「…………」

言葉につまった磐田理事長は、立ち往生している。磐田の路線転換。それを世間は不思議に思っている。記者の質問は正鵠《せいこく》を射ている。

「だから磐田さんです」

応えたのは峰村だった。意外な答えに記者たちは戸惑いを見せた。

「だから？　どういう意味です」

峰村は続けた。

「理事長の進退問題？　いまは緊急事態ですからな……」

記者会見場にどよめきが起こった。危機管理特別チームの統括責任者の発言は重い。峰村の応えは磐田理事長退任を示唆する発言と受け止められた。

2

峰村義孝の記者会見での発言は、アドリブだった。他意などなかった。言葉通りだ。緊急事態に対処するのが先決、進退問題など考えられないという意味だ。しかし、含みのある発言と受けとめられたのだった。すなわち事態が収束したとき、磐田理事長は出処進退を明らかにするのではないかとの、憶測を呼んだのだ。それが波紋を投げかけた。

磐田勇治はニューヨークに向かう機上にあった。青柳はビジネスクラス。磐田はファーストのシート。その日、成田国際空港を飛び立った旅客機がニューヨークに到着するのは早朝だ。夕食を終えた機内には弛緩した空気が流れている。斜め前のシートに座るのは、TVなどで名の知れた評論家だ。評論家は客室乗務員を、銀座あたりのホステスとでも勘違いしているのか、執拗に話の相手をさせようとしている。それも自慢話ばっかり。磐田はうんざりした。

峰村の発言は、磐田の胸の内に黒い影を落とした。しかし、いまは考えまい。それよりも、気になるのはディビッド・アルトマン会長の動きだ。

「アルトマンが極秘来日?」

報告を受けたとき信じられなかった。寝耳に水とは、このことだ。アルトマンとは旧知の仲だ。それに大事なパートナーだ。それなのに東京を素通りして、挨拶にも現れなかった。どういうことか……。首を傾げた。そこにまた不穏な情報が入った。

「豊島自動車の坂井会長と密談？」

坂井仁会長は経済団体の会長を務める財界の重鎮。もちろん豊島自動車はグローバル企業の代表格だ。豊島自動車が動けば他の企業も追随する。

来日の目的――。それが次第に明らかになってきた。豊島自動車だけではない。十指にあまる大企業の経営者と極秘に接触していたというのだ。あずみおおたか監査法人を見限ったのか。そう考える以外にない動きだ。アルトマンは兼高の粉飾問題に懸念を表明していた。あずみおおたかの説明にいったんは納得したかのような態度をとっていたアカウント・グローバル。しかし、受け皿――に固執していたのは知っていた。

「調べてみては……」

理事会では、あれこれ議論が出た。

「いや、時間の無駄だ」

議論は憶測ばかりだった。そこで磐田はすぐ行動に移した。こういうところが以前と違う。磐田自身がアルトマン会長に直接電話し、相互の協力関係につき改めて協議をしたい、と申し入れたのは三日前のことだ。

「協議は歓迎する」

との返事が返ってきた。

スケジュールをすべてキャンセルし、ニューヨーク（NY）便を予約。取るものもとりあえず機上のひととなった。帯同したのは青柳のみだった。件《くだん》の評論家は強かにシャンペンをあおったようだ。機上ではアルコールの回りが早い。だらしなく口を開きいびきをかいている。

「すみません。ビジネスシートの、Ｂ４席を呼んでいただけるとありがたいのですが。ちょっと打ち合わせをしたいものですから、席を替えてもかまいませんか」

幸いファーストクラスはがら空きだ。

「ええ、どうぞ」

客室乗務員は融通をきかせてくれた。磐田は最後部座席に移った。待つこともなく青柳良三が姿を見せた。酷く疲れた表情だ。たぶん寝ていたのだろう。

「すまない……。起こしてしまって」

「かまいません」

青柳は書類を手にしていた。黙って手渡した。慌ただしい出立だった。十分な打ち合わせもなかった。表題に「対処方針」とだけある。職務柄青柳は超多忙だ。出立の前日、徹夜で起草したものなのか。パラパラと読んでみた。ホーッと声を上げた。短時間にまとめたにしては、要領を得ていた。

論点は三つ。

第一に「SEC基準の監査部」の設置。すなわちグローバル企業の監査は、米国会計基準（SEC基準）または各国の会計基準にもとづく監査が要求されるが、海外本邦企業の監査にあたっては、新たに「SEC監査部」を設置してこれを行うこと。すなわち内外分離監査体制の確立だ。

第二に監査クオリティ優先への転換にともなう内部改革。クオリティ確保とは、いわゆる厳格監査の意味だ。チェック体制、内部審査体制を強化することで内外基準をクリアする基準を独自に創ること。粉飾決算の見逃しを防ぐため具体的には監査ツールの導入などを進めクオリティ確保を図ること。

第三に契約関係の維持。ただし最悪の事態に備え、新たな監査法人の設立について相互に検討、準備すること。

対処方針を読み終えると、磐田は額に手をあて、考え込んだ。磐田には全面的に賛成しかねる内容がいくつか盛り込まれている。特に第三の新法人の設立、受け皿については受け入れがたかった。受け皿を用意すること、それは磐田にはあずみおおたか監査法人の全面降伏だ。

（それはできぬ……）と思っている。

「業務停止命令——。最悪の事態を想定しながら、彼らが動いている以上、受け皿問題を忌避《きひ》するわけにいかないと思います。クライアントの利益を守れるかどうか、その主張は正論ですからね」

青柳は磐田の疑問に応えた。

「…………」

磐田にもわかっていた。しばらく黙想したあと、そうかもしれないな、と磐田が言葉少なく応えた。

現地時間午前六時十五分。

ジャンボ機はNYケネディ国際空港に着陸を開始した。朝焼けが真っ赤に大地を染め上げていた。テロリストの入国を警戒し、入国審査は厳重を極めた。靴を脱ぎ、素足で歩くことを要求された。それはファーストクラスの乗客とて例外ではない。ショットガンを構えた警備員。少しでも不審な態度を取ればたちまち別室行きだ。

「やり過ぎだね」

磐田は不満を漏らした。

米国は変わっていた。九・一一以後、人びとはぎすぎすしていた。それが入管役人の態度にも表れていた。

到着ロビーに出て、磐田はアッと声を上げた。旧知のディビッド・アルトマンの顔があったからだ。アルトマンは小柄な磐田を、抱擁した。早朝七時の出迎え。自ら出迎えるなんてこれまでに例のないことだ。最大限の歓迎といっていいだろう。磐田は感激した。不信感が一気に氷解した。疑念は杞憂だったのかもしれない——。

高級リムジンが待っていた。用意していたホテルは五つ星。アカウント・グローバルが本部を構えるウォール街からも歩いて十分ほどの距離にある。

同日夕刻。アカウント・グローバルの主要幹部が揃ったアルトマン主催の晩餐会が催された。いずれも夫人同伴。あずみおおたか監査法人側は、NY事務所長猪田《いだ》宗佑《そうすけ》を含め三人。案内されたのはNYでも一流の中華料理屋だ。

「今夜はあなたが主賓」

促されて主賓の座に座った。日米双方が円テーブルを囲んだ。アルトマン会長は外交儀礼《プロトコール》を演出している。食事は華やいだ雰囲気のなかで始まった。食事を終え席をラウンジに移した。しかし、本題に入ろうとしない。ラウンジでくつろぎながらアルトマンが話題にしたのは、もっぱら米国で活躍する日本人野球選手のことだった。野球の話題が一段落したあともアルトマンは如才なく話題をつなげた。磐田はじりじりしていた。

多忙な日程を割き、NYに来たのは、野球談義に花を咲かせるためではない。磐田はひどく疲れていた。何しろ超多忙。睡眠時間は平均四時間弱。太平洋上から米大陸を飛ぶ、飛行機での長旅もこたえた。時差もあった。できれば、早々に切り上げたかった。磐田はしびれを切らせた。不粋——。それを承知で磐田は切り出した。

「受け皿のことです。それも検討する必要は認めますが、しかし、改革の実《じつ》を上げるのが先決です」

しらっとした空気。磐田は続けた。

「重い処分はないと思う」

磐田は楽観的な見通しを語った。処分の範囲は、せいぜい東京本部の兼高を担当した監査第五部。全体に与える影響は、最小限にとどまる。その根拠としたのは厳格処分が与える影響の大きさだった。すなわち、業務停止命令が出されれば、少なくない上場企業が決算不能に陥り、株式市場に甚大な打撃を与えてしまうことになる——。

「ですから、金融庁も乱暴な処分はできないと考えている」

特に力説したのは改革についてだ。SEC基準による厳格な監査体制を確立するために「SEC監査部」を設置すること、監査のクオリティを高めるため、チェック体制を強化すること、監査ツールの導入など、青柳が起草した「対処方針」にもとづき、改革の方向性を示した。

「引き続き、関係を強化したい」

と、最後にしめくくった。

「あなたがたの方針を支持します。そこでひとつ提案があります。私どもの方から顧問を送りたいのですが、同意していただけますか。立場はアドバイザーです」

と、アルトマン会長は受けた。

「ん？」

過度の疲れは思考を鈍らせる。あなたがたの方針を支持する、とアルトマンは言った。その言葉のみが脳裏に残った。会談は成功。緊張感が一気に弛緩した。アドバイザー？　磐田はその言葉の意味を詮索しなかった。

「アドバイザー？」

聞き直したのは青柳良三だ。

「そうです。協力関係を実のあるものにするための人材交流と考えてください。紹介しましょう――。エドワード・バクストン君。弁護士と会計士の資格を持ち、プリンストン大学の経営修士を取得しています。優秀です。遠慮なくこき使ってください……」

まだ若い。彫りの深い顔立ち。典型的なヤンキーだ。エドワードは立ち上がると、磐田に握手を求めた。もうすでにあずみおおたか監査法人のアドバイザーに決まったかのように……。

「東京にオフィスを持つということですか」

青柳が質問を重ねた。

「ええ、そのつもりでいます」

流暢《りゅうちょう》な日本語でエドワードは応えた。

(アドバイザー?)

人材交流とも言った。青柳は少し気になった。目的が今ひとつはっきりしない。ホテルに戻り、青柳は返事は留保すべきだと進言したが、しかし、磐田はそれをアルトマン会長の好意と受け止めていた。

NYには二泊三日。

機上での磐田は上機嫌だった。友好関係を再確認できた。改革の方向にも、理解を示してくれた。パートナーならば、最悪の事態に備えて受け皿問題を議論しておくのは当然だ。先般来日したとき、挨拶ができなかったのは、時間の制約からだと説明した。他意のないこともわかった。

個人的にもアルトマンとの友情は変わらなかった。なによりも忌憚《きたん》なく意見交換ができたのは、最大の収穫だった。国際業務はこれで一段落だ。磐田は安堵した。しかし、アドバイザー派遣は別だ。彼が日本でいったい何をやるのか、もう少し深く詮議しておくべきだったが、それをしなかったのは監査法人代表としての瑕疵《かし》だ。それを思い知るのは後のことだ。

三日ぶりの和食。ワインは控えめに一杯だけ。客室乗務員のサービスも満点。まもなく太平洋上に出る。十時間近くゆっくりと休める。毛布を取り寄せ、寝ようとしたとき、聞き覚えのある声が後部座席から聞こえた。

鳴井友市代議士?

金融族のボスとして知られる政治家だ。大臣の経験もあり、しかも金融担当相を務めた男だ。官僚への影響力は大きい。磐田は金融庁の審査会の委員をやった経験もあり、鳴井とは旧知の仲でもあった。アカウント・グローバルとの友好関係を再確認できたいま、磐田の脳裏を占める懸念はただひとつ。

行政処分——。

またとない機会だ。思い立ったら行動に移すのが磐田だ。磐田は立ち上がった。

「鳴井先生……」

鳴井代議士はビックリした顔をした。

「磐田さん。これは奇遇」

隣りは空いていた。鳴井は席を薦めた。

「よろしいですか」

ファーストクラスは、サンクチュアリな連中の社交の場でもある。政治家、大企業の重役たち、高級官僚、名の知れた評論家やジャーナリスト、TVタレントなどだ。機上の空間は奇妙な連帯感を生む。なかでも政治家や経済人には、とりわけ太平洋航路は、長時間誰にも邪魔されず、密談を交わすには格好の空間だ。鳴井も心得ていた。

「今度の訪米は、どのような用件で？」

磐田が訊いた。鳴井は政治家には珍しく優しげな話し方をする。しかし、油断はできない。根は倨傲《きよごう》な男だ。

「民間シンクタンクのシンポジウムがありましてな。その特別講師に招かれての、渡米でした。それで磐田さんは？」

逆に訊き返した。

「ご存じでしょう。ウチがアカウント・グローバルと業務提携を結んでいることは……。連中との打ち合わせでした。連中は心配性でしてね……」

「例の兼高問題ですか？」

「ええ、そうです。兼高の粉飾問題で金融庁がどんな処分を下すか、そのことを気にしておりまして……」

そこまで言って、磐田は鳴井の反応を探った。いきなりの本題――。鳴井もあずみおおたか監査法人の現状を先刻承知のはずだ。不機嫌になるか、それとも話に乗るか。しかし反応は微妙で、世間話の続きでも聞く風に、それで――と促した。だから政治家は油断のできぬ人種だと思いつつも、アルトマン会長とやり取りした、そのごく一部を話した。

「なるほど……」

「万が一のため受け皿も検討しました。しかし、それはあくまでも万が一のためです。金融庁が株式市場を混乱させるような真似はしないでしょうからな」

「株式市場が混乱する、と？」

鳴井の疑問に磐田は理由を説明した。

四月から六月末にかけて監査法人は繁忙期に入る。決算が三月に集中し、五月には取締役会議で決算を「承認」し、六月末から七月初めにかけて株主総会が開かれる。そこで主役を演じるのが監査法人だ。

このような時期に業務停止命令が発動されれば、監査法人の行動は制限され、上場各社の決算は不能になる。株主総会も開くことができない。株式は宙に浮き、株式市場は大混乱となり、経済恐慌の引き金を引くことになるかもしれぬ。金融庁も、そんな事態を望むはずもない。

磐田はアルトマン会長に説明したのと同じことを言った。

「金融庁は強硬だと聞いているが、おっしゃるようにまさか経済を混乱に落とし込むような厳しい行政処分は出さんだろうな」

鳴井はぼそりと感想を述べた。

その一言——。

磐田にはもっとも聞きたかった言葉だ。しかも金融庁に大きな影響力を持つ政治家の言葉だ。たちまち喜色が顔に浮かんだ。

「しかし……」

鳴井はワイングラスを手に宙を睨んだ。しばらく間を置き続けた。

「まあ、大事なのは改革です。改革を着実にやることですな」

金融庁が経済を混乱させるような行政処分はすまいというのも、改革の必要性も、一般論だ。それを磐田は励ましと受け止めた。

3

毎朝新聞社会部が、またあずみおおたか監査法人に関連したスクープを放った。一面を飾ったのは、大手証券会社の粉飾決算だ。

東興キャピタル――。

やはり、あずみおおたか監査法人が監査を引き受けている証券会社だ。旧財閥の三信系の証券会社としてスタートした東興キャピタルは、証券自由化の波に乗り、国内外の証券会社を買収し、業務の多角化を図り、急速に業績を伸ばしてきた。三信グループは手堅い経営で知られる。

「その東興キャピタルまでが粉飾とは……」

誰もが驚いた。日本の企業は、もはや信用できないという声すら上がった。高い報酬を受け取りながら、何をやっているのか、監査法人に対する囂々《ごうごう》たる非難。批判の矛先は監査を担当した監査法人に向けられた。何者かが巧みに世論を誘導した節があったが、そのことに気づく者は誰もいなかった。

「内部告発……？」

由美子は頬づえをつき、考えた。あのときと同じパターンだ。スクープを飾ったのは二年先輩の別な社会部記者だった。由美子の場合も同じことだが、彼も特に経済問題に強い記者ではない。企業会計は専門領域だ。監査の世界は経済界の奥の院。素人の手に負えるようなものじゃない。

しかも守秘義務を負わされる会計士は第三者には排他的だ。先輩記者は、地方支局から上がってきてまだひと月足らずだ。取材ルートを開拓するには、時間と労力を要する。夜討ち朝駆けはあたりまえで、取材相手の家族に取り入り、ときには犬馬の労も厭《いと》わず、そうやって人脈を築き信頼を得て情報を得る。一朝一夕で信頼関係を作れるものではない。しかし、彼は情報をつかんできた。とびっきりの特ダネだ。

「裏をとってくれないか……」

さっそく声がかかった。

下命したのは四方次長だ。毎朝社会部では経済に強い記者ということになっている。取材でわかったことはひとつ。兼高の場合と違って単純な粉飾ではなかったことだ。粉飾のからくりが複雑でよく理解できない。もう少し調べてみなければ――。

由美子は、社から少し離れたところでタクシーを拾い、三田に向かわせた。取材先は隠語で呼ぶ相手。密かな呼び名はディープ・スロート。長い沈滞のあと、ようやく再始動した自分を感じ取っている由美子。タクシーは六本木を経て三田通りに差し掛かっていた。東京湾に向かい、三田通りを右折したところに取材先の住人はいた。高層マンションが建ち並ぶ、このあたりでは珍しく一軒家。緩やかな坂を登りつめたところに建つ、煉瓦の塀をめぐらせた洋館だ。タクシーを三田通りで降り、洋館の前に立った。

インターフォンの四桁の暗証番号を押した。暗証番号は特別に出入りを許された者以外には教えていないという用心深さ。不意の来客を謝絶するためだ。暗証番号はときどき変えるらしい。由美子はその暗証番号を知るひとりだ。

「どなたです」

家人の声が返ってきた。

半年ぶりかしら？　長く連絡が途絶えていたディープ・スロートと連絡が取れたのは昨日のことだ。久しぶりでしたね、と聞き覚えのある声が聞こえてきた。そして教えられたのが新しい暗証番号だ。彼は引退したいまでは滅多に世間に顔を出さない。それでも隠然たる実力者であるのは引退前と変わらない。

ディープ・スロートとの出会い――。それは偶然のきっかけだった。一年半前のことになるか。鮮明に思い出すことができる。祐子に誘われ内輪のホームパーティに参加したときだ。ディープ・スロートは、子宝に恵まれなかったらしい。ときおり身内を集めホームパーティを開くのを楽しみにしていた。由美子は初対面の主催者に名刺を渡した。

「ほー。社会部の記者……」

彼は名刺をしげしげとみた。祐子は彼を母方の叔父と紹介した。温厚実直という印象。ときおり姪に向ける視線は優しげだった。食事を終えると、老人は由美子をリビングに誘った。ソファに向き合って座り、老人は由美子にブランディーを勧めた。

「監査業界の実情をご存じですかな……」

老人は語り始めた。

監査法人とクライアントは、本来コンフリクトな関係にある。しかし、実態は酷いものだ。クライアントとのなれ合いと癒着。虚偽の決算を見抜けぬ監査人。いや、粉飾決算に手を貸しているのではないか、と疑いたくなるような事例も少なからずある。資本主義の番人というべき立場にあるのが監査人だ。その社会的役割を監査人は果たしていない。こんな体たらくでは資本主義の自滅だ。


「それが実態です」

そう言って、老人は薄く笑った。

由美子は驚いた。

そういうのってありなの？　もちろん監査業界のことなど少しも知らなかった。それでもわかることはひとつ。これって事件じゃないの！　由美子は訊いた。

「そうなんですか。経済部の人たちはなぜ書かないんです？　この事実を知らないということなんですか」

ディープ・スロートは、少し困った、という顔をした。

「経済部の人たち？　グルなんですよ」

彼は笑った。

「あなたは社会部――。癒着のないあなたたちならできる。ひとつ、監査法人の浄化のため、力を貸していただけないか」

「わかりました」

由美子は、そう応えた。

「これを……。出所は内密に頼みますよ」

そう言って、彼は一式の書類を渡した。それが兼高粉飾決算の大スクープになるとは思いもしなかった。家に持ち帰り読んでみた。文書はとてつもなく難解。企業会計の基礎のない由美子には、手に負える代物ではなかった。

(良三に……)

そう思ったが、良三が所属する監査法人のスキャンダルだ。しかも情報提供者は内部者だ。だから良三に訊くことも、話すこともできない。電話をするのを踏みとどまり、書店に走った。参考書を買い求め読んでみた。企業会計法は、多岐にわたる。読めば読むほど混乱する。

たとえば、監査法人は合名会社に準じた法人であること、公認会計士は無限責任を負うこと、監査法人の経営基盤は監査を引き受けたクライアントから得る報酬によって成り立つこと、クライアントとの契約関係はとても微妙かつ複雑であること、上場企業は監査人の適否の判断を抜きには、有価証券報告書を役所に提出できないこと、法律に違反したときに罰せられるのは法人ではなく、会計士個人であることなどを初めて知った。

そしてこの書類から読み取れることは、兼高は有価証券報告書の虚偽記載の疑いが濃厚であることだった。なるほど、これは事件。由美子は関連取材を始めた。クライアントと監査法人との関係。驚くべきは、利害相反する両者が酷く癒着していることだ。飲み食い、つけ回し――。事実かどうか、わからない。

あるとき由美子は、世間話の風に、それとなく良三に訊いた。

「まあ、悪しき慣習……」

良三は唾棄《だき》した。そして良三は少しだけ監査業界の実情を話してくれた。情報に確信を持った。そして放ったのが兼高の粉飾決算のスクープだった。しかし、以後ディープ・スロートと連絡は途絶えた。なぜ連絡を絶たねばならなかったのか……。それからしばらくして、彼が任期半ばで現役を退いたのを知った。

「ごぶさたしています」

ディープ・スロートは和服姿で応接間で待っていた。家人が下がると、彼は本題を持ち出した。引退したせいか、どこかさばさばした顔をしている。

「東興キャピタルのことですか」

「はい」

「毎朝の記事……。大筋では記事の通りだと思いますよ。けれども、いくつか間違いがあるようですね。書いたのは由美子さん？」

「違いますが……」

「決定的ですね。あずみおおたか監査法人は潰されるかもしれない。私が、あなたに情報を提供したのは、あずみおおたかを潰すためではなかった。法人を改革し、再生させるためでした……」

ディープ・スロートは、内部告発した意図を初めて語った。あずみおおたか監査法人を再生させるためだって？ 信じてよいものかどうか……。

彼は派閥の一方の旗頭。抗争に敗れ、あずみおおたか監査法人を去った、そう世間では言われている。しかし、由美子は内部抗争に荷担するつもりはなかった。もっぱらの関心は犯罪である粉飾決算の追及にあった。しかし、よくよく考えてみれば、内紛に巻き込まれていたのかも知れない。その後予想もしない方向に事態は動き出したからだ。いまあずみおおたか監査法人は破綻の淵に追い込まれている。そう考えているうちに不意に浮かんだ一つの疑問――。その疑問を口にはしなかったが、由美子は彼が言った「潰されるかもしれない」ということの意味を訊いた。

「間違いがある、というのは？」

「というよりは、ある作為を感じる。作為というよりも謀略……。何か大きな力が働いている、そういう感じです」

情報を仕入れてきたのは、地方支局から上がってきた二年先輩の記者。彼に公認会計士業界を揺り動かすような仕掛けができるとは思えない。またその意志がないのもわかっている。現場に偶然立ち会うこと。それは万分の一の可能性。由美子が特ダネをモノにできたのも万分の一の幸運だった。幸運の女神がいつも微笑んでいるわけではない。やはり継続した取材の積み重ねでスクープは生まれる。ディープ・スロートも万分の一の可能性など信じていない。彼は二年先輩の記者が書いた記事を疑っている。

「作為？　潰すために、ですか……」

「わからない」

「最後にひとつうかがいます。先ほどあなたは、法人改革のために内部告発を行ったとおっしゃいました。そのとき、いまの最悪の事態を想定しなかったのですか、つまり金融庁があずみおおたか監査法人に業務停止命令を下すとの噂がありますよね？」

「…………」

ディープ・スロートは、難しい顔でしばらく考えていた。好々爺が渋い顔をすると、意外な素顔が現れる。たぶん、それが彼の素顔であり、ビジネスの第一線にいたときもこういう顔をしていたのだろう。

「考えましたよ。もちろん……。それにしても業務停止命令とは、想定を超えた重い処分ですな、業務停止命令とはね。正直に言えば、そこまでは考えがおよばなかった。想定外です。ただ東興キャピタルの粉飾が処分に追い打ちをかけるのは、間違いないと思う」

取材は一時間ほどで終わった。帰り際、ディープ・スロートは、用意していた一式の書類を手渡した。

「よく勉強してみてください……。正確に書いて欲しいのです」

自宅マンションに帰り、由美子は書類を開いてみた。また難解な文書との格闘が始まった。彼は間違いがあると言った。どういう間違いなのかしら……。なかなか理解が困難だった。中心的役割を果たすのは、特別目的会社だ。東興キャピタルを軸に関係子会社が複雑に絡み合う、取引関係――。

相互の関係を、由美子は机上で図示してみた。難しいのは、物の流れではなく、資本関係であるからだ。それに証券取引に係る法令や金融庁通達なども絡んでくる。間違い、作為？　どこが――？　ことを単純化してみれば構図は以下のようだ。

そもそも、ことは三年前、東興キャピタルの子会社がベンチャー企業たるネット配信会社の株式を、大量に取得したことに始まる。買収に必要な資金は、東興キャピタルの関連企業のA社が発行した他社株転換社債で調達。実際に転換社債を引き受けたのは、東興キャピタル子会社のB社。契約上はネット配信会社株に転換することも可能。買値三百円に対し、転換時の株価が五百円に上昇したとすれば、二百円の評価益をB社は得る。総額では——千数百億円の評価益だ。しかし、一方A社は同額の評価損を被る。

ここで問題——。東興キャピタルが評価損を出したA社を連結から外し、評価益を出したB社だけを連結すればどうなるか……。結果は自明。それが粉飾の手口というわけだ。これでは見え見えだ。しかし、問題はさらにあった。会計法上のねじれだ。

「ベンチャーキャピタル条項——」

会計法上の特例だ。

すなわちベンチャー企業を育成する場合に限り、当該ベンチャー企業の株式時価を、一定期間連結除外にできる規定だ。ネット配信会社はベンチャー企業。東興キャピタルの関連会社A社はベンチャーキャピタル。会計法上の特例に従えば、連結の義務はない。ねじれに便乗しない手はない。経営者ならば、そう考えるのが自然だ。まして東興キャピタル自体が赤字経営となればなおさらだ。それを金融庁は粉飾の動機と見なした。

道義的に経営者の判断は非難されよう。しかし、適法は適法だ。由美子は資料を読み進める。金融庁が違法と見なしたのは「一定期間」という文言が根拠だ。すなわち連結計上時点と買収時の時差だ。金融庁は、特例上にいう「一定期間」の記載時点を改竄《かいざん》したと別な論理を組み立てた。

会計法上のそもそもの論点は、特別目的会社に対しての、ベンチャーキャピタル条項適用の可否が論点だった。この場合、特例上の特別目的会社とは、A社を指す。つまり決算上A社の評価損を連結に計上できるかどうかにあった。当然のことだが、金融庁はベンチャーキャピタル条項の適用を認めざるを得なかった。適法だからだ。

そこで金融庁が問題にしたのは、特別目的会社に対する「一定期間の連結除外」の扱いだ。期間内ならば連結外しは可能。期間外ならば連結の必要がある。ところが東興キャピタルは経営不振にある。東興キャピタルは見せかけの利益を膨らませるため、ネット配信会社買収時の日付を変え、B社を連結に計上しておきながらA社は外したのではないか——と金融庁は嫌疑をかけたのだ。ここに「日付改竄」という言い方が生きてくる。すなわち有価証券報告書の虚偽記載の疑義だ。

議論の余地はあった。しかし、金融庁はあくまでも虚偽記載を主張した。泣く子と金融庁には……。金融庁を相手に喧嘩はできぬ。東興キャピタルは沈黙せざるを得なかった。そして累は監査法人に及んだ。それが東興キャピタル粉飾の全体の構図だ。

次の問題は、あずみおおたか監査法人の対応である。見過ごしか、それとも積極的に関与したのか……。由美子は場所をソファに移し、横になり資料を読み進める。時刻は午前三時を回っている。

少し疲れた。台所に立ちウィスキーの水割りを作り、しばらく妄想にひたった。三杯目か。人間の思考は不思議。というよりも酔いが心を弛緩させるのだ。難解な文書と格闘しながらも、頭の片隅に浮かぶのは良三の笑顔だ。懐かしさがこみ上げてきて胸を突く。どうしたというの、もうきっぱりと清算したはずなのに涙が……。弱っちいな。母のように強くなりたい。

四方との関係も曖昧だ。始まったような終わったような、説明のつかない心の状態。あの夜以来、四方は二度と由美子を誘うことはなかったが、変わったのは以前にまして優しくなったことだ。週刊二十一世紀が暴露記事を書いたときも、救いの手を差し伸べたのは四方次長だった。愛？　それとは別なものなの。感謝している。四方はそっとしておいてくれる。それはそれで心地よい関係でもあるのだが、何か物足りなさを感じているのはワガママ？　彼には家庭がある。だから深入りはしないつもり。誰にも祝福されない切ない恋はしたくないから……。しばらく自問が続いた。心はどっちにあるのか、自問してみても答えはなかった。

頭を振り、雑念を払った。そのためには濃いめのコーヒーが必要だ。湯を沸かし、コーヒーを淹《い》れる。泡立ちを見ながら、気持ちを切り替える。カップを片手に由美子は再び難解な文書に挑戦する。神経が集中すると、弱っちい由美子は姿を消す。そうそう、その調子。本来、そういう自分が由美子は好きだった。自分を励ましながら書類をめくる。次の資料は、業務報告だ。あずみおおたか監査法人は、兼高粉飾事件以後、監査の透明性を高めるため客先とのやり取りを報告書の形で記録に残すことにしたらしい。由美子が手にしているのは、その一部だ。

説得——。

という文字が何度も出てくる。東興キャピタルとの緊迫したやり取り。あるときは、磐田理事長自身が東興キャピタル本社に出向き、東興キャピタルの西村社長と会談していた。現場に任せるには、問題が大き過ぎると考えての出動だ。会談の記録も残っていた。

「純粋な投資目的なんですか」

磐田は幾度も同じ質問を繰り返した。

「エグジットです」

西村社長の答えはいつも同じだ。

エグジットとはベンチャー企業を育て、企業価値が上がったところで他に売却し、利ざやを稼ぐビジネスモデルを指す。つまり連結外しは、見せかけの業績をよくするためではない、特別目的会社は純粋な投資目的で株式を買い取ったという主張を繰り返した。

「私どもは適法と考えている」

あくまで適法を主張する西村社長。

「特別目的会社の連結外しには、金融庁は神経を尖《とが》らせていますからな。それに世間の目も厳しくなっている。ここは慎重にあるべきだと思います」

世間の目が厳しくなったのは、特別目的会社を使った粉飾が横行しているからだ。たとえば税金逃れや、利益水増し——。つまり特別目的会社が粉飾の温床となっていると見なされていたのだ。

磐田は連結計上することを薦めた。逆に西村社長は連結外しが違法なのか、と訊いた。そう訊かれれば適法と答えざるを得ない。磐田が根拠としたのは特別目的会社に対する関係者の目が厳しいことだ。

こうしたやり取りが三度あった。

三度目の会談。

前回とほぼ同じやり取り。

「マスコミも騒ぎだしている。粉飾を疑う報道です。情報源は金融庁とも言われていますね。きっとリークですよ。金融庁の牽制球ではないでしょうか」

「マスコミがどう書こうとも、会計処理は妥当だと思います」

西村は譲らなかった。それ自体は正論である。行政も世論に流されやすい。だから連結すべきだという論理では説得力に欠く。当事者に違法会計の認識がないのだから、それも当然だ。説得は不調に終わったのである。

業務報告を読む限り、監査人の瑕疵は認められない。しかし、金融庁は監査法人の「不正見逃し」を指摘している。度重なる不祥事と失態続き。マスコミは憶測を加え勝手を書く。あずみおおたか監査法人に対する世間の風当たりが強まるばかり。業務停止命令の処分だけで済むかどうか。

業務報告書を読み終え、由美子は考えてみた。流れは決まったように思える。ある絶対的な意志――。それを感じないわけにはいかなかった。結論はひとつ。

最悪、解散命令もありうる。粉飾幇助は犯罪だが、しかし、「違法の見逃し」も行政処分の対象となるからだ。特別目的会社の連結外しは、会計法上、議論の余地がある。それでも容赦なく追いつめようとしている金融庁。本当に潰すつもりなのかもしれない。しかも、ディープ・スロートは、不正経理をリークしたのは金融庁ではないか、と疑っていた。まことに奇怪なことだ。金融庁がリーク？　でも何のために。ちょっと考えにくい……。

事実なら金融庁の態度には、悪意さえ感じられる。たぶんあずみおおたか監査法人にとって唯一の救いは、東興キャピタルが主張を変えていないことだろう。

間違い、作為、謀略――。なるほど、そういうことなの。ディープ・スロートが言った言葉の意味が次第に氷解してきた。

4

磐田勇治理事長は辛抱強かった。磐田を五人の男が取り囲み、三時間に及ぶ談判が続いていた。強談《ごうだん》と言っていい。いずれも代表社員兼理事だ。社内では「溜池《ためいけ》衆」と呼ばれている連中だ。以前の磐田なら怒声を上げていたに違いない。磐田は感情を抑え、彼らの主張に耳を傾けていた。

権力の座を狙う者は常に「改革」を主張するものだ。溜池衆も改革を唱え、磐田執行部に揺さぶりをかけている。メンバーのなかには磐田のためなら犬馬の労も厭わないと公言して憚《はばか》らなかった村重正一もいた。顔をうつむきかげんにして、ほとんど発言をしないのは、かつての磐田との関係を考えれば、それも当然だろう。

溜池衆と呼ばれる所以《ゆえん》は、彼らが若い会計士を連れて、溜池界隈で飲み歩いていたからだ。溜池衆が密議を重ね、社内に政治勢力を作るのは、兼高粉飾事件以後のことだ。彼らは彼らなりに危機感を抱いていた。危機感が派閥づくりに走らせた。派閥形成に血道を上げ、理事長のポストをつかんだ磐田は、因果というべきか、皮肉なことに新たな派閥の勃興に悩まされている。

代表格は能呂《のろ》修三だ。能呂は大鷹の出身で大鷹と安住が合併するに際し、大鷹側のまとめ役として動いた幹部のひとりだ。前理事長の佐伯時代にはいい思いをしたが、いまは執行部から外れ、閑職にある。誤解なのだが、外したのは磐田理事長だと思いこんでいる。そんなことで怨みを抱き現執行部に反旗を翻した、という噂だ。真偽はわからない。しかしはっきりしているのは、公然と反執行部の狼煙《のろし》を上げていることだ。

端正な顔。部内の信望も厚い。仕事もできた。しかし、磐田以上の策士だ。能呂はさっぱり進まぬ改革に苛立ち、改革の実を上げられないのなら退陣すべきだと迫っていた。彼らは談判に先立ち、建白書なるものを用意していた。社内に広く配布されていた。建白書が言う論点は五つ。

第一は、兼高事件に関与した社員および監督責任者の厳正な処分。第二は、現執行部の総退陣。第三は、グローバルな監査法人への脱皮のための改革、第四は、行政処分を受けたとき、クライアントに迷惑をかけないための受け皿の用意。第五は、不適格社員の一掃および改革断行——。

磐田は答えた。

「改革の方向はだいたいにおいて執行部と同じ方向にある。気持ちも同じだ。改革には時間がかかる。建白書は執行部で検討する。時間を貸して欲しいのだ」

「いや、われわれには時間がない。ご存じでしょう、この危機的な状態を。目に見える形で改革の成果を世間に示す必要がある。評議員会を開き、建白書の是非を問いたい」

話し合いは平行線だ。

あくまでも目に見える成果を要求する溜池衆。スピード感も必要だと強調する。要するに溜池衆の要求は、執行部の改革案と溜池衆が提議する改革案の、どちらを選ぶか、評議員会に諮《はか》り、決着させるべきだと迫っているのだ。それを認めることは、執行部の改革案を放棄することを意味し、認めれば、執行部の解体だ。さすがに飲める要求ではなかった。そういう事情を承知で、飲めない要求を突きつけるところが策士たる所以だ。

「それは困る。評議員会に建白書を付議すれば、あずみおおたか監査法人は、事実上分裂だ。それはあなたがたもわかっているじゃないか。あなたも理事のひとりではないですか。あなたがたの改革案を、執行部で検討してみようじゃないですか。そこで主張なさったらどうですか……」

穏やかな口調だ。しかし、心の内は煮えくりかえっていた。磐田はわかっていた、何が狙いの要求であるかを。手勢を集め、気勢を上げる溜池衆。深夜、側近を集めての謀議を交わす溜池衆。溜池衆の動きは、社内では広く知れわたっている。連中の動きを、黙って見ているのか、処分すべきだと、忠告する者もいた。執行部の中には、連中は獅子身中の虫、この際切ってしまえ、という強硬論もあった。しかし、磐田は処分ならあとでもできるじゃないか、と受け流した。

「沈む船から鼠《ねずみ》は逃げ出す——」

磐田はそう見なしていた。

連中は分裂の機会を狙っているのだ。行政処分を受ける監査法人など用なしだ。新しい監査法人を立ち上げるのが連中の狙いだろう。新しい監査法人を立ち上げるには、少なくとも二、三百人の会計士を引き連れ、割って出る必要がある。能呂の立場なら、自分もそうする、と磐田は思う。

だが、行政処分を前にあずみおおたかが内部分裂したら世間はどう受け止めるか。いよいよクライアントは離れ、監査法人は成り立たなくなってしまう。能呂の本当の狙いはあずみおおたか監査法人の解体にあるのかもしれぬ。放っておけば、あずみおおたかは四分五裂する。溜池衆の魂胆《こんたん》は明らかだ。どさくさに紛れ、美味《おい》しいクライアントをかっ攫《さら》い新法人を立ち上げる？　そうだとしたら、絶対連中に分裂の口実を与えてはならぬ。それができぬ我慢をしている理由だ。

「目に見える成果を……」

また、能呂は同じ議論を蒸し返した。

「私が辞任するのは簡単だ。しかし、あなたなら改革ができるんですか」

磐田は訊き返した。

能呂は言葉につまった。目に見える成果とか、改革のスピード感とか、そういう言葉を繰り返すだけで、建白書が言う改革の内容に踏み込むと、言葉をつまらせる。それも当然だ。能呂には、あずみおおたか監査法人の経営を引き受けるつもりなど、さらさらなかったからだ。責任の取れぬ人間に改革などできない、所詮は鼠。泥船から、一刻も早く逃げ出したいだけだ。そのことを、磐田はとうに見抜いていた。それも我慢を続ける理由のひとつだ。磐田ができぬ我慢をしている理由はさらにもうひとつあった。

金融族のボス鳴井友市代議士との機中会談だ。得た感触は悪いものではなかった。まさか経済を混乱に落とし込むような厳しい行政処分はださんだろうな——と、あのとき鳴井代議士は言った。大事なのは改革です。改革を着実にやることですな——とも言った。それを磐田は励ましと受け止めた。

それにもうひとつある。少なくとも、ディビッド・アルトマン会長は、自分たちの改革路線を支持していることだ。ニューヨークの会談で確信を持った。それが磐田の自信の裏付けになっているのだが、そのことは誰にも話していない。自分があずかるあずみおおたか監査法人は盤石だ。だからあずみおおたか監査法人が業務停止命令を受けるなど、毛ほども考えていなかった。

誰もが右往左往している。こういうとき人が見える。誰が敵か味方か、はっきりと見えてくる。磐田には愉快ですらあった。策士を気取る能呂ごときは敵ではない。船は沈むと思いこみ、先行き不安なものだから、分裂を策しているだけのことだ。ほえ面かくのはこの連中だ。いまにわかるさ。そのとき、処分を下す。会計士業界から永久放逐《ほうちく》だ。切り捨てる理由など山ほどある。それはあとで考えればいい……。

そう思うと、目の前の男たちが小物に見える。その判断は間違いではないのだが、いまの磐田には意識の外だ。

「村重君……。君は辞めるのかね」

いきなり質問をふられ、村重正一はたじろいだ。うつむき、沈黙をきめている。禿《は》げた頭に汗が浮かんでいた。村重は付和雷同型の男だ。もとより信念や理念で動くような男じゃないのは、長いつき合いからよくよくわかっている。

「君も建白書に賛成したんだろう。是非、村重君の意見も聞きたいね……」

一種の恫喝だ。恫喝に村重は弁解も抗弁もできなかった。

磐田理事長は自信に満ちている。激することなく最後まで話を聞いた。以前の磐田ならありえぬ。珍しいことだ。村重にはその理由がさっぱりわからなかった。

「今夜はこのへんで……」

徹夜も厭わぬ覚悟だったが、切り上げたのは溜池衆の方だった。

延べ四時間。長い談判だった。磐田は理事長室にひとり残った。自分でも驚くほどの辛抱強さだった。辛抱強く溜池衆の話を聞いたのにはわけがあった。分裂を策する連中の真意を知りたいと思ったからだ。どの程度、本気なのかも……。磐田は溜池衆と交わした会話を、いくつか反芻《はんすう》してみた。

「たいした連中じゃない……」

磐田が独語し、ひとりうなずいた。所詮は烏合《うごう》の衆。割って出る根性など、連中にありはしない。そう考えると、気分が解《ほぐ》れた。睡魔が襲ってきた。耐えがたい睡魔だ。部屋の照明を落とし、デスクのライトをつけた。磐田は椅子に身体を預け微睡《まどろ》んだ。彼は酷く疲れていた。睡眠時間五時間弱。先月五十の大台に乗った。若いつもりでいたが、歳ほどに身体は休養を要求する。

トントン――。ドアを叩く音がした。もう少しこのままの状態でいたかった。そうもいくまい。頰をピシャリと叩き、ドアの外に向かって、入りなさい、と声をかけた。姿を見せたのは峰村義孝だった。

「少し時間をいただきたいのですが、よろしいでしょうか……」

磐田はライトの逆光のなかにいた。その様子から微睡んでいたに違いない、と峰村は思った。磐田も疲れているのだ。理事長の日常は、呆れるほど日程がつまっている。部内の会議、地方事務所への出張、業界の会合、役所との折衝、クライアント回りもある。峰村は急いていた。磐田は部屋の照明をつけ、会議テーブルに峰村を促し、対座した。想像していた通りだ。目は窪み、頬はこけ、形相が一変していた。

「眠気覚ましにコーヒーでもどうかね」

磐田が訊いた。

午後十時を過ぎていた。秘書はすでに帰宅している。私が買ってきましょう、と峰村が八階の自販機ルームに出ていった。その後ろ姿に、すまんね、と声をかけた。

人間関係は不思議なものだ、と磐田は近ごろ思う。忠誠を誓った村重は離反し、分裂を画策している。いま側近として働くのは、出身母体の異なる峰村義孝だ。彼はズウッと干されてきた。峰村を干し上げたのは、磐田自身だ。たいした理由があってのことではないが、あえていえば、出身母体が異なるのが理由といえば理由だ。考えてみれば、理不尽な扱いをしてきた。それなのに恨み言も、愚痴も言わず、ひたすらこの未曾有《みぞう》の危機に立ち向かおうとしている。

それはありがたいが、しかし、気がかりがひとつある。兼高問題で記者会見を開いたときの峰村の発言だ。彼は記者から責任問題を追及されたとき、理事長の進退問題に言及した。その真意がわからない。それが磐田の心の底に暗い影を落としている。

彼に邪心はないか、ときおり、なぜなんだ、と訊いてみたい衝動に駆られる。峰村が缶コーヒーを二つ手にして戻ってきた。

「こんなものですが、我慢してください」

「結構、結構……」

磐田は美味そうにコーヒーを飲んだ。しかし、彼の好みの味ではない。砂糖がたっぷり入った甘い甘い缶コーヒーだった。

「ところで、話というのは？」

磐田は頬にビジネス・スマイルを浮かべ、峰村に話を促した。考えをまとめようとしているのか、少し間を置いた。

「実は……。バクストンのことです」

「彼が何か？」

「確証はないですが、動きが気になるものですから調べてみました」

バクストンはアルトマン会長の要請でアドバイザーという名目で東京本部に受け入れた男だ。まだ来日して二週間。日本語に不自由しないようだから、個室と秘書を与えただけで、特別な指示は出していなかった。

「ホー」

と、磐田が驚きの色を浮かべた。

「連中と頻繁に連絡を取りながら、いろいろ社内を嗅ぎ回っているようです。連中というのは能呂さん以下の溜池衆のことですが、連中が開く、秘密の会合に度々顔を出しているのも確認がとれています」

「ほう、それで？」

「目的はわかりません。はっきりしているのは、社内の動静を探り、それをNYに送り続けていることです」

「何のため？」

「まさかとは思いますが、能呂さんたちの動きに関係があるのかもしれません」

「別法人の立ち上げか！」

そう考える以外にない。連中の建白書にも別法人の必要性が訴えられていた。溜池衆との関係を考えるならば、辻褄《つじつま》が合う。そうだとすれば陰で糸を引いているのは、アルトマンということになる。しかし、とも考える。NYの会談で磐田執行部の改革を支持すると言った。業務提携についても再確認した。その約束を反故にするだろうか。この策士は、それでもアルトマンを信じようとしていた。

「アルトマンは変わってはいないよ。これまで同様に友好的だ。誤解がとけ、彼と会ってよかったと思う」

磐田はNYでアルトマンと交わしたやり取りの一部始終を話した。

「しかし……」

と、峰村は疑問を口にした。

アルトマンは来日した事実すら隠し、豊島自動車の坂井仁会長など、あずみおおたか監査法人のクライアントを密かに訪ね、連絡を取り合っている事実を、提携相手であるあずみおおたかになぜ隠さなければならないのか。隠さなければならない事情があるということではないか。

それに分裂を策する溜池衆に接近を図るバクストンの動き。やはり溜池衆と組み、別法人立ち上げに動いているのだろうか……。バクストンの勇み足という見方もあるが、それはなかろう。彼は、アルトマン会長の意を受けて動いているとみるのが自然である。

「磐田理事長の訪米に際しては、友好関係の継続を確認しておきながら、それはないでしょうよ。背信行為というべきでしょうな。少なくとも友好的な態度とはいえないじゃないですか。それでも磐田理事長はアルトマンを信じるのですか」

峰村はダメ押しをした。

「…………」

磐田は言葉につまった。人は想定外の事態に遭遇したとき言葉を失う。いや、磐田には想定内のことというべきかもしれない。ただ、現実を受け入れたくなかっただけなのだ。想像をめぐらせれば、思いあたることがいくつもあった。背中に汗がにじむのを感じた。

（確かに……）

と心の内で思った。疑いは濃厚だ。事実なら、自分は裏切られたことになる。しかし認めがたいものがあった。アルトマンとは友情を誓い合った仲だ。彼は友人を裏切るような男ではない。もっともアルトマンはビジネスに私情を持ち込むような男でないのもわかっていた。利害損得に冷徹な判断を下す男だ。相手が旧友であったとしても——。

あるいは——と、募るのは疑心暗鬼だ。その一方で友情を信じようと、心は揺れた。とはいえ磐田は責任ある立場だ。監査法人の生き死にがかかる事柄だ。これは緊急事態なのである。組織の責任者なら、それが事実であるかどうか確かめ、その上で事実なら機敏に対応する必要がある。

しかし、思考が停止した状態にある。どう対応すればよいか……。それが思いつかないのだ。頬が歪《ゆが》み、汗が噴き出て、心臓の鼓動が激しく打つ。決断できない。身体を動かそうとしたが、固まったままだ。磐田には、こんなことは初めてだ。どうしたのか、そんな優柔不断なことで理事長が務まるのか、と峰村が激しく責めている。罵声を浴び、それでも耐え続ける磐田。自分はこんな人間ではなかったはずだ。いや違う。根っからのダメ男なのだ。

そう——。いつだったか、こんな場面に出くわしたような気がする。不意にデジャビュという言葉が思い浮かんだ。未体験なのだが、あたかも体験したがごとく錯誤させる既視感を言うフランス語だ。そういう感覚で峰村の話を聞いている自分に気づき、ああそうか、つい居眠りをしていたことを知った。

「理事長、大丈夫ですか！」

峰村が顔をのぞき込み訊いた。

「すまない……」

気がつき、磐田は居眠りを詫びた。

時計を見た。午前四時。このまま二人で朝を迎えることになりそうだ。疲労の色が濃厚に現れている。もはや議論する体力は残っていない、思考停止の状態にあるのを、磐田は自覚した。峰村は心配した。

「帰られて少し休まれたらいかがですか？」

「ああ、そうするか。話の続きは、午後からにしよう。君も休まなければ……。それじゃ失礼するよ」

そう言って磐田は立ち上がった。

すでに夜が明けていた。夜半に降り出した雨は、途切れることなく降り続けている。今年は長梅雨になりそうな気配だ。うっとうしい気分だ。

その日、磐田が出社したのは、午後のことだった。理事長に就任して以来、午後の出社は初めてのことだ。まだ小雨がぱらついていた。出社する車の中で磐田は新たな決意を固めていた。責任を取るというのはリスクを背負うのと同義語だ。覚悟は決まった。その責任を全うし、この危機の最中の監査法人を見事に再建してみせる——と。

「みんなを呼んでくれないか」

磐田は秘書に伝えた。危機管理特別チームのメンバーが理事長室に顔をそろえたのは十分後だ。メンバーのなかに青柳良三の顔もあった。少し遅れて峰村義孝が姿を見せた。青柳の顔を認めると、峰村は軽くうなずいてみせた。峰村の目の縁が黒ずんでいた。

磐田理事長は一同を見渡した。大きくうなずき、ごくろうさま、と言うなり、現下の状況を説明した。口調は淡々としている。話の内容は衝撃的だった。溜池衆とバクストンとのただならぬ関係を聞かされ、一座にざわめきが起こった。事実上の分裂。誰しも、そう思った。

磐田は続けた。磐田は断固とした口調で指示を出した。

「すべきことは三つある。ひとつは事実関係を確認すること。もうひとつは、シミュレーションだ――。こうなった以上、最悪の事態を想定しなければならないからな。それを青柳君、やってもらえないだろうか……。最後のひとつは自分の責任でやらせてもらう。峰村君、手伝ってもらう」

会議は三十分ほどで終わった。

シミュレーション――。

一度、俎上《そじょう》に載ったことがある。最悪の事態とは、金融庁が業務停止の命令を下したとき、考えられるあらゆる事態を想定し、それぞれの想定にもとづき、その対応策を立案するのがシミュレーションだ。

青柳は別室にこもり、作業を始めた。その日から半徹夜の作業が続いた。相棒は二人の会計士補と事務職員が一人。同僚が帰った後も作業が続く。

シミュレーションの精度は、情報量によって決まる。もうひとつは予知能力。青柳は危機を七段階に分け、それぞれの対応策を考えてみた。行政処分もいろいろだ。業務改善命令、業務停止命令、解散命令などだ。細かく言えば、業務停止命令も、東京本部だけの部分処分か、法人全体にかかる処分か、に分けられる。それぞれに、異なる対応が必要となる。次の問題は、行政処分により、何が起こるか。たとえば、上場企業の決算が不能となる。それを恐れ、クライアントは離れていく。だから受け皿が必要。受け皿を金融庁は認めるかどうか――。

（しかし……）

と考える。作業を進めるうちに、根本的な疑問が生じた。結局のところ、人間社会のすべての現象は人為的に発現するものだ。そういう思いに立ち至ったとき、作業は行き詰まった。仮に――。金融庁があずみおおたかを潰しにかかっているとすれば、すべてが悪あがきにすぎぬ。何をどうやっても無駄骨というものだ。

（片倉さんに会ってみよう……）

このとき、青柳は決めた。

第五章　断念した金融庁相手の行政訴訟

1

麻布十番の韓国大使館裏にちょっと小ぎれいな割烹《かっぽう》があった。二階建ての、しもた屋風の店だ。大手総合商社のＯＬが一念発起で開業したという噂だ。

正面にカウンターがあり、手前に小上がりがあった。見事な白木のカウンターだ。物知りの常連がいて、割烹の本来の意味は「割いて、煮る」の意などと宣《のたま》う。つまり割烹とは素材を楽しむ店だ。素材は、まず寝かせ、切る、叩く、おろす、焼く、煮る、蒸す、炒める、合わせる——の技法で処理される。極上は切って、煮るだけ。そんな屁理屈を言っても許される店である。

しかし、割烹の使い方もいろいろだ。意外に知られていないのが、帳場の裏に四畳半の座敷を用意していることだ。入口も別。出口も別だ。駐車場も別。他の客と鉢合わせすることなく出入りができる。小さな部屋に入って一瞬驚く。なかなか贅《ぜい》をこらした茶室風の造り。床柱に檜を使い、小窓を開ければライトアップされた箱庭がある。意中の女を連れ込み口説くにはよくできた設《しつら》えだ。とはいえ女を口説くために、この値段の張る部屋を利用する客は少ない。

客は別な目的で使っている。この空間は内密なビジネスの話をするには格好の場所だ。サンクチュアリな連中は、航空機のファーストクラスで密談を交わすが、それと同様な使い方をしている。料亭なら記者が張り込む。しかし、ここなら安全だ。

その四畳半の座敷で、金融庁官僚の片倉卓と青柳良三が対座していた。片倉はまくしたてている。口が悪いのはいつも通りだ。

「だから言っただろう」

このところ青柳良三は異常なほど体重を減らしている。もともと運動系の体軀《たいく》だ。骨太でがっちりしていた。しかし、いまの良三は筋肉は落ち、頬はこけ、別人のようにもみえた。危機のあずみおおたか監査法人にあって良三は、危機管理特別チームの事務方を、背負わなければならない立場だ。激務だ。今週も睡眠時間は平均五時間足らずだ。食事も、時間を節約するためカップラーメンだ。こんな生活をしていれば、体重が落ちるのも当然だ。

だが、それだけか——。

やはり由美子との別れがこたえているのだった。仕事に熱中し仕事に埋没することで、由美子を忘れようとしている。それは良三も自分ではわかっていたが、わかっていて、そうするのは、一種の自損行為といえるかもしれない。ともかくいまの良三は、猛烈に働き、すべてを忘れ、あずみおおたか監査法人の危機に立ち向かおうとしていた。

片倉卓は口は悪いが、心底良三の立場を心配しているのだ。

「もうおしまいなんだ。あそこは……」

「片倉さん……」

「うん?」

「あなたは女に惚れたことがありますか」

「そりゃあるさ」

「惚れた女ならば最後まで守るべきだ」

「そりゃあ、そうだ……」

「俺は心中するつもりだ。いまさら、他に移ってどうする? あずみおおたかの最期を看取るつもりだ。それで金融庁は、ウチをどうする？　潰すのか、それとも生かすのか。いったいどっちだ」

酔いと疲れ――。人を激させる。

「おまえなら、どっちだ？」

「俺なら潰す――」

「そうだろうな。新自由主義の基準《カノン》に従えば潰されて当然だ。何しろ、グルになって市場を騙そうとしたんだからな」

「そうだろうか。粉飾幇助で自然人たる公認会計士が処罰されるのはわかるが、合名法人に死刑判決を下す……。会計士はそれぞれが独立して仕事する。他の会計士まで巻き添えにした行政処分。俺は間違いだと思う」

「おまえわかっていないな」

「何が？」

「そういう屁理屈の次元じゃないんだ。意志なんだよ。意志……」

「意志って？　誰の意志だ」

「それは言えんな。潰すのは意志だ。しかし上手に潰さなきゃならん。潰すことのリスクが発生するからな」

「金融庁の意志か……。ということは国家の意志というわけだ。いや、片倉さんに答えは求めない。誰の意志であれ、潰すというのなら、俺は戦うさ。俺はあずみおおかに惚れている。変わるさ、あそこは……。いや、変えてみせるさ」

「おまえは変わっていないな。一年生のときから、そうだった。民間に出て、少しは変わったと思っていたんだが……。ひとつだけヒントをやろう」

議論をしながらの酒は進む。日本酒から焼酎に切り替え、それもあらかた飲み干している。片倉は立ち上がり、小窓を開けた。小さな箱庭が現れた。水車がまわっている。よくできた山里の疑似風景。片倉は小刻みに指で卓を叩いている。

「兼高粉飾事件はきっかけにすぎない……」

片倉は箱庭を見つめながら言った。片倉の言葉は意外だった。

「本番はこれから始まるんだよ」

「東興キャピタルか？」

「…………」

にやりと笑い、何も言わなかった。

「どうなんです！」

無言の片倉につめよった。

「忠告しておく。いいか、この問題にこれ以上首を突っこむな。おまえは会計士だ。会計士の領域を超えた問題なんだよ。そんなことより、おまえのところは足元から崩れ始めている」

「足元から？」

「ああ、足元からだ。足元だよ」

青柳は続けて訊いた。

「行政処分――。金融庁の意志は、どこにあるんです？　上手に潰すってどういうことです。そんな芸当できます、金融庁に？」

「さあな……。偉い連中の決めることさ」

片倉はまた小刻みに卓を叩いている。彼は無意識だ。

「片倉さん、知っています？　自分の癖」

「癖？」

「ああ、片倉さんは嘘をつくとき、小刻みに指で机を叩くんですよね。昔から、そうでしたよ。おかしかった、癖はなおらないものなんですね」

片倉は思わず、青柳の顔を見た。

「嫌味なヤツだな」

片倉は苦笑いをした。それでも否定はしなかった。

役所にいた人間なら誰でも知っていることだが、役所の政策決定権は、実質シニアの課長級が握る。政策決定の選択肢を、提示するのは課長補佐だ。事務次官、局長らが関与するのは政治マターだ。その意味で課長補佐は絶対的な権限を持つ。課長を補佐する立場の片倉が、行政処分を決めるのは、上の連中だと言うのは、真っ赤な嘘だ。決めるのは、彼自身であるからだ。しかし、青柳が嘘だと言ったのは、そのことではない。

「東興キャピタルか……？」

青柳は先ほどと同じ質問をした。

「さあ？」

片倉は、またとぼけた。

上手に潰さなきゃならんと言いながら、これからが本番だとも片倉は言った。意味するところは、金融庁は最終決断を下したということだ。それは東興キャピタルの粉飾決算に絡む問題なのか。それならば、追加的な行政処分が下される。追加的な処分となれば、予想されるのは、もっとも重い処分だ。もはや業務改善命令ではすむまい。やはり法人全体を対象とする業務停止命令だ。いや解散命令が出るかもしれない。

い。上手に潰すという意味を、そういう具合に理解すれば、万事わかりが早い。

しかし一方、足元が崩れ始めているとも言った。その意味……。内部分裂を意味するのか。行政処分が出れば、動揺をきたし、組織を割って出ようとする者が現れても不思議ではない。現に、その動きはある。アルトマンと結び、分裂を画策している能呂ら溜池衆たちだ。もともと監査法人は、公認会計士の集合体。団結力に欠けるのが監査法人だ。有資格者は、弁護士稼業と同様に、能力とやる気があれば、いつでも個人事務所を立ち上げ独立が可能であるからだ。

しかし、片倉が示唆するのは、そのことではなさそうだ。もうひとつわからないのは本番はこれからだ、という意味だ。本番？　何をもって本番というのか。あずみおおたか監査法人に行政処分が下されれば、それで幕引きとはならぬのか。本番が残されているというのなら、あずみおおたかの行政処分で、ことは終わらないということになる。それでは筋が通らぬ。筋が通らぬのは、重要なことを隠しているか、さもなくば嘘をついているかのどっちかだ。

金融庁は何を考えているのか。潰すのは意志だ、と言った片倉。巨大な監査法人を潰そうとする意志。国家意志？　抽象的だ。それは金融庁だけで決断のできる問題ではあるまい。経済社会に及ぼす影響があまりにも大きいからだ。それでも巨大監査法人を潰す。しかも、その先に本番なるものがある。これから何が起きるのか。片倉は、これ以上深入りするな！　と警告した。脅しとも受け取れるが、青柳は友情と受け止めた。大きな何かの存在を疑わないわけにはいかなかった。

「実は、な……」

片倉はライトアップされた箱庭を見つめていた。少し間をおき、ふーう、とため息を漏らし、また卓を指先で叩き始めた。何かの封印を解くような気配が感じ取れた。

「…………」

青柳は片倉を凝視した。

「君は、郵政の民営化をどう思う」

何を言い出すのか、青柳は戸惑った。

「どうって？　聖域なき改革の一環……」

「信じるか、そういうおためごかしを」

「役所ご推奨の改革だろう？　金融の流動化は。違うんですか」

郵貯は、官僚の差配に任され、特別会計という伏魔殿《ふくまでん》に流れ、政治家のあずかり知らぬところに消えていく。透明性を高め、政治のコントロール下におくというのが郵政改革と説明されてきた。シナリオを書いたのが旧大蔵官僚で、そのシナリオに乗ったのが現政権だ。圧倒的な国民の支持のもと、現政権は正面突破をはかった。しかし、片倉は意外なことを口にした。

「数百兆円のカネが動く……。動いたカネは太平洋を渡るさ」

ありえぬ話ではない。だが、彼の口から出るとは思わなかった。年次改革要望書で米国側がいの一番に取り上げ、要求したのが郵貯の解体である。数百兆円のカネが市場に流れる仕組みを作れという要求だ。米国の圧力だ。米国に弱い官僚たち。学者あがりの評論家が金融担当大臣に抜擢され、その男が広告塔になっての世論誘導を思いついたのは、官僚たちだった。だが、そのことは国家機密のひとつになっている。

「その話と、関係があるのか」

「ないかもしれない。あるかもしれない。言えることはひとつだけある……。パターンの相似性だね。これ以上は、俺の立場では言えない……。想像をたくましくしてくれよ」

「相似性？」

「ああ、そういうことだ」

そう言って、片倉は話題を変えた。

「役所にバクストンという男が現れてな」

「バクストンが。何しに？」

「いくつか質問をしたよ、彼は。彼がしたもっとも重要な質問のひとつは、新しい監査法人を作るにはどうすればよいか、その手続きだ」

（なるほど……）

足元が崩れ始めているというのは、そういう意味か。それは先刻承知だ。しかし、片倉は重要なヒントをくれた。はっきりしたのはシミュレーションをやり直す必要であり、そのシミュレーションにもとづき、シナリオを用意することだ。

「おまえ、ひどく痩せたように見えるが、体は大丈夫か。早く辞めるんだ。いらぬ苦労などしない方がいいぞ。おまえならひとりでも十分やれるじゃないか。事務所を開くなら協力するぞ」

片倉は最後に同じことを三度言った。

「それじゃ……」

片倉は先に店を出た。時計を見ると、午後十一時を過ぎていた。麻布十番でタクシーを拾い、丸の内と告げた。いやに蒸し暑い夜だった。季節は初夏に移りつつある。皇居の森に暈《かさ》をかぶった月がぼんやりと浮かんでいた。流れる雲間に由美子の顔が浮かんだような気がした。もとより幻影だ。幻影を打ち消し、明日は雨か……とつぶやいた。元気なのかな。十分後、良三は本部に戻った。決算の繁忙期を過ぎ、本部内は閑散としていた。

新しいシミュレーションを、どうやって構築するか、その方法を考えているとき、不意に峰村義孝が姿を見せた。彼もひどく疲れた顔をしていた。

「今夜は、仕事は止めにしたら？」

「もう少しだけ……」

「そうか」

峰村は、無理をするなよ、と声をかけ、踵《きびす》を返した。頬がこけ峰村もひどい顔をしていた。特別チームを率い、彼は重い荷物を背負っている。そんなとき、ひとを思いやれる精神力に感心した。

それから二時間ほど作業を続けた。酒のせいか、喉の渇きを覚えた。八階の自販機ルームに向かった。自販機があるところだけが明かりがついていた。自販機ルームには、いくつかの椅子とテーブルが用意してあった。百円硬貨を入れ、ボタンを押す。ミネラルウォーターが出てきた。キャップをひねり、飲みかけたとき、背後から声をかける者があった。

「青柳君！」

どきりとして振り返ると、目の前に現れたのは能呂修三だ。青柳から見れば能呂は大幹部だ。もちろん顔は知っているが、二人だけで向き合うのは初めてだ。こんな時間に。時計を見ると午前二時だ。少しいいかな、とにこやかにテーブルに誘った。

「われわれは誤解されているようだね」

と切り出した。

言いたいことは想像がついた。とはいっても、どう答えるべきか、困惑した。

「…………」

無言の青柳に向かって続けた。

「どんなことがあっても、最低、クライアントに迷惑をかけちゃいかんよな。そのための別法人の立ち上げだ。誤解されている。われわれは顧客を混乱させないための緊急避難会計事務所を立ち上げるだけなんだよ」

弁解じみていた。

無機質なスチール製のテーブル。座り心地の悪い椅子。蛍光灯は、そこだけを照らし上げていた。能呂は缶コーヒーのプルタブを引き、コーヒーを飲みながら、別法人を立ち上げる自らの正義を語った。そして緊急事態に対応不全の現執行部を非難した。

「君にもわかっているはずだ」

と、同意を求めた。

百人の公認会計士がいれば百人に正義がある。能呂理事にも正義がある。クライアントのために——という正義。理事長の磐田にも正義がある。あずみおおたか監査法人を、守る正義だ。正義と正義は、ときに正面衝突する。いま、あずみおおたか監査法人はいくつもの正義がぶつかり合い、いまにも火を噴き出しそうな気配だ。

「クライアントのためにも、ね……」

能呂は話を続けた。

言わんとしていることは、こういうことのようだ。クライアントに迷惑をかけない唯一の方法は別法人を立ち上げ、万が一の場合には、その受け皿に業務移管して監査を継続する。それが緊急避難会計事務所だ。そういう例は米国にもある。しかし、巨大企業の監査には、組織力が必要だ。企業会計は公認会計士個人では対応できない時代だ。対応するためには、相当数の会計士を受け皿に移動させる必要がある。

そして結論——。

行動をともにしないかという誘いだ。要するに多数派工作だ。ただし能呂は重要なことをひとつだけ、打ち明けなかった。つまりアカウント・グローバルとの不可解なわかっていた。

関係だ。それはまだ青柳を仲間とは認めていないからなのか……。しかし、青柳には

「ひとつ質問をしてもいいですか」

青柳が訊いた。

「ああ、なんなりと……」

と、気安く応えはしたが、能呂の顔に警戒の色が現れていた。

「能呂さんは、なぜ会計士に？」

突飛な質問に能呂は面食らったようだ。

「難しい質問だね」

缶コーヒーを左手に持ち替え、しばらく考えていた。

「そうさな。会計士になるべくして、こうなった、という運命みたいなものを感じることがある。もうひとつは、収入だね。やる気さえあればいくらでも稼げる。われわれは企業会計の根幹を握っているからな。それで君の場合は？」

「あえていえば、弁護士と同様に他の職業に比べ独立性が高いことですね。しかし、考えているんですよね。この選択が間違っていなかったかどうかを……」

と、青柳。

「そうか。君の場合は役人を辞めての会計士だからね。しかし、まあ、人生というのは落ち着くところに落ち着くもんだよ」

「そういうもんですか」

「そういうもんだよ。人生というのは」

（考えが浅いな……）

青柳が抱いた感想だった。

能呂は最後に言った。

「われわれと行動をともにして欲しい。考えてみてくれないか」

まあ、無理にとは言わんがね、と勿体《もったい》をつけるのも忘れなかった。能呂には自信があるようだ。どういう行政処分が下されるか、事態は急展開している。ライバルの監査法人からの引き抜きがあったりして、右往左往する社内。磐田執行部は求心力を失っている。それを見越しての多数派工作だ。

それじゃあ、と能呂は軽く手を振り、自販機ルームを出ていった。ああ、と青柳は伸びをした。今夜も事務所で夜明かしか——。

2

政府合同庁舎の金融庁会議室。磐田勇治は屈辱に耐えながら待ち続けていた。折りたたみ式の椅子と机。壁際には書類が詰め込まれた段ボール箱が乱雑に置いてある。窓もない小部屋は、会議室というよりは、まるで物置だ。そんなところで待たされること小一時間。ドアを叩く音がした。

(陳情……)

という言葉を噛みしめ、こみ上げる怒りを静めた。理事長に就任して以来、我慢に我慢を重ねる日々が続く。内部にも、外部に対しても。自分でも驚くほどの忍耐力だ。それにしても惨めだ。こんなはずでなかった、という思いが募る。

それでも頑張り続けるのは、このあずみおおたか監査法人が自分の代で潰れてしまうかもしれないという恐怖からだ。磐田執行部は追いつめられていた。それでも一縷《いちる》の望みを捨ててはいなかった。

（潰してはならぬ）

その思いがいまの磐田を支えている。

「読ませていただきましたよ。しかし、法人全体の問題でしょうな」

対応に出てきた知永企業開示課長は、尊大な口調で言った。高瀬総務企画局長に面談を求めたのだが、やんわりと謝絶され、代わって出てきたのが企業開示課長と課長補佐の二人だ。企業開示課長が言ったのは、監査法人全体の問題であり、処分は法人全体にかかるという意味だ。偽装決算を許したのは、法人全体を対象に処分を下すという理屈だ。小一時間近くも待たせたあげくのこのセリフ。

たかが課長風情が、という思いはある。しかし、いまは腰を低くし、ひたすら頭を下げ寛大な処分を陳情する以外にない、それが磐田執行部の立場だ。しかし、あずみおおたか側にも言い分がある。

「法人全体の犯罪だ、と金融庁は、そう考えているのですか。しかし、粉飾に関わったのはたったの三人です。ごく一部の過ちじゃないですか。法人全体が処分の対象になればウチは潰れます」

磐田の声が震えていた。

「そうとは思えませんが……。ともかく聴聞会の席であなたがたの主張をなさったらどうですか。そこであなたがたの主張を拝聴することにします」

とりつく島もないという態度だ。聴聞会は一週間後に迫っていた。なるほど、聴聞会では、行政処分を受けるに際し、主張すべきは主張できる。とはいえ、企業開示課長の発言からすれば、もはや法人全体を処分の対象とする方針を覆すのは絶望的だ。

それでも磐田は粘りを見せた。

「法人改革の実を、是非とも評価していただきたい。それに……」

と、磐田は言葉を続けた。

「上場企業の三分の一——。私どものクライアントです。ウチが業務停止の状態になればどうなるか、金融庁はおわかりですよね。つまり上場企業の三分の一が決算不能になるんですよ。市場は大混乱をきたすことは間違いない。それでも金融庁は行政処分を強行なさるんですか!」

一種の恫喝だ。しかし、企業開示課長は動じなかった。反論したのは、同席した課長補佐だった。

「そのことと、処分は別問題でしょう。粉飾幇助を本人も認めている。それを見逃したのは内部監査に重大な欠陥があったからじゃないですか。少なくとも会計士個人の問題ではない、管理体制が杜撰《ずさん》だから、こういう問題が発生する。法人全体の問題ととらえるのが自然じゃないですか」

「まず法人改革の実を見ていただきたい。いかに監査の質を確保するか、私どもは金融庁の指導のもと、法人改革を進めている最中です。その結果も見ず、行政処分ですか。それじゃあんまりというものです」

「なるほど――。それも理屈というもんでしょうな。だがね、兼高だけなら、その理屈は通るでしょう。しかし、東興キャピタルは、どう説明するんですか」

課長補佐はなおも執拗だ。

「東興キャピタルの場合は、粉飾と呼ぶには疑義がある。議論の余地があります。兼高のケースとは違う。それはご存じでしょう」

「さあ、どうですかな」

企業開示課長が大仰に首をひねった。

議論は平行線だ。

金融庁は強硬姿勢を崩さない。もはや業務停止命令は避けられそうにない……。金融庁が強硬手段に打って出てくるとは、想像の外にあった。判断が甘かった。

「ならば、いっそのこと、あずみおおたかに解散命令を出したらいかがです」

磐田は激していた。

「もう一度申し上げます。ここは弁明を拝聴する場ではありません。弁明や主張がございましたら、聴聞会の席でお聞きします」

「…………」

言葉を失い、磐田は立ち上がった。かれこれ二時間近くに及ぶ陳情は結局、何の成果も上げられなかった。陳情は失敗に終わったというべきであろう。我慢に我慢を重ねたあげく、ついに怒りを爆発させたのだから。もはや打つ手は尽きた。策士――を、自任する磐田としては敗北を認めざるを得なかった。

「辞任……」

その言葉を帰りの車の中で嚙みしめた。事態の推移を考えれば、責任問題が出てくるのは必至だからだ。しかし、と思う。まだ手は残されているはずだ。最後の最後まで手を尽くし戦ってみせる、ここが正念場だ、と磐田は自分に言い聞かせるのだが、気持ちは萎縮するばかりで、頭の片隅で引退後の処世を考えている自分に気づき、思わず苦笑した。

それから一週間後――。

聴聞会が開かれた。その後で、東京丸の内のあずみおおたか監査法人は、緊急の理事会を開いていた。会議室は重たい空気に包まれていた。聴聞会は行政処分を発令するにあたり当事者が弁明できる、最後に残された機会だ。しかし、聴聞会の結果は散々だった。緊急理事会では聴聞会の仔細が報告された。報告にあたったのは峰村義孝だった。

「弁明の余地なし」

それが金融庁の態度だ。しかも二ヵ月もの業務停止命令を示唆した。もちろん監査法人全体にかかる行政処分だ。監査法人全体に行政処分の網をかけてきたことは、最悪でも東京本部の業務停止と考えていた磐田執行部には予想外のきつい処分だった。磐田は顔面蒼白。腕組みの姿勢で天井を見上げていた。

「まさか……」

場内から悲痛の声が上がった。

理事の間から、金融庁に対する鬱積した憤懣が噴出したが、対抗する知恵は誰も出せなかった。金融庁に再考を求め、陳情を繰り返す以外にないのでは……と、理事のひとりが熱弁を振るった。しかし、それは幾度も繰り返してきたことだ。聴聞会が終わり、最終処分を金融庁が示唆したいまの段階では、ほとんど無意味だ。議論は堂々巡りだ。

（打つ手なしか……）

青柳良三は、磐田の顔を見ながら考えていた。いや、ひとつだけ手は、あるかもしれない。褒められた手とはいえないが、まあ、やってみる価値はある、という程度のものだが……。そんなバカげたことを考えているとき、ひとりの理事が発言を求めた。そして言い切った。

「こうなれば行政訴訟ですよ……」

一瞬、場内にざわめきが起こった。似たような発想をする人間がいるものだ。青柳が考えたのは、一種の実験的な意味合いでの行政訴訟だが、しかし、その理事は本気だ。行政訴訟は金融庁と全面対決することだ。破れかぶれ――。窮鼠《きゅうそ》猫を嚙むという喩《たと》えもある。要するに、玉砕とでもいうべき戦法だ。そこまであずみおおたか監査法人は追いつめられているということだ。

「行政訴訟、勝てますかな……」

古手の理事が皮肉な口調で訊いた。

「わかりません」

「なるほど、そりゃ手です」

感心してみせたのは法律顧問だ。

「勝算は？」

別な理事が警戒の色で訊いた。

やはり金融庁を相手の裁判には、誰もが躊躇《ちゅうちょ》を覚えるのだ。行政権力を敵に回すなどろくなことにならないからだ。

「問題は、やり方ですな。やり方次第では勝算は十分にある。会計士法は自然人を対象としての法律です。その法律で法人を裁けるかどうか。それが争点のひとつ。裁判所がこちらの主張を認めれば、当然行政処分を取り消すことができる」

顧問弁護士は、その気のようだ。

「しかし、行政処分の発動を、止めることはできないじゃないですか」

と、別な理事が唇を歪めた。会計士も法律に知悉《ちしつ》している。さあ、と首を傾げ、顧問弁護士は黙り込んだ。裁判は時間を要する。判決が出たときには、すでに行政処分は終わっている。それでは、何のための行政訴訟なのかわからない。

「でも、やってみる価値は、あるんじゃないか。異議申し立て、そういう意味で」

と、最初の理事がこだわる。

「まあ、行政訴訟で勝利し、あとで行政処分が取り消されても意味がないね。マスコミの餌食になるだけだね。それよりも……」

と、続けたのは能呂修三だ。

「いま必要なのは……。顧客のための緊急避難の対策なんじゃないか。つまり受け皿を用意することです。顧客に迷惑をかけることは絶対にできないからね」

正論にすぎる正論に、座は重苦しい空気に包まれた。しかし、理事の間から、賛成とも反対とも、意見は出なかった。能呂の意図は誰もがわかっていた。その発言は、別法人立ち上げの布石であることを。理事たちの心は揺れている。あずみおおたか監査法人が監査を継続できなくなれば、業務を別法人に移すのは必然である。さりとて、能呂についていっていいものかどうか――。判断に迷っているのだ。それが沈黙の意味だ。沈黙を破って峰村が発言した。

「だいたい、個人の処分ならいざ知らず、法人を対象に処分を下すというのは、むちゃくちゃな話ですからな。理事長――。最後まで諦めず、金融庁と掛け合うべきです」

「掛け合うって？」

磐田が訊き返した。

「厳しい行政処分が出た場合の悪影響を、理を尽くし説得することですよ。金融庁の指摘にもとづき、これまでやってきた法人改革の実もアピールすべきです」

「それも、そうだな……」

理事会は何の結論も出さず散会した。

翌日の夕刻、磐田勇治理事長を乗せた車が霞が関に向かっていた。雨が上がり、歩道の新緑が眩《まぶ》しかった。理事長に同道しているのは青柳良三だけだ。車中の磐田は終始無言だった。額にうっすらと汗がにじんでいる。緊張のためだ。エントランスで車を降り、玄関ホールに入った。二人は無言のままエレベータを七階で降りた。そこには総務企画局長室があった。

「局長はおいでかな……」

入口に机を構える秘書に訊いた。

「お待ちしています」

総務企画局長と面談が叶《かな》ったのは、事前に鳴井友市代議士に連絡をしてもらったからだった。知永企業開示課長風情を相手にしていたのではらちがあかない。陳情するなら、やはり相応の権力を持つ、総務企画局長だ。面談が叶うかどうか、不安があった。しかし、杞憂だった。効果は覿面《てきめん》だ。金融族ボスの実力はたいしたものだ。その日のうちに、局長自身から連絡が入った。

「わざわざお運びいただき恐縮です」

心にもないことを局長は言う。

細面に銀縁の眼鏡。顔は笑っているが、氷のような眼差し。物腰は官僚というよりも政治家の風だ。秘書が運んできたお茶をすすめながら、局長は訊いた。

「青柳君、楽しいかね。民間は？」

「はあ……」

青柳は言葉に窮した。潰れそうな監査法人の理事長に帯同し、古巣の金融庁を訪ねるなど楽しいはずもなかろうに。

「さっそくですが……」

磐田は挨拶を抜きに本題に入った。

「お願いしたいことがあります」

手にした書類の標題に「行政処分につき考慮願いたいこと」とあった。

策士と呼ばれた男は、卑屈なほどに低姿勢だった。

「潰れてもおかしくない状態です。従業員の先行きが心配です。私どもは二千人を超える従業員がおります。彼らを路頭に迷わすことはできません」

磐田は理屈抜きの、情実に訴えようとしている。高瀬総務企画局長は、にこやかに磐田の訴えを聞いている。さすがに言葉にこそしないが、しかし、いまさら何を言うんだ、と言いたげだ。話し合うとか議論するとか、そういう態度ではない。ただ聞きおく――。口添えをした鳴井代議士の顔を立ててのことだ。だからといって処分に手心を加えることなど、絶対にありえぬ、とその顔は語っている。それでも磐田はあずみおおたか監査法人の窮状を訴え続けた。

「資金繰りに窮する事態……」

監査法人が資金繰りに窮するとは、笑えない話だが、それは事実だった。

信用第一の監査法人に行政処分が出れば客離れに拍車をかけるのは必然だ。監査業務は大事な収入源だ。このまま客離れが進めば収入がゼロになるかもしれない。一方で退職者が相次ぎ、用意しなければならない退職金も巨額に膨らんでいる。給与や家賃など毎月の経常経費も三十億円は超える。手持ちの現金預金や売掛金などから逆算すれば半年後には底をつく。当座を凌《しの》ぐには、銀行から借り入れる以外になくなる。しかし、銀行からの借入金でまかなうにしても、顧客離れで、将来の収入の見通しが立たぬ事態とあっては、銀行はおいそれと、カネを貸してくれまい。倒産の可能性すらある。監査法人が倒産するとは前代未聞だ。それはひいては、金融庁の責任が問われることになりはしないか――と、策士磐田は暗に仄《ほの》めかしているのだ。

「そりゃあ、大変ですな」

高瀬総務企画局長は動ずる風ではなく、深刻な話を軽く受け流した。まさしく聞きおくという態度だ。まあ、一種の脅し《ブラフ》と受け止めていたのだ。しかし、あずみおおたか監査法人が窮状にあるのは事実だ。

顧客離れと人材の流出が続き、あずみおおたか監査法人は、行政処分が出る前からすでに危機的な水域に入っている。資金ショートも起きかねない事態だ。それを磐田は、ブラフに使ったが、彼が訴えたことの九割は事実だった。

「行政処分は二ヵ月後です」

それだけ言うと、高瀬総務企画局長は立ち上がった。文字通り、聞きおくだけの面談は三十分で終わった。深々と頭を下げる磐田理事長の顔には諦めの色が浮かんでいた。高瀬総務企画局長はエレベータホールまで見送った。ドアが閉まりかけたとき青柳は驚きの声を上げそうになった。ショルダーバッグを肩にかけた由美子の姿を認めたからだった。

3

それから五分後、総務企画局長の執務室で由美子は、高瀬局長と向き合って座った。笑顔を絶やさず、局長は由美子の質問に聞き入っていた。由美子が質問したのは行政処分を下す法的根拠についてだった。

「毎朝新聞は社論を変えたのですか……」

局長は逆に質問した。

「いいえ、変えていませんよ。会計士個人が有価証券虚偽記載、つまり粉飾幇助の罪で告発されるのは、商法の法理からいえば当然だと思います。しかし、個人が犯した罪を組織に償わせる、それは別問題ではないのかと訊いているのです」

局長は銀縁の眼鏡を細い指で押し上げながら天井を見上げた。

「そういう議論のあることは、承知していますよ。しかし、金融庁設置法を、よく読めばわかることです。そこに処分の根拠が示されているのは、もちろんご存じですよな。あなたは、法人全体に網をかけ、法人自体を処分するのに反対なんですか。そうだとすれば、やはり毎朝は社論を変えた、そう見ざるをえないじゃないですか。違いますか」

高瀬局長は次の金融庁長官と目される秀才官僚だ。細面の風貌は一見学者か研究者を思わせるが、なかなかどうして抜け目のない男だ。この優秀な官僚は、淀みなく記者の質問に反論した。さあ、どうだ、という態度で由美子を見返した。そんなことで物怖《ものお》じするような記者ではない。本当かしら？　由美子は小首を傾げ、目の前に座る局長を見た。以前の由美子なら信じたかもしれないが、いまは違った目で事態を見ている。

由美子は大企業と癒着し、決算に手心を加える監査法人を憎んだ。投資家は騙されたあげくに大損を被り、それでは公正な市場が形成できないと思ったからだ。そのため、由美子は、癒着を暴露する記事を書いた。しかしいまの由美子は少し違った考えを持つようになっている。物事には裏と表があり、物事は単純ではない。監査法人の世界も同じことだ。

その思いを強くしたのは、連絡が途絶えていた三田の老人と再会してからだ。考え方が変われば、見方も違ってくる。そういう視点で一連の事件の経過を見るなら、異なる構図が浮かび上がってくる。何か大きな力——それが働いているように思えるのだった。その意味で高瀬局長が、社論を変えたのかね、と訊いたのは、まんざら的外れではない。

（しかし、まだよくわからない……）

それを確かめるための取材だ。

「質問を変えましょうか。あずみおおたか監査法人と監査業務を契約しているクライアントのことです。行政処分が出れば、監査を受けられない企業が続出し、大混乱をきたすのは目に見えている。それを承知で行政処分するんですか。知りたいのは、処分を強行する理由なんですが……」

「法律がある以上、法律にもとづき厳正に対処する、それ以外にはない」

「しかし、市場は大混乱におちいる。金融庁はどう対処するんです？　まさか、それも市場に任せるなどとは言わないでしょうね」

いまは編集局に置かれた取材チームも解散され、それぞれは、通常のルーチンワークに戻っている。事件に振り回されるのが社会部の日常だ。日々起きる殺人事件や、有名人の飲酒運転、大麻所持で逮捕された芸能人を追いかけるので精一杯。もう兼高の粉飾事件も過去の話になりつつある。人びとはうつろい易い。新聞社とても同じこと。東興キャピタルの粉飾事件すら人びとは忘れかけている。

いま由美子は農水省の記者クラブに籍を置き、食品偽装問題を追いかけている。次々に発覚する食品偽装。もううんざりさせられるほど。兼高の粉飾事件を扱って以来、つけてきた事件ノートも、机の上に積み上げられたままだ。

（サンクチュアリたちは動いている。人びとの耳目に触れないが……）

由美子は、そう確信している。ときおり時間を見つけ、追跡取材をしているのは、そのためだった。漠然と浮かぶ疑問。近ごろ、その疑問が膨らみを増し始めていた。何が何でもあずみおおたか監査法人を、破綻に追い込もうとする大きな力……。それを漠然と感じているのだった。

「市場の混乱を避けるため、必要な手は打ちます。つまり受け皿です。当事者も心配しているようですからな。しかし、心配は要らないと思いますよ……。結局はおさまるところにおさまるもんです」

雨が止んでみると、急に気温が上がり、いやに蒸し暑かった。中央官庁は省エネとかで冷房は高めの温度に設定してある。たぶん、摂氏二十七度程度か——。それでも高瀬総務企画局長は紺の背広をきっちり着こなし、ネクタイを固めに結んでいる。嘘は言わないが、真実も語らないというのが官僚だ。つまり語る言葉の一部に真実がある。受け皿の用意？　手回しのよいこと……。

「金融庁が用意するということですか」

「違います……。そこの始末をつけるのは当事者でしょう」

高瀬総務企画局長は、はっきりと否定した。

「当事者が？」

当事者とは、曖昧な言い方だ。

「当事者と呼べるかどうか、この場合関係者と言うのが、もっとも正確な言い方かもしれませんね……」

関係者？　広く解釈すれば、同業の監査法人か。監査法人は寡占化の時代。他人の不幸はわが身の幸福。同業他社が有資格者を、ごっそり引き抜き、ついでに顧客もいただくということも考えられる。狭く考えれば、あずみおおたか監査法人自身が別法人を立ち上げた？　そういうことになる。

「あずみおおたかの関係者？　それとも同業他社という意味ですか」

「さあ、不介入が私どもの立場ですから」

局長はとぼけた。

「処分の内容は決まったんですか」

「処分の内容ですか。マスコミの皆さんが関心を持たれるのはわかります。しかし、ご存じでしょう。公務員は守秘義務にしばられていることを。窮屈なんですよ。ご勘弁いただけませんか」

小馬鹿にした言い方をする局長。

「では、お聞きしますが、ディビッド・アルトマンという方を、ご存じですね」

由美子は決め球を投げた。

「…………」

局長の顔に一瞬狼狽《ろうばい》の色が浮かんだ。

「さあ……」

首を振り、思い出そうとするかのような素振りをしてみせた。心当たりがない、と言う風にまた首を振った。足を組み直したのは、気持ちを立て直すためだ、由美子には、そのようにしか見えなかった。

「職務柄、大勢のひとと会っているので思い出せませんな。どういう方ですか、そのディビッド・アルトマンというひとは？」

どこまで知っているのか、局長はさりげなく探りをいれてきた。平然と嘘をつき真実を語らぬ官僚。珍しいタイプだ。局長は嘘偽りで、その場を逃がれようとしている。しかし、逃がしやしないわよ……。

「先週の木曜日、局長はどこにおられましたか？」

「木曜ですか――。確か勉強会に出席していたと思いますが、それが？」

またまたとぼけちゃって……。とぼけてもだめよ。しっかり材料は握っているのだから。場所は東京神田の学士会館。時刻は午後六時半。出席者は金融庁側から高瀬総務企画局長、知永企業開示課長、他方、アルトマンに随行したのは若い白人男性。それにひとりの日本人。あとでわかったのだが、ひとりの日本人はあずみおおたか監査法人の現職の理事であり、若い白人男性は、アルトマンが会長を務めるアカウント・グローバルが派遣したエドワード・バクストンであった。バクストンは弁護士・会計士資格を持ち、あずみおおたか監査法人のアドバイザーという立場で来日していることもわかった。与党代議士が主催する勉強会が始まる前に、密談は三十分にわたって行われた。しかもひと目につかない別室で。

「いや、あれは偶然お目にかかり、挨拶を受けただけですよ。学士会館に出向いたのは勉強会が目的でした」

局長はまだしらを切っている。

「偶然出会った相手から挨拶を受けるのにわざわざ別室を用意するんですか」

「…………」

秀才官僚は言葉につまった。

(なぜ漏れたのか)

経済部の記者ならいざ知らず、情報をつかんで、確認を求めているのは、畑違いの社会部の記者だ。経済部の記者でさえ秘密中の秘密を、探り当てるなどできないはずだ。どういう魂胆で取材しているのか、彼女の情報源はどこにあるのか、秀才官僚には全く検討がつかなかった。

はったり？　外連味《けれんみ》のない清楚な印象の女性記者だ。そんな彼女に駆け引きができるであろうか。少なくとも政治部記者のようなすれっからしではあるまい。彼女は密談の内容をつかんでいるかどうか。それはあるまいと思う。密議に加わったのは五人だ。彼らから情報が漏れるはずはない。ならばしらばっくれることもできる。

しかし、秀才官僚は覚悟を決めた。虚実取り混ぜ、あることないこと下手に書かれれば目論見《もくろみ》は崩れる。いまは大事な時期だ。それよりも情報を一定程度与え、報道を誘導した方が得策かもしれぬ。その間に必要な手を打てばいい。あとは時間との勝負だ。秀才局長はそう判断した。

「よく調べられましたな。参りました。隠しおおせるものでないのはわかっていました。事実を話しておいた方がよさそうですな。しかし、ひとつだけ条件がある。その条件を飲んでいただければ……」

あっさりと兜《かぶと》を脱いだ局長――。よく調べられました、参ったって。本当かしら？　由美子は半信半疑で局長の顔を見た。

「条件とは……？」

しばらく高瀬局長は考えていた。

「条件――。簡単なことです。ある時期まで記事にしない、約束をしてもらえますか」

「わかりました」

高瀬局長はうなずき返した。

「ご存じのように、この時期監査法人は、繁忙期。大企業の決算がこの時期に集中しているからです。この時期の行政処分は控えようかと思っている」

「…………」

由美子は高瀬局長の所作を見つめた。隠し事を語るとき、普通のひとなら苦渋の表情を見せるものだ。その色は、表情からは読めない。

局長はかまわず続けた。

「われわれが心配するのは、多くの上場企業が決算できないような事態におちいることなんです。つまり……。あなたが最初に指摘された事態……。われわれも、株式市場を混乱させてはならないと思っている」

そこで高瀬局長は言葉を切った。

「あずみおおたか監査法人に行政処分を下せば、あずみおおたかと監査契約を結んでいるクライアントは、決算不能な事態になり、あなたのおっしゃる通り、株式市場は大混乱になる……。だからいつ行政処分を下すか、その時期が大事なんです」

その程度のことは、由美子にもわかっていた。いや、その論理は、磐田理事長が穏便な処分を——と陳情したときに用いた恫喝の理屈だ。その理屈をそっくりいただき、金融庁は、自らの困った事情を説明しようとしている。微妙にはぐらかしている。由美子は少し苛立ちを覚えた。

由美子は逆に訊いた。

「アルトマンと言えばアカウント・グローバルの会長を務めているひとですよね。しかも同道したのはあずみおおたか監査法人の能呂理事。アカウント・グローバルとあずみおおたか監査法人は、業務提携を結んでいる。肝心の磐田理事長を抜きに、彼らと何を話していたのか、株式市場の混乱を回避するというのならまず磐田理事長と話し合うのが筋じゃないのかしら。しかし、金融庁は、米国の監査法人と密議した。なぜです。お聞きしたいのは、そこのところです」

あずみおおたか監査法人の内部分裂に手を貸す金融庁——。いや、金融庁はあずみおおたか監査法人を潰すつもりなのか。潰すなら潰す理由があるはずだ。言外にそういう意味をこめて訊いた。由美子は高瀬局長の反応を注意深く見た。

「密議などとは人聞きが悪い。陳情を受けたのですよ。陳情です。アルトマン会長も心配しておられた。あずみおおたか監査法人が監査業務をできなくなったとき一番困るのは、アカウント・グローバルですからな。彼は受け皿を作ることの是非を、聞いてきました。しかし、受け皿問題をめぐり、あずみおおたかの内部では、意見の対立もあるようなので、われわれとしては、双方の御意見をうかがわなければならない。だから話をうかがったのは、アルトマンさんだけでない。実は、先ほど磐田理事長にもおいでいただき御意見をうかがったところです」

嘘ではなかった。

高瀬局長はことの経過を、正直に話している。それは由美子にも伝わってくる。相手を説得するもっとも有力な武器は事実を話すことだ。長い官僚生活で得た教訓だ。

「それで？」

「できるだけ混乱は避けたい、そう考えるのは金融庁も同じ……。磐田さんも、そのように考えている。そこのところは、行政も当事者も考え方は同じです。まあ、皆さんの御意見を拝聴するのも、私ども行政の務めですからな、そういう次第で、あのときも、アルトマンさんの御意見をうかがったわけで、そういうことで他意はない」

そうすると、行政、あずみおおたか監査法人、アカウント・グローバルの三者の利害関係は一致したことになる。しかし、受け皿問題をめぐって、あずみおおたか監査法人の内部に意見の対立があるっていうわけ？　高瀬の説明を聞く限り、まあ、筋は通っているように思えるが……。

「磐田理事長は、監査法人としての瑕疵《かし》責任をお認めにならない。明らかな脱法行為なのに、それを認めないというのは困ったことです。しかし、磐田さんも、理屈に合わない主張をしているわけじゃない。それは私どもも承知しているが……。その調整をやっているのがいまの段階です。いまの話はしばらく内分に願いたい。その前提で話をしたのですから……。よろしいかな」

高瀬局長は繰り返し念を押した。

「わかりました」

由美子の立場ではそう応えざるを得ない。

由美子には、納得できたような、できないような気分だった。高瀬局長はちらっと時計を見た。そろそろ切り上げて欲しい、その気持ちを態度で示したのだ。

「最後にひとつだけ。よろしいですか」

由美子が訊いたのは緊急避難会計事務所についてだった。

「緊急避難会計事務所？」

「ええ、アルトマン会長が提案されたと聞いています。訊きたいのは、緊急避難会計事務所と受け皿の関係です」

緊急避難会計事務所とは、行政処分が下され、監査業務が不能になったとき混乱を防ぐために作る字義通りの、緊急避難を目的とする組織だ。最悪の事態に立ち至らなければ、そういう組織は作らない。つまり、業務停止命令が発動されることを、前提とした対処だ。その意味で受け皿とは性格を異《こと》にする組織だ。

「あらゆる選択肢を検討していることは事実だが、具体的には――」

そのときドアを叩く音がした。秘書が取りついだ。かまわない、と局長は言った。姿を見せたのは、片倉卓だった。片倉は政策課の筆頭課長補佐だ。互いの顔を見て、片倉も驚き由美子も驚いた。

「君たち、知り合いか――。彼女の情報源は片倉君か……」

「まさか！　それはありません。今日は？」

片倉は慌てて手を振り打ち消した。そして由美子に訊いた。

「決まっているじゃない。取材ですよ」

「でも、農水省のクラブじゃなかったか」

「社会部は何でも屋ですから……」

二人の関係を訝《いぶか》る高瀬局長に、片倉は二人の出会いを説明した。

「そうか、青柳君の彼女か。不思議だと思っていたんだよ。社会部の記者がね、金融問題に関心を持つのをね……。それならば内部事情に通じていて当然だわな。なるほど、そういうことか」

秀才官僚は週刊二十一世紀の記者と同じ邪推をし、勝手に得心している。というよりも完全な誤解だ。いや、片倉は誤解を与えそうな説明をしたのだ。

「青柳君なら、先ほど磐田理事長と一緒だったんだよ。まさか、示し合わせて、なんていうことはないんだろうな」

「彼との関係は昔のこと。取材とは関係ないです……」

という由美子に、高瀬局長は言った。

「ちょっと、片倉君と打ち合わせがあるもので、今日はこれで失礼するよ。納得してもらえたなら嬉しい」

執務室を出ていく由美子の後ろ姿を見ながら高瀬局長は小さくため息をついた。

「彼女、何の取材でした？」

「ああ、例の件だ。たいした記者だね、彼女は……。あの手の女には嘘は通じないかな。冷や汗をかいた」

高瀬は取材を受けた感想を、部下に打ち明けた。肝心なことを除き、ほぼ事実を話した。すなわち緊急避難会計事務所を作る本当の目的を除いては……。

4

あずみおおたか監査法人理事長の磐田勇治が金融庁に高瀬総務企画局長を訪ねてから三週間が経っていた。季節は初夏に入っていたが、ぐずぐずした天気が続き、梅雨が明けるのは、七月末頃になるだろうとの予報を、気象庁は発表していた。

(覚悟をしていたかどうか?)

それはわからない。温情ある処分を期待していたのは事実だ。あらゆる手を打った。できることは何でもやった。磐田は少なくともそう思っていた。湿った空気が肌にまとわりつく。磐田は金融庁から帰ると、ひとり執務室にこもった。金融庁会議室でのやり取りが忌々《いまいま》しく思い出される。

「八月と九月の二ヵ月間、法定監査業務の停止を命じます」

金融庁のクソ官僚は眉ひとつ動かさず言ってのけたものだ。不動の姿勢を取らされ、口頭による行政処分の通告だ。長官は二度同じ言葉を繰り返した。その言葉を、磐田は反芻した。処分は法人全体にかけられている。同道した青柳良三にも、驚きの処分だった。重い処分は予想されたが、二ヵ月におよぶ業務停止だ。せいぜい兼高の監査を担当した監査第五部が対象と考えていた。最悪でも東京本部というのがシナリオだ。それを法人全体に処分の網をかけるとは……。

たとえ、東京本部が業務停止の処分を受け監査業務ができなくなっても、地方事務所が残れば監査業務は継続できる。要するに磐田は業務停止は限定的であると考えていた。しかし、法人全体に網をかけた業務停止命令では、すべての監査契約は無効となり、監査法人としての地位を失う。処分はあらゆる想定を超えた厳しいものだ。

磐田理事長は気を取り直し、いくつか質問をした。それは質問というよりも、確認と言った方が正確かもしれない。同じことを二度訊いた。答えは変わらない。法人全体を対象にした行政処分だ。

「処分にいたる経過および議論の仔細を文書でお示しいただきたい……」

磐田理事長は文書を要求した。

文書を公開し、世論に訴えるためだ。金融庁会議室はいわば密室だ。第三者の目があるわけではない。密室でのやり取りでは、言った、言わない、の水掛け論になってしまうからだ。しかし、金融庁の態度はにべもなかった。前例がない、の一点張りだ。もともと前例などありやしない。だいたい監査法人の活動を停止させる行政処分を受けるのは、後にも先にもあずみおおたかのみだ。それを承知で、前例がないなどと言う官僚どもの底意地の悪さが透けてみえる。

「ならば前例を作ればいいではないか！」

と、執拗に迫った。

しかし、勝負はついていたのだ。処分の内容を示す文書を公開したところで、なにほどの意味があるのか。監査法人に対する世間の目は厳しい。無駄は承知だ。必死の形相で策士磐田理事長は食い下がった。こういうのを悪あがきというのだろう。

「理事長――」

と、青柳は磐田の袖を引いた。激している磐田には通じそうにない。磐田はいろいろな局面で金融庁に協力してきたつもりだった。最後の最後になって、この仕打ちは裏切りだ。磐田の顔が、怒りで赤黒くなった。思いは激するばかりだ。

「事務方の判断にすぎない」

と、つぶやくように言った。官僚ごときに会計士の世界がわかるのか、こうなれば、政治力を行使する以外にない。そういう思いが言外にこもっていた。しかし、長官には通じるはずもなかった。

「庁議の一致した決定です。大臣と掛け合おうが、誰と話しても答えは同じです」

長官は冷たく言い放った。

その後も幾度か陳情が続けられた。ひとを換え、陳情しても、聞きおく、という態度に変わりはない。脅しも、泣き入れも、さっぱり通じなかった。揺さぶりをかけても金融庁は微動だにしなかった。

それでもひとつだけ、業務停止処分の期間中に決算を迎える上場企業の決算業務については除外することを認めた。それとても、金融官僚の保身にすぎない。業務停止命令の余波で決算不能となる企業が続出すれば、世間の非難を浴びるのは金融庁だからだ。恩着せがましい口ぶりで、それを認めるのは、磐田理事長の面目を重んじてのこと、などと言う始末。なんとも食えない金融官僚。磐田は腸《はらわた》が煮えくりかえる思いだった。

「監査審に訴えたらどうか」

という意見が理事のひとりから出た。もうひとりの理事が行政訴訟を再提案した。行政訴訟については、結論が出るまで時間がかかり、たとえ裁判で勝訴しても、判決が出たときには行政処分は終わっており、救済の実効性が乏しいという理由で棚上げされた経緯がある。結論が出るのは、早くても半年先になる。それでは意味がない、ということで議論は振り出しに戻った。なるほど、そうかもしれない、やはりこの際は、監査審に訴えるべきだな……。議論は蒸し返された。

「その手もあるな……」

苦し紛れに出た提案だが、磐田は乗った。藁《わら》をもつかむという心境だ。磐田が見せた最後の粘りだ。誰が見ても、どのみち結果は同じだ。いまさら処分決定は動かない。あえて青柳は止めなかった。

通称監査審――。正確には公認会計士・監査審査会という行政組織だ。すなわち同審査会は、公認会計士や監査法人が処分を受けるとき、処分の妥当性を、審議し、行政に勧告する組織だ。とはいえ、金融庁の意向に逆らってまで、処分の取り消しを勧告するかどうか。むしろ行政に従順なのが、監査審である。

「しかし、やってみる価値はある」

理屈はこういうことだ。

すなわち、第一に金融庁の分からず屋と違って監査審のメンバーの多くは、監査業務に精通しているのが心強い。つまり監査審は自分たちの味方だという認識だ。第二に一会計士の過ちを監査法人が引き受けなければならない理不尽さについては、同業者たちからも同情の声が上がっていること、第三に、したがって金融庁の処分決定を、覆す勧告を期待できるのではないか——。議論を進めていくうちに淡い期待が膨らんでいく。

「青柳君はどう思う?」

いきなり磐田が振ってきた。こういう訊かれ方が一番困る。青柳は無駄だと思った。確かにあずみおおたかは、土壇場に追い込まれている。監査審に一縷の望みをかける気持ちはわかる。しかし、物事には流れというものがある。流れの方向は決まっている。無駄な抵抗。悪あがきにすぎない。それでも、青柳は反対はしなかった。こういうとき、きれい事を言うのは簡単だ。たとえば、能呂理事のように……。最後の最後まで戦う意志を捨てぬ、磐田理事長の一貫した態度は、格好悪いといえば格好悪いが、そこにある種の美学がある。

「大きな期待を持つことは間違いだと思いますが、やってみるべきだと思います」

「そう思うか、君も……」

磐田は大きくうなずいた。

溺《おぼ》れる者は、藁をもつかむ——。磐田はそういう心境にあった。しかし、彼の感慨は複雑だ。せっかくつかんだ理事長の椅子。ポストを得て、一年も経たぬ間に追われるかもしれぬ。不名誉な引責辞任。そう考えると気持ちが萎《な》えてくる。ときおり弱気になる己の心が、大事なこのとき、支障になる。それは磐田にも解っている。だから強気を通そうとする。現実を見れば、相手は強大な国家権力だ。しかも内部に敵を抱えている。能呂一派の存在だ。果たして、この局面を乗り切ることができるかどうか。諦めの気持ち。生来の負けん気。それらが交互に行き来する感慨だった。明らかな矛盾だ。そういう磐田の心の揺れが青柳には見えていた。

「意見があります。よろしいかな」

発言を求めたのは能呂理事だ。端正な顔に笑みさえ浮かべている。余裕の表情だ。策士は手の込んだことをやるものだ。建白書なるものを部内に公表し、大げさに改革の必要を騒ぎ立てている能呂一派。改革の一般論には誰も反対できない。改革が必要だという、それ自体は正論だからだ。その改革案の実行を激しく磐田執行部に迫る。改革の遅れが、今日の事態を引き起こしていると論難する。その一方で徒党を組み、別組織の旗揚げに動いているのは周知の事実だ。旗振り役は、かつての腹心村重正一だ。もはや隠す必要もなくなったというのか、多数派工作は露骨だ。

「能呂理事……」

議事進行役の峰村義孝が発言を許した。

「いま必要なのは……」

と、能呂が切り出した。

彼が主張したのは、顧客に迷惑をかけない措置をとること、すなわち新監査法人を設立することだ。それは何度も繰り返された議論だ。巧妙なのは、海外顧客への対応に絡《から》めていることだ。提携先のアカウント・グローバルまでを、巻き添えにしてはならぬ、という新しい理屈も加えた。

「行政処分で一番被害を受けるのは、クライアントですからな。まさか決算ができませんではすまないからな。いまやるべきは緊急避難措置ですよ」

能呂は例の議論を蒸し返した。しかし、以前の議論と少し違うのは、新法人の設立を緊急避難措置のひとつに位置づけていることだった。つまり新たに監査法人を設立し、そこに業務を移管し、既契約企業の監査を継続するというものだ。誰もが反対できない正論のように聞こえるが、きわどい物言いだ。磐田も負けてはいない。

「金融庁がどう見るかだね。脱法行為と見なし、新法人を認めないいんじゃないか。つまり行政処分を逃れるための偽装工作と見られるかもしれない。果たして金融庁が新監査法人を認めるかどうか、はなはだ疑問だね」

磐田は反論に出た。

「それはないと思いますよ。金融庁だって事情はわかっているんですからな。やってみなけりゃわからんじゃないですか」

能呂の態度は自信に満ちていた。

「しかし、ね……。われわれは、行政処分を受けはしたが、粉飾幇助を認めているわけじゃない。ここで緊急避難措置を取れば、組織ぐるみで粉飾幇助をやったことを、認めたも同然と世間は受け取る」

磐田理事長は渋い顔で言った。磐田はまだ粉飾幇助そのものを認めていなかった。ましてや、組織ぐるみという断罪には、許しがたいものを感じていた。しかし場の雰囲気は微妙だ。他の理事たちは、二人のやり取りを見ているだけだ。理事の多くは、何を考えているのか、読めなかった。わかるのは能呂一派の手勢はせいぜい二十人程度だということ。それを上回る、全体の三分の一は確実に自分についてくると磐田は思っている。しかし、大多数はまだ態度を保留し、意見を表明していない。議論は堂々巡りで、決着はつきそうになかった。能呂は苛立ちを露わに、

「採決を……」

と、議事進行役に迫った。その一言で座は一瞬緊迫した。一同の視線は議事進行役

の峰村に集まった。だが、

「多数決で賛否を問うような性格の問題じゃない、私はそう思う。もっと議論をつめてみる必要がある。結論を出すのは、それからでも遅くはない」

と、峰村は能呂の提案を受け流した。採決すれば、その結果がどうなろうとも、それはそれで能呂たちに組織を割って出る口実を与えることになる。峰村が、そう判断するには理由があった。

「彼らはきっかけを待っている」

事前に青柳が耳打ちしていたからだ。

能呂はこのときすでに手を打っていた。すなわち、新しい監査法人の立ち上げについて、秘密裏に動き、金融庁から内諾を得ていたのだ。対応したのが高瀬局長と聞けば、磐田は腰を抜かすに違いない。ともに動いたのは、アドバイザーという肩書きで乗り込んできたエドワード・バクストンだ。そうなるとアルトマンの意を体《たい》しての動きと見るのが妥当だ。いずれにせよ、能呂一派は組織を割って出る覚悟を決めている。青柳はそう彼らの動きを見ていた。

能呂の行動原理は明快だ。もとより理念で動くような男ではない。会計士として一家をなす、そのことにつきる。彼はいまこそ旗揚げのチャンスと判断しているのだろう。改革を執行部に執拗に迫るのも、何も改革が必要だと思っているからではない。それは組織を割って出るきっかけをつくるための口実にすぎないのだ。能呂にとっての正義とは、その程度のものだ。しかし、侮りがたい相手だ。策士を自任する磐田の一枚上をいっている。

わかっているかな。青柳は磐田の顔を盗み見た。なお説得を続けようとしている。もしかして、峰村は、能呂らの策謀を伝えていないのかもしれない。そうすると知らぬのは磐田だけなのかも……。

しかし、磐田は磐田なりに、状況をよく見ていた。求心力は急速に衰え、人心が離れていることも。それは当然のことで、いずれ執行部の責任問題が追及され、辞任を余儀なくされることも。そういう状況だから理事の多くは、日和見《ひよりみ》を決め込み、誰が主導権を握ることになるのか、大勢を見定めた上で行動に移そうという態度だ。それを見越し、攻勢に出ている能呂理事。

そういう意味では、能呂の魂胆は見抜いていたが、それでもこらえているのは、内部分裂を避けたかったからだ。分裂をきたせば解散を余儀なくされる。そうなれば、もはや自力再生は不可能となるではないか。自分の代で潰すわけにはいかぬ。会計士の人生に汚点を残してはならぬ。そう心に決め、できない我慢をしている。能呂の長《ちょう》広舌《こうぜつ》が続いている。改革の一般論を、きれい事を、立て板に水のごとく言い立てる能呂。どれもこれも立派な正論ばかりだ。

それにしても、磐田はずいぶんと譲歩したものだ。建白書に言う改革案を丸ごと受け入れ、ともかく譲歩に譲歩を重ねてきた。それもこれも、このあずみおおたか監査法人を潰してはならぬと思うからだ。その我慢もすでに限界を超えつつある。身体は震え、血圧が上昇してくるのがわかる。

「今日はこのあたりで……」

三時間におよぶ長丁場の会議は終わった。

翌日——。

磐田の執務室を、アカウント・グローバルから派遣されたエドワード・バクストンが訪ねた。いつもの態度と違う。何か？　と訊いたが、堪能な日本語を使わず、いきなり米語でまくしたてた。米語はできる方だと思っているが、よく聞き取れない。

「イマージェンシープラン」

という言葉が聞き取れた。

つまりなぜ緊急避難的措置を取らないのかと迫っているのだ。それがアカウント・グローバルの意向だという。間を置かず、ドアをノックする者があった。姿を見せたのは能呂理事だ。かまわずバクストンが続けた。

「決断していただきたい」

「やれることと、やれないことがある」

磐田は明瞭に拒絶した。

「それなら、われわれは業務提携を解消せざるを得ない」

バクストンの言いようは脅しだ。若造、トレーニーの分際で何をいいやがる！　磐田は激怒した。

「業務提携を解消するって？　バカ言っちゃこまりますよ。越権じゃないか。君は研修のため来日したんじゃないのかね。私は、君と交渉するつもりはない！」

磐田はバクストンをはねのけた。そもそもバクストンはアカウント・グローバルを代表する立場になかったからだ。アドバイザーなる肩書きを与えてはいるが、それは名目。実質はトレーニーだ。

「これをご覧いただけますか……」

一枚の紙を見せた。

バクストンに宛てた、アルトマン会長からのメールだった。磐田は読んでみた。

そこには、

「以後、あずみおおたか監査法人との交渉の全権を負託する――アルトマン」

と、あった。

バカな！　ニューヨークにディビッド・アルトマン会長を訪ねた際、交わした約束は何であったのか。怒りがこみ上げ、バクストンを睨みつけた。バクストンも負けちゃいない。互いに自説を譲らず睨み合いが続く。

「まあ、バクストン君……」

と、バクストンの袖を引き、能呂がたしなめた。それでも譲らないバクストン。驚いたのは能呂がなだめにかかったことだ。能呂は語気を強めていった。

業務提携の解消とは尋常じゃない、いまは行政処分を受ける直前の大変なとき、アカウント・グローバルとの業務提携契約が打ち切られればあずみおおたかがどうなるか、この間の事情を、君も見聞きし、百も承知のはずではないか。一方的に契約を打ち切るとは乱暴千万な話だ。それでは話し合いも何もないじゃないか、と能呂は言うのだ。

(昨日の能呂が……)

ひとが変わったようだ、磐田は改めて能呂の顔を見た。能呂も心の奥底では、このあずみおおたかの行く末を案じている、そう思うと磐田の心は熱くなった。能呂は巧みに話の流れを変えた。

「それは、アルトマン会長の意向か、そうじゃあるまい。君も知っているだろう。彼と磐田理事長との長いつき合いを……。君は功を焦っているんじゃないか」

バクストンは沈黙した。

向きを変え、能呂は磐田に言った。

「昨日は失礼なことを申し上げた。しかし、理事長と議論ができたことはよかったと思っていますよ。理事長がおっしゃるのも一理あります。そこで考えてみたのです……」

抜いた剣を鞘《さや》に収めたかの言い方。決して反対する、とは言わない。事態の成り行きにひたすら当惑し、あずみおおたかの安泰のために、ない知恵を絞っているという口上だ。その巧みな話しぶりに策士磐田は思わず引き込まれていく。

「まあ、ともかく話を聞かせてください」

磐田は身を乗り出した。

「昨日の話の続きになり恐縮ですが……。新法人はあくまで海外で活動する日本企業の監査のみに限定し内外分離で活動する、そういう具合に考えてはどうですか。まあ、これは緊急避難の便法です。将来は、またもとに戻せばいいじゃないですか」

バクストンが異論を差し挟む風の態度だった。それを抑え、

「理事長、いかがでしょうか！」

と、強い口調でダメ押しをした。

「…………」

磐田は考え込んだ。

あまりにも大きな変わりようだ。能呂も事態を収拾するため譲歩してきたのだ。能呂の話に引き込まれながら、自分のかたくなさに動揺を覚え、巨大監査法人をあずかる身として不明を恥じた。なるほど――。別法人の業務を在外邦人企業に限定するなら目くじらを立て反対するのも大人げない。能呂が態度を変えたというのなら、自分も妥協点を探らなければならない。ここらあたりが手の打ちどころなのか、磐田はそう思った。

それにしても辣腕《らつわん》でならした以前の磐田なら妥協点を探るなど、考えられないことだ。そう思うようになったのは、連日の会議や金融庁との折衝で疲れが極限に達し、弱気な心が頭をもたげてきたこともあるが、それだけではあるまい。彼には、強気、傲慢、辣腕という見かけとは不似合いかと思われる繊弱な内面がある。

巨大監査法人理事長の責任の大きさにいまにも押しつぶされそうなのだ。磐田はつ

くづく思うのである。

（権力を握るまでが花だなあ。いずれ自分は辞めざるを得ない身）

そうだとすれば、最後の仕事として、このあずみおおたか監査法人を再建する道筋だけはつけておかねばならぬ……。それが理事長としての最後の仕事――。

だが、滑稽なことにそう考えるのは磐田だけで、能呂が妥協策を持ち出したのは別な思惑があってのことだ。いまの磐田には、それが見抜けなかった。その意味で能呂の巧みさは一枚も二枚も上手《うわて》だった。

「仔細を詰める必要があるな……」

磐田は最後に言った。

「そうですな。最終的には評議員会で」

本音を言えば、証文のひとつも取りたいところだが、深追いは禁物と考えたのか、能呂も評議員会に委ねることに同意した。最終決定を評議員会に預けることにしたのは、せめてもの救いであった。

夕刻、磐田は東京本部を出た。車を向かわせた先は三田の老人の家だった。

（引責辞任……）

車中で幾度もつぶやいた。理事長に就任して半年余りか。こんなに早く権力の座から滑り落ちるとは思いもよらぬことだった。無念も残るが、どこかさばさばした気分でもある。東京タワー方向から入った車を三田通りを右折し坂道の途中で止めさせた。前理事長宅を訪ねるのは、初めてだった。

思えばギクシャクした関係だった。それとても、ひとが関係を結ぶひとつの結び方かもしれないが、そもそも関係を結ぼうとする努力もせず、いたずらに派閥対立をあおり、追い出すような格好で関係を終えてしまったことを、いま磐田は深く悔いている。

「これは驚いた！」

厳重なセキュリティが解けたのは、携帯で電話を入れたからだ。がちゃりと施錠をとく音がして顔を見せたのは佐伯重郎だ。佐伯は磐田を応接間に案内した。

「ご無沙汰しています」

挨拶を終えると、辞任の決意をするにいたる経過を説明した。

「そうでしたか。実は……」

と、佐伯は意外な話をし始め、その話を聞き磐田はぶるぶると身体を震わせた。

第六章　監査法人理事長の深層心理

1

噂は、その日のうちに広まった。しかもねじ曲げられた形で——。

青柳良三がその噂を聞いたのは夕刻、同僚と食事に出たときだ。その同僚は声を潜めて言った。有資格の会計士とはいえ、顧客があっての会計士だ。さあて、身の振り方どうすべきか、考えあぐねる、その話しぶりからわかるのは、彼も事態を分裂必至と受け止めていることだ。

しかし、その噂の真偽である。あれほど自信に満ちあふれた男だ。あの磐田が折れ、能呂理事と折り合いをつけることなど、どう考えても納得のいく話ではない。確実なのは社内はさらに混迷を深めることだ。帰宅する同僚と別れ、青柳は空を見上げ嘆息した。ビル街の空間に下弦の月が出ていた。

「峰村さん……」

事務所に戻り、青柳は峰村の執務室を訪ねた。社内は煌々《こうこう》と灯りが点いている。ひそひそ話がいたるところで交わされている。同じフロアの南ブロックの奥に峰村の執務室はあった。半開きのドアを叩き、よろしいですか、と執務室に入った。峰村はちょうど電子メールを書いているところだった。

「ああ、青柳君」

峰村はソファを指さし、そこに座るように言った。二人は向き合って座った。

「聞いておられますか」

「例の件だね。磐田さんに連絡を取ろうとしているんだが、生憎《あいにく》つながらなくてね。確認がとれないんだ。まあ、事態は動いているからいろいろあるさ。それにこんな重要な問題を二人だけでは決められない。少なくとも評議員会にかけ理事会で決着するのがルールだ。それはお二人とも、わかっているはずだ」

峰村は意外にも落ち着いていた。社内が右往左往するなか、少しも動ずる風もなく着実に実務をこなす峰村の姿は、頼もしくすらある。動かざるも、こういうときにとるひとつの態度だ。しかし、傍観しているわけではなさそうだった。情報を集め、必要な手は打っているらしい。電子メールを開き、それをプリントアウトし、青柳に示した。

「真偽半ば……」

峰村はそう言った。噂の半分は当たっているが、しかし、一部は誇張して伝えられるという意味だ。メールのヘッドに能呂理事のロゴが記されていた。どうやら、当事者のひとりである能呂自身に問い合わせて得た回答のようだった。青柳は目を通してみた。別法人は在外邦人企業のために作るものであり、他意はない、と分離独立の噂を全面的に否定していた。

「しかし、彼を信じられますか！」

青柳は能呂を疑っていた。

「仮にも彼は会計士。照会すればすぐにわかるような嘘をつくと思うかね。別法人の立ち上げが必要なのは誰もがわかっている。理事長と、そういう話をしても、少しも不思議じゃない。だが……」

そこで一息つき、そして続けた。

「この噂にはいくつか嘘がある」

青柳もわかっていた。このような重大問題を所定の手続きも踏まずに決定することはない。それは事実だが、それはあくまで形式論だ。評議員会や理事会にしても、互いに信頼しあっているわけではない。互いに内心バカにし、互いに警戒しあい、その言説はまちまちだ。行政処分の内示が出たことで、その傾向に拍車がかかっている。

そもそも、この監査法人では、出身母体の長老らに対する根回しの上に立つ合意がなければ何事も動かない。しかし、最小限の手続きともいうべき、長老会議を招集し、合議した形跡はなかった。長老たちを集め談合してみたところで結論は同じだ。長老たちも、それぞれの閥に拘束されているからだ。この組織での意志決定はおそらく可視的な単体での表決では決まらない。最良のシステムが機能しても最良の結果を生むとは限らないのだ。ありていに言うなら、危機の最中にあっても物事の決定は力関係で決まる。それは理屈抜きの、力の勝負だ。そういう風土を作ったのは、他ならぬ磐田理事長だ。

しかし、噂では、権力は、求心力を失った磐田から、能呂に移り、つまりあずみおおたかは、能呂一派の手で再建される方向にあるという。つまり磐田が政権を投げ出したというのである。しかも、それは二人の密議で決まったという。ありうるだろうか、大いに疑問だ。

しかし、峰村が嘘だと言ったのが、そのことではないのは、青柳にもわかっていた。

「嘘――と……」

「そう、嘘を意図して流したのだろう」

（誰が……）

と、言いかけたがやめた。

峰村は、危機管理特別チームの統括責任者に就いてから少し痩せたようである。そのせいか、もともと輝きの強い両眼がひどく大きくなったように見えた。峰村は両手の親指でこめかみをもみほぐしながら、

「それは、ね……」

と、言葉を足した。

要約すれば、こういうことだ。

能呂理事に二千人の所帯を背負う覚悟があるのか、それは彼にはない、その器でもなかろう。それは彼自身がよくわかっていることだ。能呂はある種の理想主義者で、彼が理想とする監査法人の姿がある。組織を割って出るとすれば彼が抱く理想の実現のためだ。その意味であずみおおたかで主導権を握り、理事長として経営を差配することなど、彼の性格からして考えられないことだ。

「にもかかわらず、能呂さんが経営を握るなんていう噂が出るのはなぜなんだろうね。僕は噂を流す人間の作為を感じるな」

峰村はよく所内の人間をみている。確かに能呂は陰謀家ではあるが、理想を持つ男である。能呂が合併に合併を重ね、大きく膨らんだあずみおおたか監査法人を否定的に見ているのは確かで、一連の不祥事も、巨大化が原因と見なしている。それにいけいけドンドンの拡大路線に対しても批判的だった。監査法人は他の一般企業とは違うという思いが能呂にはあった。それらの批判は正鵠を射ているが、ただし彼の力量や人柄からいって、ついていくのはごくわずかだろう。

もともと能呂は大それたことは望んではいまい。というのも、能呂が理想とする監査法人とは、数百人単位の小回りが利き、専門性を有する監査法人だ。彼が陰謀をめぐらすとすれば、彼なりの理想を実現するためだ。それ以外に能呂には野心はあるまい、という峰村の分析は一定の説得力を持つ。しかし、そうなると、いったい誰が？　何のために？　疑問がわき上がる。

「それはわからんが、可能性のひとつに」

峰村は心当たりを口にした。

「バクストン――」

青柳が訊いた。峰村は小さくうなずき、話を続けた。

流れている噂を詮議してみるに、虚偽の情報を流したというよりは、事実の核心部分を作為的に隠し、情報操作をしているという疑いだ。では、いったい誰が？　能呂とバクストンが一体になり、動いていることは衆知である。すなわち、奇妙というべきは、流されている噂から二人の関係が抜け落ちていることだ。たとえば、二人して理事長室に乗り込み、別法人立ち上げにつき、磐田に強訴したことも……。

そこから浮かび上がるのはアカウント・グローバルの影だ。バクストンが能呂理事と同道し、金融庁を訪ねた、と片倉から聞かされたときから抱いた疑問だ。理由は定かではないが、怪しいと言えばバクストンの動きは確かに不可解だった。糸を引くのは、アルトマン会長かもしれない。

「その可能性は高いが、確証がない」

「…………」

そして、もうひとつわからないのが、磐田が政権を投げ出したという噂だ。あの傲慢で強気な磐田理事長。行政処分が出れば進退問題が浮上するのは避けられないとしても、能呂理事との深まる確執からすれば、あっさりと能呂に政権を禅譲するなど、ありえぬことだ。

たとえ退任するにしても、意地でも能呂には政権は渡さぬ、それが磐田の態度のはず。磐田が一見、妥協的な態度をとっている理由はただひとつ、このあずみおおたかを分裂させないためだ。在任中に分裂をきたせば、彼の経歴に傷がつくからだ。

そう青柳は思っている。峰村も同じ感想を持っていた。しかし、出所不明の、ねじ曲げられた情報が一人歩きし、人びとを動揺させ不安に陥れている。

（いま打つべき必要な手はなにか……）

青柳は考えた。

「まずは分裂を阻止することだ。能呂さんたちは、割って出ようとしているようだが、いま分裂すれば最悪の事態を招く。顧客の取り合いが始まり、笑い話じゃなくて監査を受けられない企業も出てくる。一番迷惑を被《こうむ》るのは顧客だからね」

「能呂さんと腹を割って話してみたらいかがですか」

「もちろん話し合ってみた。それがね、能呂さんの態度がもうひとつはっきりしないんだよ。彼が繰り返すのは改革――。それ以上の議論は避けようとしている。本音は言えないのかな」

峰村は寂しく笑った。そのとき、峰村の携帯が鳴った。失礼するよ、と言いながら窓際により携帯を受けた。

「理事長からだ。君も来てくれるか」

そう言うなり、上着をはおり、理事長室に向かった。時計を見ると午後十時半。磐田はソファに座って待ち受けていた。終戦処理を考えている風だった。しかし、磐田は思いもかけぬことを口にした。

「先ほど佐伯さんに逢ってきたよ」

「………」

二人は言わずと知れた犬猿の仲だ。形の上では自ら退いてはいるが、実際上は、追い出したも同然の佐伯に会いに行くなんて、青柳には驚きだった。

「近況報告だよ。佐伯さんも、状況は把握されていた。彼は言っていた、最低、顧客を守ること、それで頑張って欲しい、とね。一連の動きには、われわれには計り知れない裏があるらしい……。それに能呂君を恨んではならない、ともね。佐伯さんは、そんなことを言っておられた」

「裏がある、と？　どういうことです」

大きな何か――。

思い返せば、片倉も同じ意味のことを言っていた。確かにあずみおおたかは、巨大監査法人だ。大きな影響力を持っている。監査法人の権力は絶大だ。時には、監査方針をめぐり、顧客と対立することもある。それで怨みを買う場合もあるかもしれない。あるいは、別な何かの問題で、逆恨みを買ったのかもしれぬ。合併に合併を重ねて、あずみおおたか監査法人は、途方もない巨大な監査法人となった。たとえば、あずみおおたかの巨大化に同業他社が恐れをなし、潰しにかかった？　考えられるシナリオのひとつではあるが、まさか、それはあるまい。それにしても、尋常ではない。

（あるとすれば、何だろう……）

青柳は想像がつかなかった。

それにしてももはや法人として立ちゆかなくなるほど、追いつめられていた。マスコミの攻撃は相変わらずだ。頼りにすべき金融庁とは、敵対関係に入っている。そんなことで一般職員はいうにおよばず有資格の会計士や経営に責任を負うパートナーたちまで動揺を隠せずにいる。いや、動揺を隠せずにいるのは執行部も同じだ。幹部社員ですらも密かに転職に動いているのだから。

行政処分が発令されれば、あるいは資金繰りに窮する事態が生じる恐れもある。そして追い打ちをかけるのが社内の軋轢《あつれき》だ。亀裂が深まり、組織分裂の危機が迫っている。このままでは解体だ。それがこの部屋にいる三人の共通認識だ。

峰村は磐田に先ほどの話の続きを促した。

「実は……。佐伯さんが意外なことを話しておられた」

「意外なこと？　どういうことです」

峰村が聞き返した。

「ああ、私にも予想外のことだった」

磐田は足を組み直し、佐伯が話したことを二人に聞かせた。

「まさか、佐伯さんが！」

話を聞くなり、峰村は思わず声を上げた。青柳にも驚きだった。マスコミに情報を流したのは、前理事長の佐伯重郎だというのである。しかし、それには理由があった。その理由を聞けば、うなずけるものがあった。

「こういうことなんだ、彼の考えは……」

監査業界は腐っている。クライアントとの癒着だ。接待は日常化し、それも半端なものじゃない。高級料亭から取り寄せた豪華な弁当。ハイヤーでの送り迎えは当然と受け止める会計士。現金の授受や、インサイダー取引に関与する会計士。不正会計処理を黙認する会計士。積極的に粉飾に加担する会計士。クライアントとの癒着は監査を歪める。それでは、自分たちは市場に責任が持てぬ――。

「佐伯さんは、そう考えたんだね」

そこに兼高粉飾決算事件が起こった。粉飾に直接関わったかどうかはわからない。それはないと佐伯は信じていた。しかし、世間は疑っていた。それならば、いまこそ、クライアントとの癒着を正し、綱紀を粛正する絶好の機会かもしれぬ。佐伯は決断した。たまたま姪っ子の友人が社会部の記者だった。それが毎朝新聞社会部の女性記者だ。女性記者に実情を話し、資料を渡した。渡した資料というのは、兼高が不良在庫を正常在庫と偽装した証拠品のデータだ。女性記者は理解が早く、期待通りの記事を書いた。

（なるほど……）と、青柳は思った。

振り返れば、思いあたることがいくつもあった。現場を知らなければ書けない記事だ。会計士の現場を知り尽くした人間が流したのだから記事にリアリティがあったのも当然。他紙を大きく引き離した一連のスクープが続き、連続キャンペーンがはられた。そういうことだったのか、青柳は迂闊《うかつ》にも、気がつかずにいた。恋人の青柳にも情報源を明かさなかった由美子。週刊誌の記者につきまとわれたときも、情報源を守り通した。職業人としての、倫理を貫いたというわけだ。由美子が別れ話を切り出した理由のひとつがなんとなくわかった。青柳は磐田の話を聞き、由美子に対する屈折した思いが募るのを禁じ得なかった。

（やはり……）

と青柳は思った。

「そうすると、佐伯さんだったんですか」

青柳が訊いた。一連の仕掛け人が佐伯であったかどうか。磐田は首を振った。

「いや、違うね。第一佐伯さんは、このあずみおおたかに愛情を持っている。あずみおおたかをとことん追い込むようなことはすまい。ご自身もはっきりと否定しておられた」

「でも佐伯さんがなぜ？」

磐田が答えた。

「理事長になってみてわかったことがいくつかある。無力なんだよ、理事長なんていうのはね。無力なんだよ……」

監査法人というのは、つまるところ会計士の集合体だ。個別企業の監査は、独立した会計士が責任を負う。たとえ、理事長といえども、個別企業の監査に介入することなどできるはずもないし、できるものでもない。絶対的な権限を持つのは現場だ。そういう意味では理事長というのは名誉職。理事長なんて無力だというのは、そういう意味だ。

「ただ僕の拡大路線を厳しく批判しておられた。監査法人は他の一般事業会社とは違うんだ、とね」

そう言って磐田は苦笑いした。拡大路線は必然的に監査が甘くなる。兼高事件の遠因はやはり拡大路線だ。

「その責任は感じているさ」

退任を前にしての悟りというべきか、磐田は珍しく神妙だった。

「二時間あまり、佐伯さんとはいろんな話をした。もちろん、今回の行政処分についてもね、話し合った。金融庁がかほどに強硬姿勢を取るのには、それなりの理由があるはずだが、その背景になにがあるか、佐伯さんもわからないと言っていた。しかし、大きな何かが動いているのではと疑っていた。何か大きな力が働いているのではないか、そういう言い方をされていた」

大きな何か――。いったい誰が、どんな目的で……。なぜ、あずみおおたかがターゲットになったのか、理由がみつからない。僕も同じだよ、と磐田は嘆息を漏らした。誰もが感じている、その疑問――。

洋の東西を問わず太古の昔から、組織を壊そうとするとき、もっとも効果的な方法は内部分裂を誘発することだ。上手く火種をまくことができれば外からちょっかいを出さなくても簡単に自壊する。その手を使って内部分裂を策しているのは誰か。疑いが濃厚なのは、能呂一派との繋がりが深い人物だ。

「アルトマンでは？」

峰村が先ほど、青柳と話した可能性のひとつを口にした。磐田は腕組みして天井を見つめしばらく考えていた。能呂やアルトマンに対する疑惑には否定的だった。磐田はその理由をいくつか上げた。

「アルトマン――。彼とは長いつき合いなんだ。いまでも信頼のおける人物だと思っている。それに能呂君の考え方は柔軟だ。いま彼が組織を割ると思えない。事態が悪くなると、思考も悪い方向にスパイラルするものだ」

磐田にしては自制的な言い方だ。そして続けた。磐田は、その日の午後に能呂と会談した内容をかいつまんで話した。能呂に対する評価が変わったのだ。

「能呂さんは変わった、と！」

「少なくとも妥協的な態度を取っている。それに危機に対する現状認識も同じだ。そういうことで、受け皿を用意することに同意したんだ。もちろん在外邦人企業に限定してのことだがね。彼は変わったが、ただそれが本心かどうかはわからない。だから最終決定を評議員会に委ねることにしたんだ」

策士と呼ばれるだけあって、さすがに用心は怠らない。

人間の好悪には、立場や主張の違い以前に本能的に抱く好き嫌いがある。能呂に対する磐田の感情には、たぶんそういう質のものがあった。能呂は妥協的だったが、それでも磐田は根底にある評価を変えていたわけではない。理由を訊かれれば、たぶん嫌いだからと答えるに違いない。それを押し殺して話し合いに応じたのは、このあずみおおたかが危機にあったからだ。

しかし、アルトマンに対しては、これほど疑惑が濃厚なのに、それでも格別な感情を失っていなかった。長年にわたり培ってきた友情という幻想が彼を自縛しているのかもしれない。それは磐田の人間味であるのだが、酷な言い方をすれば、策士と呼ばれるには、脇が甘すぎる。その自覚は、磐田にもあった。それでもアルトマンを信じようと思うのは彼自身の自尊心からだ。

「そういうことでしたか」

峰村は納得したようだった。しかし、問題は残されている。どれもこれも、解のない問題ばかり。

「あとは君たちに託す以外にないいな」

2

三日後、あずみおおたか監査法人に対する行政処分が正式に発表された。その日は、日本列島を熱波が襲う蒸し暑い日だった。あずみおおたか監査法人の東京本部には、大勢の記者がつめかけていた。午前の金融庁の処分発表を受けての、あずみおおたか執行部が行う記者会見は午後三時に開かれた。

記者会見の席には毎朝新聞社会部記者由美子の姿があった。事務方の席には、青柳良三が座っていた。会見場は熱気につつまれていた。記者たちは会見の主が現れるのを待っている。由美子が青柳を見るのは、あのとき以来だ。

少し痩せたかしら？　がっちりした体軀が一回り小さく見えた。目だけが異様な光を帯び一点を見つめていた。まるで別人のよう……。ああ、あのひとは遠くに行ってしまったわ、そう由美子には感じられた。やがて会見の主が会場に現れた。いっせいにフラッシュがたかれた。

「本日午前、公認会計士法にもとづき、二ヵ月間の業務停止の処分を受けました。今回の処分を真摯《しんし》に受け止めています。社会に対し甚大な信用失墜をもたらし、多数の関係者に多大なご迷惑をおかけした。心からお詫びを申し上げたい」

記者会見の冒頭、磐田理事長が深々と頭を下げた。理事長としての最後の会見だ。前日には引責退任が報じられていた。彼もまた疲れ切った顔だ。居並ぶ幹部たちも神妙な面持ちだ。

しかし、磐田が低姿勢で臨んだのは冒頭だけだった。矛先はあることないこと、勝手に報じたマスコミに向けられた。それは記者団にとっても驚きだった。しかし、由美子は磐田の怒りが理解できた。

「法人改革が本物であるかどうか、疑義の声も聞かれます。以後どう対応をしていくのかお聞かせください。あわせて伺いたいのはコンプライアンスです」

記者から、改革が本物であるかどうか、を訊かれた磐田は記者を怒鳴り上げた。任期半ばで退任せざるを得ない悔しさもあろう。それもあるが、行政処分自体を理不尽であると磐田はいまでも思っている。金融庁の尻馬に乗り、悪態記事を書き続けるマスコミの連中にも怒り心頭だ。その悔しさが爆発した。そしてもうひとつ、記者のレベルの低さにも我慢ができなかった。

「君っ。知っているかね。コンプライアンスの本来の意味を……。従順という意味しかないんだよ。誰に対して従順なの？　もうひとつ数学的な意味で言わせてもらうよ。コンプライアンスっていうのは、ひずみと応力の比で表せる物質の特定数なんだ。それは物体の変形のしやすさを表すだけなんだ。それが意味があるっていうの？主語を抜きの質問には答えられない」

磐田一流のレトリックに記者たちは煙《けむ》に巻かれた。煙に巻かれたというよりも、磐田の言っていることが理解できなかっただけのことだ。多数の記者は傲慢無礼な理事長と受け止めただけだ。

しかし、由美子は違った理解の仕方をした。コンプライアンスを法令重視と意訳した過ちを、磐田は批判しているのだと。金融庁という絶対神がいて、その絶対神の発意に従順であれ、という前提に立つコンプライアンス。記者の質問は絶対神は常に正しいのか、という反問を欠く。記者たちのなかにどれほど、その意味を捕捉している者がいるのか、磐田には理解の外であろう。

（言い過ぎだな）

陪席の青柳は思った。シナリオにないことを話し始めたからだ。そのとき、青柳は記者席の由美子をみとめた。綺麗だな、そうは思いはしたが、不思議と冷静に由美子を見ている自分を感じた。

人間の心は解《げ》せないものである。時間――。それが自分を変え、あれほどの熱い思いも、自覚のないままに冷めていく。まことに人間の心は謎めいている。もはや彼女との愛のミラクルを振り返ることもなくなっている自分――。

まだ磐田の怒りの長広舌が続いていた。経済の構造改革が進み、経済はグローバル化して、ますます流動化し、企業の不沈も激しく、価値観が多様化するなか浮気な消費者の目移りで商品はたちまち劣化し、優良企業とて安心できず、あっというまに倒産に追い込まれる事態が起こる。

だからこそ監査の重要性は高まり、監査法人もまた経済の構造変化に対応し、自らを変えていく努力が必要となる――。

「それが私が目指した当法人の改革です。改革は後継者によって引き継がれ、兼高の粉飾を見逃すような失敗を二度と繰り返さない体制を作り上げることが当面の課題です。道半ばで退任せざるを得なくなったことは、まことに残念です」

磐田は、高邁《こうまい》な改革論をぶち上げた。しかし、そんなことに記者は関心がない。この業界に精通しているというシニアの記者は知ったかぶりのつまらぬ質問をした。

「今度のことで顧客離れが起こると思いますが、どの程度に見積もっておられるか。

それを教えてください」

「ご承知のように監査は契約で成る。相手があっての契約関係。契約関係は相互の信頼にもとづき成り立つものですな。ですから、そんなことは想定してません。ただ誠意をつくすのみです」

磐田は憮然たる表情で答えた。

今度は別な記者が質問に立った。若い記者だ。メモに目を通しながら彼も知ったかぶりの質問をした。

「重い行政処分を受けた最大の理由についてです。一義的にはパートナーに責任があるとおっしゃった。だが、それでは組織としての責任がないように聞こえる」

記者は基本的なことも知らない。たぶん金融官僚から受けたレクチャーを鵜呑《うの》みにし、それが自分の意見であるかのごとく装い、質問しただけのことだ。だいたい監査法人は、社員による共同出資の見なし合名会社だ。社員すなわちパートナーは、それぞれが独立的に監査業務を行う。仕事に対しては、それぞれが結果責任を負う。もちろん重要なのは、会計士としての自覚だ。組織として完璧なシステムを作り上げても、監査を行う社員の自覚が低ければ意味をなさない。

それが監査法人の実態であり、兼高の決算偽装を見抜けなかった結果責任をめぐり、組織を処罰するのは適法ではないと主張したのも、他の事業会社と監査法人は性格を異にするからだった。そういう事情を質問した記者は少しも理解していなかった。また別な記者が手を上げた。

「そうすると、なんですか。会計士個人に責任をあずけ、組織的には頬被《ほおかぶ》りということになるじゃないですか」

その記者は得意げに批判した。

「組織を懲罰せよ、ということですか。そう考えるのは、金融庁だけじゃないの。会計士本人は刑事告訴され、法人の処分は業務停止です。法人としての活動を許さないというのだから、法人を自然人に見立てれば、いわば懲役刑と同じだ。しかも一生懸命改革をやっている最中に……。改革で兼高のようなケースが発生しない体制も作った。粉飾を見逃さないようなシステムも作った。われわれとしては、金融庁の行政指導に従い、できる限りの最善をつくした。その評価はまだ出ていない。それにもかかわらず二ヵ月の業務停止命令とは重い。それでも懲罰が足りないというんですか」

記者は黙りこくった。彼もまた金融庁のレクチャーを鵜呑みにし、会計士法をよく調べもせず質問したのだ。

組織を懲罰せよ、というのは金融庁の論理だ。そのことに反駁《はんばく》し、あくまで強気を通す磐田――。監査法人に対する行政処分を不当と考える磐田には当然の反駁だが、記者たちは鼻白んだ。しかし、それで記者会見を終えては下拙だと思ったのか、

「時代の変化は早い。問題も複雑化し、それに追いつくため会計士は一生懸命だ。兼高の場合はレアケース。身内のみに通じる価値観が法人内にはびこり、その結果が兼高の粉飾を見逃すことになったのかもしれぬ。その点は反省せねばならないと思っている。ただ会計士の多くは、社会的責任を自覚しながらマジメに仕事をやっていることを、マスコミの皆さんにご理解いただきたい」

と、磐田は会見を締めくくった。会見場から去る磐田。この会見が人前に出る最後の場面になるだろう、と由美子は思った。席から立ち上がろうとしたとき、青柳と視線が合った。少し戸惑ったようだが、青柳が近づいてきて声をかけた。

「しばらくぶり……。元気だったか？」

「ええ……」

と、答えただけ。もっと話したいと思ったのに言葉が続かなかった。それじゃ、と微笑みかけ、青柳は会見場を、同僚たちと出ていった。もう過去のこと。そう考えようとしたのだが、少し淋しく感じられるのは、どうしてかしら？　由美子はノートパソコンをたたみ、会見場をあとにした。由美子は社に戻ると、すぐにノートパソコン

を回線に繋ぎ原稿を書き始めた。記事を書き上げると、原稿を四方次長に回送した。

「おい、農水省の記事じゃないのか……」

原稿を読み終えた四方が大きな声を上げ手招きをしている。由美子は椅子を引き、四方の前に座った。四方は腕組みをし、渋い顔を作った。監査法人に関しては、久しぶりの出稿だ。しかも担当が違う。四方はどう処理すべきか、困惑している。

「しかし、面白い記事だ。短くして囲みにならんかな。整理部と相談しなければならないが、コラムに突っこむことができるかもしれない……」

「短くって、どのぐらい削らなければならないんです？」

「そうさな。半分に縮めてくれるか」

「半分？」

長い記事よりも、実は短い記事の方が難しい。自席に戻り思案した。書き直しか。本当はこのまま入稿したかった。でも、と由美子は考え直した。ごちゃごちゃ言えば、原稿は潰れる。囲み記事にして入れようというのは四方の優しさだ。

あんな傲岸不遜な男——。

磐田勇治のことだ。存在自体が傍目にはただのおっさん。しかし、言葉のはしばしに含む毒気。諧謔《かいぎゃく》に満ちた言い回し。ときに全身で怒り、記者を沈黙させた。平然と金融庁批判を繰り返し、記者たちは毒気を抜かれ、次の質問をためらわされた。最後まで強気で押し通した。それでも余韻の残る記者会見だった。傲岸不遜を絵に描いたような男。ある種の魅力を持つ男であるのは確かだが、それが何なのか、その正体が見えてこない。けれども何か感じるものがある。それを記事にしたいと思う由美子。

翌日の午前――。

峰村義孝は新聞を読んでいた。昨日の記者会見の記事だ。各紙とも悪評だ。「反省のない監査法人」「改革は中途半端」「居直る理事長」「顧客離れに拍車」「経営危機か」などなど。うんざりさせられる記事ばかり。それでも丹念に読むのは職務柄だ。

「ほう……」

毎朝新聞を手に、感嘆した。すぐに記事を切り抜き、コピーを取った。もう一度記事に見入る。読み終えると、卓上の受話器を取り上げた。青柳の声が返ってきた。

「今朝の毎朝を読んだかな……」

「いえ。何か」

「ちょっと、こっちに来てくれるか」

(何事か……)

青柳は上着をはおり、上司の執務室に向かった。一ヵ月後、磐田理事長が正式に退任する。後継者のひとりと目されているのが峰村義孝だ。安住派から今度は大鷹派。この期《ご》におよんでもバカな噂をする連中がいる。もはや派閥抗争を繰り広げる体力など、失っているというのに……。峰村は上機嫌で青柳を迎えた。はて？　訝りながら、薦められるままソファに腰を下ろした。

「これだよ、これ。ちゃんとした記者もいるんだな。感心したよ。Yとイニシャルがはいっているところをみると、由美子さんか。君の指導か、よく書けている記事だ」

「彼女とは、もうとっくに……」

青柳が言いよどんだ。

「冗談だよ、冗談。まあ、読んでみてよ」

「悪い冗談ですよ」

「悪かった。まあ、ともかく読んでみて」

「…………」

言われるままにコピーを手にした。なるほど、論旨は明瞭で核心部分を突いている。それでいながら、磐田理事長の人物評は、暖かみがある。アイロニカルではあるが、性格描写も的確だ。記事を読み終え、記者として成長したなあ、と青柳は思った。

論旨はこうだ。

法を犯したというのなら、罰せられて当然だ。しかし、二ヵ月におよぶ業務停止命令は死刑判決も同然だ。金融庁はあずみおおたかを潰すつもりなのか。法を犯した法人は市場から退場すべきであるというのなら、そうはっきりと宣言すべきだ。しかし、事実上の死刑判決を下しておきながら、説明は行政処分だ。裁量権を弄《もてあそ》ぶ金融庁の態度は、同時に権力を弄ぶものだ。

金融庁の処分は、直接当事者を罰するものであるが、しかし、処分は同時にあずみおおたかと契約を結んでいるクライアントをも罰するものだ。クライアントは業務停止の二ヵ月間、別の監査法人と契約を結ぶ必要が出てくる。新たな監査法人と契約を結び、監査業務を引き継ぐには、多くの労力と時間を要する。果たして監査業務の引き継ぎがスムーズに行えるかどうか。そのリスクと責任を負わされるのは、行政処分と全く無関係なクライアントだ。その意味でクライアントは被害者というべきである。

別の監査法人と契約したクライアントが業務停止の処分が解けたあと、あずみおおたかと再び監査契約を結ぶかどうか。契約が継続されるというのは非現実的であろう。あずみおおたかは、営業基盤を失う。想定される事態は監査法人の寡占化である。

法を犯した法人を罰するのは正しい。しかし、正しい論理が必ずしも、正しい結果を生むとは限らない。金融庁の決定は、市場に混乱を起こさせるだけだ。

そもそも法人を裁けるか、という法理上の問題もある。人なら監獄に押し込め、命を絶つような判決も下せる。一方、法人に対する最大の刑罰は、すべての業務自体を停止させることだ。あるいは解散命令を宣言することだ。今回のあずみおおたかに対する刑罰は、それにあたる。

すなわち法人に対する死刑判決だ。自然人に対する刑罰は、死刑をもって最高刑とされる。けれども今回の一連の不正経理にまつわる監査法人の責任が、最高刑をもって臨まなければならぬほど、重大な違法性があったかどうかは疑問だ。

青柳はしばらく考えた。

「理屈は正しいよ。理屈が正しくても、力にはならないね。まあ、すでに流れは決まっているんだから……。でも、こういう記事を書ける記者がいることは心強いね……」

そう言って、峰村は笑った。

違約。しばしばありうる。しかし、これほど明瞭な違約もあるまい。

3

磐田・能呂合意——。社内では、そう呼ばれていた。解釈の仕方はさまざまだった。そのさまざまな解釈は噂として流れた。確証がない風聞を噂というのなら、蒸し暑い梅雨の時期にこれほど緊迫した違約の場面が現出するとは想像の範疇《はんちゅう》を超えていた。

執拗な雨——。あずみおおたか監査法人の東京本部。その日、金融庁エリート官僚知永企業開示課長の姿があった。知永はエドワード・バクストンの説明に聞き入っている。バクストンが説明しているのは、業務停止命令が発動されることにともなう受け皿としての新監査法人設立に関してであった。

米国の弁護士が法科大学院で学ぶのは法律自体ではなくて、相手を論破するためのレトリック術だ。巧みだ。日本人なら言わずもがなを平気で口にする。要するに多弁。米国訛りの日本語が生きてくる。

バクストンの弁術は単純。磐田・能呂合意が根拠だ。その論理は「クライアントに迷惑をかけぬこと」だ。問題は、新法人の立ち上げが、処分逃れ——では、ないことを強調することにある。つまり新法人の立ち上げは脱法ではない、処分逃れではない、そのことを言いたいだけだ。

この単純な論理を、感心して聞き入る知永課長。実は、この主張にもうひとつの意味が込められていた。磐田・能呂合意では、在外邦人企業のみを対象とする監査法人の設立だ。合意を見たのは、その一点だけだ。

「一部例外があります」

と、言い出したのは能呂理事だ。一部例外があるというのは、在外邦人企業以外でも必要に応じ、監査にあたることができるという意味だ。つまりアカウント・グローバルと提携する新法人は、国際部と金融部、それに従来能呂理事の配下のもとにあった監査第四部および六部が中心となるという説明である。明らかな違約というべきだ。

「ちょっと待ってくださいよ」

峰村が異議を唱えた。その異議を制し、

「最後まで聞いてみましょう」

と、知永が言った。

能呂は続けた。

新法人の名称は「新生」だ。早くも移籍の話も進んでいるらしい。事務所も決まったという。業務停止が発動されるのは八月と九月の二ヵ月間だ。残すは一ヵ月余。まことに準備のいいことだ。

「移籍するパートナーおよびアソシエイトの身分ですが……」

説明を始めたのは、バクストンとともに米国から派遣された弁護士だ。彼が言うところでは、新法人で働く社員および従業員は、あずみおおたかから籍を抜き、新法人に移籍するという。その理由を、バクストンが例の得意な日本語で説明した。

「そうするのは、脱法行為と見なされないためです。すなわち、あずみおおたかに籍を置きながら、新法人で従来の仕事を継続するのは、誰もが処分逃れと見なす。そうであるならできるだけ早く社員や従業員の身分を新法人に移す必要がある」

それを受けて知永課長が応えた。

「それは当然でしょう。原籍を変えず、同じ業務を続けるのは、金融庁としても認めることができませんからな」

能呂もバクストンも、もっともな理屈をつけ社員や従業員の身分を早急に新法人に移すことを強く主張した。それをあっさり認める企業開示課長。その理由を訊かれ、企業開示課長はこう応えた。

「ご存知とは思うが、公認会計士法では当該監査法人の社員が処分の期間中および処分の一ヵ月前以降に当該監査法人を離脱し、他の監査法人の社員になることを禁じる規定があるからです……」

だから移籍を急ぐ必要があるというわけだ。何のことはない。先に結論ありき、の出来レースだ。さらに質問を重ねれば立派な大義名分を口にするだろう。

「顧客に迷惑をかけぬため」

しかし、籍を抜くことの意味を、あずみおおたかの執行部はもっと深く詮索し、異を唱えるべきであった。籍を抜くことは、事実上分裂の追認であるからだ。

「…………」

金融庁とのやり取りを唖然として見守るあずみおおたかの執行部。そこで知永課長は改めて確認を求めた。

「いくらか話が混線しているようです。これまでの話を整理すると、こういうことになりますかな。つまり……」

第一に新法人が引き受けるのは、国際業務と金融部。国際部はアカウント・グローバルとの業務提携にもとづき、在外邦人企業の監査および業務を引き継ぎ、これら業務を執行するため、監査第四部および六部と金融部の一部の社員（出資者）およびアソシエイト（従業員）が、あずみおおたか監査法人から離脱し、身分を新法人の「新生」に移籍するというわけだ。

知永課長は、そういう風な理解でいいのですな、と確認した。

「その通りです。間違いないです」

と、能呂がうなずいた。

「そうだとすれば、ですね……」

と、峰村が訊いた。

処分期間中に「新生」に移籍する社員の身分問題だ。その社員が移籍した新生では身分が従業員すなわちアソシエイトであったとしても、実態としては「社員」ではないか、と訊いたのだ。つまり業務停止期間中だけの従業員ということでは、公認会計士法が禁じる移籍にあたるのではないか、という疑義だ。

「それにもうひとつ……」

峰村は続けて疑義を提示した。

磐田・能呂合意では、別法人に業務を移管するのは、在外邦人企業の監査だけだ。しかし、いま議論しているのは、在外邦人企業だけではない。議論には、金融部や国際部の業務や、さらに四部および六部を含め移管する話が進められている。

「その通りです。それが何か?」

バクストンが平然と訊き返した。

みるみる、峰村の血相が変わった。

「移管は在外邦人企業の業務のみ。国内業務までを新法人に移管するのは、磐田・能呂合意の違約ではないか」

と語調を強めて糺《ただ》した。

知永課長は苛立ちを見せた。

「参考のために申しておきますが、新法人が処分逃れのため、その隠れ蓑《みの》に使われるのではないか、それでは困る。私どもが関心を持つのは、その点だけです。業務の仕分けには介入いたしません」

新法人設立に向け動く能呂ら。その肩を持つ金融庁。執行部の代表として金融庁のヒヤリングに出席したのだが、結局は筋書きを認めさせられただけだ。

知永課長は、さらりと話題を変えた。

「新法人はゼロからスタートするわけですから、やはり問題になるのは監査の質です。同じ失敗は二度と繰り返さない、その点、十分留意いただきたい」

知永課長は「新生」設立を、認めたという前提で話を先に進めようとしている。それにしても露骨だ。別名緊急避難会計事務所は既成事実として動きはじめている。

なぜ連中の肩を持つのか。金融庁の立場は明瞭だ。仮に行政処分を受け、その結果、市場に混乱が起きたとき、行政処分が妥当であったかどうかが問題になる。その責任追及を回避するため、処分の期間中も継続して監査を引き受けられる受け皿が必要だ。たぶん、それが新法人の立ち上げに肩入れする理由だろう。つまり新法人「新生」の設立を、認めるのは、官僚一流の用心深さからだ。行政処分を受けたのを奇貨として、アカウント・グローバルと共謀し分離独立を画策する能呂ら。要するに連中の利害は一致しているのだ。

――峰村は、金融庁の立場を、そう理解していた。しかし、同席した青柳は違った考えを持った。腑に落ちないことがいくつもあったからだ。彼も元官僚。官僚というのは、そう単純な人種でないのを知っている。青柳は峰村の袖を引き、耳打ちした。

「休憩を？」

峰村が小声でうなずいた。青柳はうなずき返した。

「少し休憩をいただきたい」

峰村は知永課長に申し入れた。

二人は別室に下がった。別室で二人を待ち受けていたのは磐田勇治だ。内外に引責辞任を表明している磐田だ。まだ理事長の肩書きは外れていないが、実質は無役。もう過去のひとだ。誰も寄りつかぬし、権力も行使できぬ立場だ。しかし、磐田はあずみおおたか監査法人に対する熱い思いを、いまでも持ち続けているのだ。その気持ちはいまも変わらない。

「先ほど坂井会長から電話があってね。今期決算をもって、監査業務を、他の監査法人に切り替えたいと申し入れてきた。丁重な挨拶でしたよ」

「坂井会長って、豊島自動車の坂井会長ですか。直接ですか。あの豊島自動車が……」

(なぜ?)

と、峰村は訊こうとしたが、言葉を飲み込んだ。いまさら理由など訊くまでもない。思い返してみれば、思いあたることがいくつもあった。たとえば、アルトマン会長が極秘で来日した事実。その目的が坂井会長と会談することにあったこともわかっていた。

会談の目的は、能呂らが設立する新法人の顧客として豊島自動車を取り込むためだ。そうであってみれば、アルトマン会長が業務提携先の理事長に対する挨拶も抜きに逃げるように帰国したのも当然だ。

いや、ちょっかいを出したのは、豊島自動車だけではない。東洋製鉄、大日電気、関西家電、三友菱田銀行、増岡証券など、そのとき、アルトマン会長はあずみおおたか監査法人の十指にあまる有力顧客を回っていた。いずれも国際的に名の知れたグローバル企業ばかりだ。豊島自動車が動けば、大手の大半は右にならえで追随するのは目に見えている。

それればかりでない。たとえば「アドバイザー」の資格で東京本部に派遣されたバクストンの奇妙な動き。金融庁との秘密の接触。それらの動きは青柳を通じて報告を受けていた。しかし、対応を怠った。怠ったというよりも今日の事態に立ち至るとは、想像の外にあったのだ。いずれもきちんと情報を照合しておけば、なんらかの手は打てたはずだった。

「危機管理を統括する責任者としては、迂闊といえば迂闊でした。申し訳ない」

峰村は、そう詫びた。

「そう――。いまになって思えば、思いあたることがいくつもある。しかし、峰村さん、それは君の責任じゃない。僕が負うべき責任ですよ。見誤っていた。ビジネスというのを米国流に理解すれば、勝った者が正義というのなら、アルトマンは自分の正義を貫いたことになるわけだね。そして僕は負けた」

磐田はそう言って笑った。

最後まで信じようとしていた磐田は、土壇場でアルトマンに裏切られ、あげくに引責辞任に追い込まれた。派閥を作り、拡大路線を追求し、その結果甘い監査が横行し、いま磐田は粉飾見逃しの遠因を作った、と非難される立場に立たされている。まことに不名誉という他ない退任だ。

「話は変わりますが……」

そこで峰村は知永課長から受けているヒヤリングにつき経過を報告した。そして磐田の意見を聞いた。磐田に理事長として礼を尽くすのは峰村ぐらいなものだ。磐田は意見らしいことは、口にしなかった。言ったのは、ただ一言だけだ。

「もう分裂は避けられないね」

「…………」

「予想されるのは顧客の奪い合いですか」

峰村が言った。

「そして引き合戦ですか……」

青柳は皮肉を言った。

「それが一番困る。しかし、いまの僕の立場じゃ、残念ながらもう何もできない。ただひとつだけやっておかなければ……と、思うことがあってね」

磐田は、そう言って目を閉じた。

「青柳君、君の意見は？」

峰村が訊いた。

意見なら山ほどある。しかし、いまやらなければならないのはひとつだけだ。それは、覚悟の問題と言った方が、わかりが早いかもしれない。ともかく連中は新監査法人「新生」の設立を既成事実化した現在、次に仕掛けてくるのは顧客の獲得だ。彼らも必死だ。激しい攻勢・攻撃が予想される。防戦を躊躇すれば、あずみおおたか監査法人は解体される。躊躇なく戦うこと、いま必要なのは、その覚悟ではないか、と青柳は言った。

「覚悟は大事だよ。しかし、青柳君。物事は落ち着くところに落ち着くものだ。能呂君はある種の理想主義者。彼には監査法人を経営する理想というものがある。彼が差配できるのは、せいぜい数百人……。その意味ではアルトマンは能呂君を見誤っている。彼が目指すのは、決して大所帯の監査法人を創ることじゃない」

「どうして、そう思われるんです?」

青柳が訊いた。

応えたのは、峰村の方だった。

「能呂君の先輩に三好さんという会計士がいてね。彼は三好さんのもとで働き、会計哲学を学んだ。三好さんの主張は、規模よりも専門性を重視する哲学だ。そういう哲学を、能呂君は自分が差配する監査法人で実現したいと考えているんじゃないかな」

なるほど――と思えるところがある。

峰村も能呂も、同じ大鷹出身。長く一緒に仕事をし、能呂を見てきた結論だ。磐田も同じ認識のようだ。同意するという風に大きくうなずいた。

「能呂君の動きも心配だが、もっと心配なのは同業他社の動きだ。あずみおおたかが分裂の危機に瀕しているとき、この混乱を奇貨として同業者がどう動くか。警戒しなければならないのは、そっちの方だ」

磐田が言った。

監査法人業界は、寡占化の時代に入っている。あずみおおたかを含む大手四社で上場企業の八割を制している。優劣を決めるのは規模だ。規模こそが優劣の分かれ目となる。それを磐田はいまでも信じ、自分の経営方針は間違っていなかったと考えているようだ。その将来はどうなるか。

やがて監査業界は三社体制となり、そこに準大手七社が連なり、中小監査法人は系列化され、最終的には、国際的な系列・提携関係に組み込まれていくというのが、磐田が描く将来の見取り図だ。

この五、六年の間、監査法人は、合併・吸収統合を重ねながら、現実は磐田が描く方向に動き始めている。すなわち監査寡占化の方向だ。その意味で磐田には、先見性があったと言えるだろう。

「ところで、あの記事を読んだかね」

磐田は話題を変えた。

「あの記事といいます、と?」

「毎朝のコラムだよ。イニシャルYが書いた記事だ。評判を呼んでいるらしい。この間鳴井さんに会ってね、そのとき鳴井さんは言っておられた。金融庁のやり過ぎ、それをとがめられる空気を作ったのは、あの記事だ、と。流れが少し変わるかもしれんな……」

(由美子の記事が……)

青柳はこそばゆいものを背中に感じた。

「さあ、それでは……」

と、二人は磐田を残し、別室を出た。三十分後ヒヤリングは再開された。

4

そこは千駄木の「にしくぼ」だった。にしくぼを訪ねるのはひさびさだ。このところ超多忙で、にしくぼの暖簾《のれん》をくぐるのは本当にひさしぶりだった。ヒヤリングから解放されて、ホッとした気分になった。ちょうど根津のあたりに差し掛かったときだった。

「今夜はどうだい？」

峰村が車中で盃を上げる仕草をした。いいですね、と青柳が応えた。峰村は車を千駄木で止めさせた。先月峰村は筆頭理事に就任したばかりで、内規で筆頭理事には専用車がつく。運転手にごくろうさま、もう帰ってもらって結構ですから、と告げて、二人は谷中の方向に向かった。他人には寛容だが、峰村は公私混同を極端に嫌い、私用で専用車を乗り回すようなことはしない。いまはプライベートな時間だ。それで車を帰したのだ。

三ヵ月ぶりか……。いや、もっと来ていなかったかもしれない。いらっしゃい、と女将《おかみ》芳子の威勢のいい声が二人を迎えた。芳子の声を聞くと、不思議と元気が出てくる。二人はカウンターの奥に座を占めた。

峰村は酒が強い質ではない。それでも飲み屋に通うのは、飲んでいる雰囲気が好きだからだ。だから酒は何でもいいらしい。例によって酒の肴《さかな》を芳子にまかせ、注文したのは、「いわみず」自慢の芋焼酎だ。もちろん、いわみずから取り寄せるように薦めたのは青柳だ。客の評判も上々らしい。月に十数本は出ていると、この店の主人健三が言っていたから、本当なのだろう。

奥座敷が賑やかだ。奥座敷では街の旦那の寄り合いのようだ。そろそろ諏《す》方《わ》神社の秋祭りの準備に入る季節だ。その相談の寄り合いらしい。聞き覚えのある声がした。振り向くとヨッちゃんだ。

「久しぶりじゃないか。ちょっと痩せてしまったんじゃねえか。サービス残業で、ただ働きさせられたんじゃ、身体が持たんぜ。仕事はそこそこにしなよ」

いつものため口だ。ヨッちゃんは風体は強面だが、心根の優しい親方だ。きわどいため口をきいても、ヨッちゃんの言葉にはどこか温もりがある。

「どうだい？　その後何かあったかね」

「おかげさまで、何もありません」

「でも、ちょいっと、記事が出ていたね。あれでおしまいかい」

ヨッちゃんが訊いたのは、あのときのことだ。週刊誌記者につきまとわれたとき、追い払ってくれたヨッちゃん。対策を練る場を提供してくれたのも、ヨッちゃんだ。ヨッちゃんは実に面倒見のいい男だ。貸し借りでも、余分に返すのが常で、その分性格は大ざっぱだ。

「今夜は何の集まりです？」

「秋祭りの相談事よ。っていうのは口実で、飲み会っていうとこだ。よかったら、まざらんか。そちらさんも……」

ヨッちゃんが峰村に声をかけた。

「のちほど……」

「そうかい。席を空けて待っているよ」

そう言って奥に引っ込んだ。

二人はお湯割りのコップを上げた。

「あれが磐田さんの素地なんですかね。以前の磐田さんとは別人ですね。いまの磐田さんが好きです」

青柳が磐田の人柄を話題にした。

「両方とも磐田さんだ、と思う」

「両方とも？」

人間の評価は立場によって変わる。立場が変われば、違った評価が出てくる。自分の眼鏡《めがね》に合わせ、ひとを評価するからだ。拡大路線を批判する立場からすれば、許せない人間だ。第一に傲慢無礼。第二に権力主義者。第三に派閥抗争の元凶。第四に――と、いくつも罪状は上げられる。

「別な立場からすれば、こうも言える」

と、峰村は続けた。

今度の事件がなければ、あずみおおたか中興の祖と、称賛されたかもしれない。がさつに見えるが、彼は他人が考えている以上に繊細な神経を持ち、気配りもでき、大きな絵を描く能力もあった。派閥作りで非難はされたが、それも見方を変えれば、人好きだからともいえた。周囲にひとを集めるのは、生来が淋しがりやだからだ。ただし、人選が間違っていた。たとえば、村重正一のようなどうしようもない男を、そばにおいたことなどは責められるべきだ。

「傲慢に見えるのは、照れ屋だからですか？」

青柳がちゃかした。

「そうかも、しれないね……」

峰村はマジメだ。

「人事も割合公平だと思うよ」

「そうでしょうか……」

青柳は疑問をふった。優遇したのは出身派閥の安住派。対立する大鷹派の幹部を次々と粛清したではないか。

「いや、違うね。監査法人をどのように経営するか、経営哲学の対立と見るべきだ。いずれにせよ、立場の問題じゃないか。それが鮮明に出たのが能呂君との対立だ。あれは経営哲学の対立なんだ」

磐田が目指すのは巨大な監査法人。能呂は小さくても、専門性のある監査法人。両者の経営哲学は、水と油だ。たいていの会計士は自分でテリトリーを決め、その中で仕事をする。能呂の例でいえば、専門領域がそれにあたる。そういう仕事のやり方を否定し、現行システムを打ち破ろうとしたのが磐田だ。どちらが正しかったのかは、わからない。両方とも正解であり、正しかったのであろう。なるほど、そういうものか。立場を変えてみれば、そういう見方も否定できない。

「おまたせ……」

芳子が酒の肴を運んできた。

季節の野菜と薩摩揚げの煮付けはお通しだ。キスと穴子の天ぷら。手作り餃子。シヨウガとエシャロット。とりとめもない雑多な品揃えだ。それがにしくぼ流儀というものだ。

「無念だろうな……」

峰村がつぶやくように言った。今夜は珍しい。銀座のバーでは、薄いウィスキーの水割りを三杯ほどだ。それでも十分酔える峰村だが、今夜は四杯目のお湯割りを注文した。峰村はまた同じ言葉を口にした。

「無念だろうな」

磐田にすれば、道半ばだ。無念――。峰村が吐いた、その言葉に去りゆく磐田の思いが凝縮されているようだ。

ひとは時代の流れに翻弄される。時代の流れには抗《あらが》うことはできない。思えば、前任理事長の佐伯重郎は、いい時代に生きた。金融庁とは蜜月。金融庁の代理人のような役割を果たし、銀行潰しに一役買った。金融庁よりも権力があるように見られた。何しろ監査法人の同意なしには、有価証券報告書は法的意味を持たぬからだ。監査法人絶対の神話が生まれたのは佐伯時代だ。

しかし、時代は急展開した。時代が急展開を遂げたのは、磐田が経営企画室長に就任したあたりからだ。会計基準は米国式に様変わりし、たとえば、資産評価のやり方も、取得原価主義から時価主義に変わり、企業会計は複雑化してきた。時価主義とは、貸借対照表に載る資産および負債を市場価格で再評価する会計だ。

もともと時価主義は、企業が解散するときなど、資産および負債を、清算するときに使われた非常時の手法だ。その非常時の手法がなぜ企業会計に持ち込まれたかといえば、日本企業の強みである含み益経営をやめさせるためだった。

すなわち本来株主が受け取るべき利益が原価主義会計で隠されていると、外国人投資家が騒ぎ出し、これを受け米国側は、日米構造協議で日本政府に圧力をかけ、圧力に負けた日本政府が時価主義会計の導入を決めたという経緯がある。

つまり日本企業を弱体化させることになる株主優先主義への路線転換だ。ただし言い方は「グローバル化への対応」だった。そう喧伝したのは金融庁に巣くう市場原理主義者だった。しかし、時価会計の弊害が全く指摘されていなかったわけではない。

たとえば時価主義会計では、損益計算書に評価益という未実現の収益を認識してしまうため未実現の利益が配当や税金の形で社外に流出する。つまり未実現利益の吐き出しによって企業が丸裸にされる危険の指摘だ。利益の吐き出しと先食いを迫るのが時価会計だ。企業経営者は、目先の利益確保に走らざるを得ない。これが企業の体力を弱め、不況に入ればたちまち赤字に転落する。

「兼高の粉飾も、実は時価主義会計に遠因があったように思う。時価会計が導入され、あそこの経営者は焦っていたからな。それにしても、こんなめちゃくちゃな会計をやっているのは日本だけだ。時価会計を要求した米国ですら、こんな過酷な時価会計はやっていない。市場原理主義者や金融庁は米国のランニングドッグ……」

峰村は吐きすてた。

その会計上の難題《アポリア》をよくよく知っていたのが磐田勇治だ。別な意味で能呂も、その矛盾に気づいていた。それが別法人立ち上げの動機付けになったのであろう。二人の関係は表と裏――。

「しかし、ひとつだけ二人には、大きな違いがあった。磐田さんには、愛情があった。あずみおおたかに対する愛情が……」

「愛情ですか」

青柳にもわかっていた。あずみおおたかに対する愛着と執着――。そのあずみおおたかから、責任を負わされ去る。無念な気持ちが痛いほどわかる。彼には、何もかも失うに等しいからだ。

「そりゃあ、そうだろうよ。あのひとにはあずみおおたかしかなかったんだから。磐田さんは、謀略をもってしても、あずみおおたかの理事長の椅子が欲しかったんだね。彼の不幸は、理事長になることが目標で、理事長になって何をやるのか、考えていなかったことにあるような気がする」

他人が聞けば皮肉だ。しかし、峰村は皮肉を言っているわけではない。理事長の椅子にもっとも近い人物。峰村はそう見なされている。その分だけ、シリアスに物事を考えざるを得ない立場だ。辛辣な言葉が出てくるのはそのためだ。

時価会計が導入されたときから、いまの事態は予想されたのだから、拡大路線を軌道修正し、引き締めにかかるべきだった。磐田はそうはしなかった。峰村は、それができるかどうか、自分に問いかけているのだ。

「人間は万能ではないからな……」

峰村はひとりごちた。

そして黙り込んだ。どういう姿勢で経営にあたるのか、峰村はそれを考えている風だった。いや、それよりも、行政処分が発令されて以後の、動揺する社内を落ち着かせ、どうやってあずみおおたかの再建を図るのか、そのことで頭がいっぱいなのだ。

青柳には気がかりなことがあった。気がかりなことというよりも、それは疑念と言った方がいいかもしれない。

能呂らがアルトマン会長と連携し、動いていることはわかった。受け皿の必要を主張したのも、それが口実にすぎないということはわかっている。金融庁と裏取引した疑いも濃厚だ。しかし、アルトマンがなぜ能呂と組むのか——。受け皿「新生」は、まだ未知数の監査法人だ。数百人程度移籍しても、たかが知れている。アカウント・グローバル会長の立場なら、提携をリスクと見なすのが至当というものだ。能呂と組むこと、そこにどんな利益があるのか、それがよくわからない。

「峰村さん……」

「うん？」

酔ったのか、峰村はボンヤリしていた。立て続けに三杯。いわみずの焼酎は、高いアルコール度数だ。酔って当然だ。峰村は顔をピシャリと叩き、青柳の話に聞き入った。

「そこだよ、そこ……」

峰村も同じ推理をめぐらしていた。何のメリットも見出せない、能呂らの「新生」となぜ組むのか——。金融庁が裏取引してまでなぜ連中の肩を持つのか。

「青柳君、すまないが調べてくれるか」

「わかりました、やってみます」

この疑問を持ったときから、そのつもりでいた。峰村がトイレに立ったとき、奥座敷の襖《ふすま》が開きヨッちゃんが顔を出した。

「難しい話はすんだかい？」

「はい、どうにか」

「ウチらとまざれや。遠慮はいらない」

「どうします？」

トイレから戻った峰村に訊いた。

「迷惑じゃなければ……」

と、峰村は快く受けた。席を奥座敷に移した。旦那衆が十人ほど。いずれも顔見知りばかりだ。場を仕切っているのは、やはりヨッちゃんだ。こちらの方は——と、峰村を紹介した。二人は幾度か顔を合わせている。女将が膳の用意をする。部屋の中にはもうもうと煙草の煙が立ちこめている。あらあら、と女将は窓を開けた。窓の外は路地だ。いまが盛りのアジサイが、外灯に照らし出されている。

「監査法人っていうのは、何を売る商売なんです？」

本気とも冗談ともつかぬことを、いきなり訊いたのは、八百屋の主人トモさんだ。笑顔の絶えない丸い顔に突き出た腹。落語家の誰かに似ている。実際トモさんは落語好きで自宅を開放し、ときおりお気に入りの落語家の独演会などを開く好き者だ。

「難しいですな。一言で言うのは……」

酔いの勢いもあり、今夜の峰村はのっている。ヨッちゃんが旦那衆を次々に紹介していく。いずれも街の世話役だ。

「私どもは、御徒町《おかちまち》で宝石の商いをやらせてもらっております生方《うぶかた》と申します。住まいは牛込千駄木なものですから諏方さんの氏子なんです。そうね。江戸期から先祖が住んでいますから、かれこれ二百年近くはお世話になっている勘定ですな」

二百年？　真か嘘か——。神妙な顔で名乗りを上げられると、本当のように思える。しかし、上野で宝石の商いをやっているというのは事実だ。年の頃は六十代半ばというところだろうか。如才のない態度・物腰は、やはり宝石商の風だ。

「お金持ち相手ですか、商売は？」

峰村が訊いた。

「いやいや、普通のひとばっかりですよ。婚約指輪とか結婚指輪とか、そういうのが中心の商売ですよ」

「売れ行きはいかがです?」

貴金属の値上がりは、数年前から続いている。最近はバブルの様相だ。プラチナなどグラム三千円程度だったのが、三倍近くの八千円台だ。さぞかしと思いきや、

「それがさっぱりでね。消費が伸びない」

との答えだ。

貴金属の高騰は、もちろん誰かが買い占めているからだ。石油も穀物も……。金やプラチナは格好の投機対象だ。しかし、それでも消費は伸びないという。

「逆転現象が起こっているんです」

「逆転現象?」

「そうです。貴金属の卸業者は国際相場があまりにも高いものだから、仕入れることができず、困っている。私どもの方は、個人消費が伸びず困っている。そういうことで、ショーケースに並ぶ商品を卸業者が買い取り、溶かして原料に戻すなんていうことをやっている。こういうのを逆転現象というんでね」

「…………」

市場原理主義が、こんな形で浸透しているとは想像の外だった。どこかユーモラスな話だが、彼らには深刻な事態だ。

「まあ、暗い話は、それぐらいにしや」

と、ヨッちゃん。

ヨッちゃんの音頭で、再び乾杯！　を繰り返し、座は秋祭りの話で盛り上がった。

青柳は時計を見た。午後十一時近くだ。

帰り道、峰村は言った。

「あそこには生きた経済がある。われわれは何をやっているんだろうね……」

第七章　暴走する市場原理主義

1

夏日の太陽がじりじりとアスファルトを焼いている。青柳良三は東興キャピタルが本社を構える新橋のタワービルの前でタクシーを止めさせた。車を降りると、ムッとした熱気が全身を包んだ。

逆転現象——。あの夜、千駄木の旦那衆生方から聞いた話から、ひとつの示唆を得た。視点を変えてみる必要があると感じたのだ。

「大槻さんをお願いします」

東興キャピタルの総合受付のカウンターに立ち、面会する相手の名前を告げた。受付嬢は派遣社員らしい。いま、どの企業も、こういう大事な仕事を派遣社員に任す。

ときおり、大丈夫だろうか、と不安に思うことがある。受付は外部世界との重要な接点であるからだ。受付嬢は、端末のキーボードを叩きながら、どちら様ですか、と訊いた。

「あずみおおたか監査法人の、青柳と申します」

「お約束はいただいておりますか」

「はい、午後二時に……」

受話器を取り上げ、電話の向こうと話をしている。いま参ります、あちらの方でお待ちくださいい、と受付嬢はカウンターの向こうを指さした。

広いロビーだ。ロビーの片隅に接客用のソファが置かれていた。待たされることなく面会を約束した相手は現れた。大槻信夫、と名乗った。企画室室長代理というのが彼の肩書きだ。企業の長期経営計画を策定するセクション——と対外的には説明しているが、実態は何でも屋だ。企業が抱えるもめ事の処理や役所との折衝などだ。たとえば、裏広報などというのも仕事のひとつだ。

ビジネス世界ではお決まりの、名刺交換を済ますと、大槻信夫は二階の接客用の個室に案内した。ややぎこちないやり取りは、初対面だから仕方がない。こういうとき、共通の話題があれば話は弾む。たとえば、大学が同じで、ゼミの先輩・後輩であるとか、そういう類《たぐい》の共通の話題だ。生憎、二人の間に共通の話題はない。

「だいぶオタクの株価が下がっていますね」

青柳はいきなり訊いた。

「ご存知の通りです。例の事件の影響かと思っています」

「下落の原因は、それだけですか」

「はっ？」

大槻の顔に剣呑《けんのん》な色が浮かんだ。

初対面の相手だ。聞きようによっては、いいがかりのようにも聞こえる。あずみおおたかは監査を依頼する大事な取引先だ。大槻はすぐ気を取り直し、どういう意味です？　と訊いた。大槻は四十を越え、いま管理職の地位にある。海千山千の証券業界で鍛えられてきただけに如才がない。

「いきなりで失礼しました。少し説明をさせていただきます。実は……」

と、事情を話した。

株価が急落した理由——。確かに粉飾決算の疑いが浮上したことが、もっとも大きな理由だろう。しかし、それだけか。そう考える理由を青柳は話した。つまり株価を引き下げる、他の因子が働いていなかったか、そういう疑問だった。株価引き下げを工作し、下げ止まったところで安値買収するやり方だ。そういう類の外部因子だ。

「わが社を買収ですか。いまそういう話は出ていませんが……」

大槻は疑義をあっさりと否定した。

「そうですか……」

すぐに答えが得られることを、期待していたわけではない。それはわかっていた。水面下で行われるのが企業買収だ。買収のターゲットになっている当事者ですら、その直前まで気がつかずにいるのが普通だ。

青柳は粉飾決算自体を、疑っていた。一連の会計処理が粉飾・利益隠しといえるかどうか、そこが問題だと思っている。株価が下落したのは、粉飾決算が露呈し、信用が台無しになったからだ。そして、経営危機が表面化し、再建に手を焼いているとき、颯爽と救世主が登場するという仕掛けだ。

逆転現象——。

粉飾が露呈したから株価が下がったのではない。株価を下げるため、粉飾を言い立てたのではないか。つまり、事態をそう読み替えるならば、これは偽装された株価操作ということになる。逆転現象という言葉から、連想的に出てきた推論だ。それは、大きな何かが動いている——ことに重なる。

しかし、青柳は初対面の相手にすべてをさらすつもりはない。東興キャピタルが、そうした疑いを抱いているかどうか、それを確かめるため、訪ねたのだ。

「買収ですか。買収ね……」

大槻は先ほどと同じ言葉を繰り返し、自問している。心当たりが全くないという風ではない。彼は対外折衝の窓口だ。企業買収の動きがあるなら、大槻は社内でも、もっとも早く情報を得られる立場にある。

ストライプの上質な背広。ブランド物のネクタイ。髪は七三に分け、寸分の隙もない身だしなみ。大槻は足を組み、ややくつろいだ態度で考えている。

「そういう情報があれば、まず最初に私のところに入ります。しかし、すべての情報を把握しているかと訊かれれば、そうです、とは申し上げにくい。世の中の動きが激しいですからね。ある日、突然、なんていうこともありうるわけですな……」

企画室は企業内の触角と位置づけられている。そのアンテナは万全ではない、と率直に認める大槻。大槻は逆に訊いた。

「企業買収――。そう思われる根拠でもあるんですか。教えていただきたいのですが」

青柳は当惑した。

まだ推論の域を出ていない。言ってみれば想像の世界を浮遊しているだけのことで具体的な証拠を固めているわけではない。それでも確信に近いものを感じている。その確信に近いものを話してみようと思った。

「粉飾決算のことです」

「ご迷惑をおかけしました。磐田理事長のアドバイスを受け入れておれば、こんな無《ぶ》様《ざま》なことにはならなかった」

「いや、そうではなくてですね。あの粉飾疑惑自体がフレームアップじゃないかということです」

「フレームアップ？　でっち上げだとでも？　それと株価の話がどうつながるんですか……」

大槻はそこで言葉を飲んだ。彼は自分が吐いた言葉から、あることに気づいた風だ。

「奇妙なことがひとつあります」

と、大槻は続けた。

「奇妙なこと、とおっしゃいますと」

大槻は答えた。

「奇妙という他ないのですが、奇妙な売り買いが続いているんです」
「オタクの株ですか」
「そうです。ご承知のようにウチの株は、急落していますね。しかし、細かく見ていくと奇妙な動きがあるんです」

つまりこういうことだ。これで底をついたなあ、と思う頃に買いが入る。さらに下落を続け、また底をつくと、買いが入る、そういう動きだ。もちろん、支配権におよぶような売り買いならば、対抗するだろう。それに大量買いとなれば金融庁に対する報告義務が生じ、相手の正体が露見する。それほどの買いはなく、いずれも小さな動きだから、気にとめてはいなかったというのである。まあ、株価とは、そういうものだといえば、そういうものである。しかし、言われてみれば奇妙な動きだ。

(便乗……)

ということも考えられる。つまり東興キャピタルの株価下落を事前に知っていた何者かが売り買いを繰り返しているという疑惑だ。そうでなければ説明のできない動きだ。しかしそれは本筋とは違う動きだ。この場合の本筋とは、粉飾疑惑をフレームアップし、東興キャピタルを追い込むことだ。そうやって東興キャピタルの体力が落ちたところを買いたたく。

「…………」

大槻はしばらく考えていた。

「大胆な仮説ですな。しかし、金融・証券は戦国時代。何があってもおかしくない。貴重な情報をいただきました」

大槻は小さく頭を下げた。

「投機筋は特定できているんですか」

「わかっています」

そして上げたのがグレートマン・ブラザーズの傘下にあるファンドの名前だ。通称GBと呼ばれるグレートマン・ブラザーズは、国際的な巨大金融資本だ。中国市場やアジア市場を狙いにアジア戦略を展開していることでも有名だ。アジア戦略の拠点を、日本に確保したいと考えるのは当然だ。それが東興キャピタルか……。そのファンドは、GBの指令を受けて動いているだけのことで、ダミーだろう、と青柳は思った。

小口の売り買いを繰り返すGB傘下のファンド。そうすると、これは便乗じゃない。本体が動いていることになる。その狙いは、やはりアジアの拠点づくりか。それで東興キャピタルが狙われた？

のですが……」

「しかし、売り買いはたいした規模じゃないものですから。それで傍観を決めていた

思いがけない収穫だった。まだ十分な証拠とはいえないが、傍証は固められる。

「ありがとうございました」

青柳は立ち上がった。その青柳を、大槻が引き止めた。

「ひとつお訊きしたいことがあります」

「何でしょう？」

「いまの話は、オタクが受けた業務停止処分と関係があるんですか。いや、そういう風に考えるのは、金融庁の態度がいやに強硬なもんですからね。それにしても、重い処分ですよな。業務停止処分とは、法人には死刑判決も同じですからな……。それで再調査をなさっていると？」

「処分との関連ですか。関係があるといえば関係があります。兼高のケースは別ですけれどオタクの場合は違いますからね。議論の余地があるのに金融庁が粉飾決算と決めつけた根拠を、はっきりさせたい、そういう意味での再調査です」

「やはりオタクも、そう考えておられるのですね。私どもは、長い物には巻かれろ、そういうことで、修正申告に応じることにしたわけです。私どもに協力できることが

あれば遠慮なくおっしゃってください。できるかぎりの協力をさせていただきます。もっとも、これは私個人としてですが……」

大槻も金融庁のやり方に疑問を感じているのだ。大槻はエントランスまで見送った。

「よろしくお願いします」

二人は情報交換を約して別れた。

東京本部——。

青柳良三は、東京本部に戻ると、すぐに峰村義孝の執務室に入った。峰村は部下と用談中だった。気を利かせたのだろう。打ち合わせを終えると、部下はすぐに部屋を出ていった。

「中間報告として聞いてください」

青柳はこれまで調べたこと、そこから浮かび上がった疑問点を整理して話した。

「GBか……」

何か思いあたることがあるようで、峰村は机上のパソコンから、データベースを引き出した。しばらく検索を続け、コピーを出力した。これ見てよ、とコピーを渡した。それはアルトマン会長の経歴書だった。

「彼はＧＢ出身ですか」

青柳は驚き、思わず峰村の顔を見た。

偶然か――。偶然にしては興味深い符合である。アカウント・グローバルは独立系の監査法人とされている。あずみおおたかと同様に合併統合を繰り返しながら巨大化した監査法人だ。アルトマンは合併統合を繰り返す、この監査法人とともに歩んできたと思いこんでいた。だから彼の経歴に関心を持つことはなかった。独立した監査法人を創業するまでは、すなわち会計士の世界に足を踏み入れるまでは、ＧＢで要職を占めていた。出身のＧＢといまでも人的な繋がりがあると見ても少しもおかしなことではあるまい。

「よく調べたね。東興キャピタルに関心を持ったのは、なぜだい？」

「結果と原因を逆転させて考えてみたんですよ。例の逆転現象がヒントです」

「逆転現象？　卸業者が小売業者から商品を買い取るという、確か生方さんが言っていたことか……」

「そうです。われわれが狙われたのではなくて、東興キャピタルが狙いだった。そういう風に結果と原因を逆転させて考えると、別なストーリーが浮かんでくる。つまり東興キャピタルを追い込む……」

「安く買収しようというわけだね。なるほどね。だが……」

しかし、この推論には、いくつか弱点が残される。ひとつは兼高の粉飾決算と関係するのか、しないのか。もうひとつは、仮に東興キャピタルの買収が目的であったとしても、なぜそんな手のこんだ、やり方をするのか。推論が正しいとすれば、これは陰謀だ。金融庁の関与があったのか。行政がそんなことに手を貸すのか。

峰村は、その点を指摘した。

「わかっています」

推論の域を出ていないことをだ。しかし、疑惑は濃厚だ。つまり巻き添えだ。そう思うのは峰村も一緒だった。とはいえ、手元に集まっているのは傍証だけ。

「もう少し証拠を集める必要があるね」

執務机の電話が鳴っている。

電話を受ける峰村の表情がたちまち険しくなった。また悪いニュース？　磐田が退任を表明して以後、社内は無政府状態だ。溜池衆は露骨に顧客獲得に動き始めている。たぶんそういう類の情報が入ったのだろう。

「何です？」

電話を終えた峰村に訊いた。

「もう投げ出したいね」

峰村は初めて弱音を吐いた。弱音というよりは、それが本音であろう。その気持ちはわかる。監査法人というのは、個人事業主の集合体のようなものだ。それぞれは、疑心暗鬼を募らせながら、勝手を言い、自分の都合だけで動き始めている。辛《かろ》うじて組織が維持されているのは、まだ峰村ら幹部が重しになっているからだ。いま峰村が投げ出せば、確実に組織は瓦解する。ましてや次期執行部を選ばねばならぬ微妙な時期だ。

「そういう発言は控えてください」

青柳は諫《いさ》めた。

「わかっているよ」

溜池衆が騒動を起こしているのか。溜池衆は執拗だ。じゃあ、頼んだよ、そう言い残すと峰村は急ぎ執務室を出ていった。

部内調整——。

峰村の肩に重くのしかかっている。もめ事の調整は、どのようにジャッジしようが不満続出だ。だからといって足して二で割るような調整をやるわけにもいかない。それは執行部の内部においても同じことで組織は末期症状を呈している。

臨時の評議員会が開かれた。修羅場だ。理不尽にも峰村は責められる立場だ。もはや事業主の集合体としての体すらなしていない。しかし、責められる峰村は、我慢強く、責める側の主張を冷静に聞いている。いま気勢を上げているのは反溜池派だ。

「連中に勝手を許しているのは、執行部が断固とした態度をとらないからだ。連中を即刻追放すべきだ」

常に強硬意見が場をリードする。声が大きければ大きいほど、説得力を持つように錯誤されるのだ。困るのは反溜池派。溜池派に対する反発は感情的だ。感情的だから、冷静な対応に欠け、感情的になればなるほど事態は紛糾するだけだ。

（もはや分裂は避けられない……）

峰村は腹をくくっていた。

しかし、傷口を拡げてはならぬ。気を落ち着けて。何度も自分に言い聞かせ、反溜池派の意見に耳を傾けている。反溜池派の急先鋒が主張するのは断固とした処分だ。その主張には一理あると、峰村は思っている。しかしいまは辛抱だ。

（この世で一番強い人間とは、孤独で、ただひとり立つ者なのだ！）

孤独――。峰村は近代演劇の父とも呼ばれているノルウェーの劇作家イプセンの言葉を噛みしめた。あの強気な磐田ですらも我慢を通したのだから、自分にできないはずはない、そう自分に言い聞かせた。

2

東興キャピタルは、須々田《すずた》常務ら粉飾に関与したとされる幹部が事件の責任を取り、辞任すると発表した。同日、西村社長も引責辞任した。

事件発覚から半年——。

辞任のニュースは小さな扱いだ。マスコミは底意地が悪い。辞任だけで責任を取ったことになるのか、と追い打ちをかける。意味があって書いているのではない。こういう記事を書くときの慣用句なのだ。しかし、関係者が、それをどういう気持ちで読むのか、記者たちには考慮の外だ。

あの記事を書いてから、由美子のもとにさまざまな意見が寄せられていた。称賛する者もあれば、こき下ろす者もあった。悪事を暴露し、権力を糾弾するのがジャーナリストの仕事じゃないか。犯罪者の肩を持つとは何事か——と。そうした中傷は、経済部の方からも聞こえてくる。

この場合、誰が犯人なのか。由美子にはその特定が難しい。時代の空気？　金融庁も検察庁も、時代の空気に流される。厳格監査は時代の空気だ。情報公開も、時代を支配するキーワードだ。もうひとつのキーワードは透明性の確保。監査法人は市場の番人などと持ち上げられた。市場の番人などというのは持ち上げすぎだが、それも許容される時代の空気のせいだ。

その時代の空気に逆行するものはすべて断罪される。市場を混乱に陥れる粉飾決算など論外だ。粉飾決算は社会的制裁を受け、刑事罰を受ける。関与した者は要するに犯罪者だ。金融庁も検察庁も、時代の空気に機敏に反応した。そして粉飾に関わった者たちを逮捕した。

（でも、変だわ……）

時代の空気というのは、うつろい易く操作されやすいものだ。職業的経験から、由美子はわかる。その時代の空気は操作され、人為的に作り出されるもの。時代の空気を、操っているのは誰なのか。いるとすれば、連中が本当の意味での犯人？　思いあたるのは、市場原理主義者の存在だ。厳格監査、情報公開、市場の透明性、市場の番人――などなど、時代の空気を培養するキーワードを、マスコミの世界に氾濫させたのは連中だからだ。

農水省の記者クラブから帰社し、由美子は談話室に足を運んだ。由美子を待ち受けていたのは、地方支局から上がってきて、一ヵ月もしないうちに、たちまち東興キャピタルの粉飾決算をスクープした件《くだん》の記者だ。

「お待たせ」

件の記者は坂巻といった。やや太り気味で精力的な印象を与える男だ。鼻に脂汗を浮かべ、自分もいま来たばっかりですよ、と屈託なく笑う。コーヒーが運ばれてきた。

「で、なんだい、話って?」

カップをがちゃがちゃいわせ、せっかちにコーヒーを飲み、坂巻は訊いた。悪い印象の男じゃない。でも、女には好かれないタイプかも。第一、気忙しくて余裕がない。由美子が注文したのは紅茶。紅茶を一口すすってから訊いた。

「あのね、東興のことだけど」

「うん。処分が決まったようだね。西村社長も引責辞任。まあ、ことの重大性からいえば当然だろうな」

坂巻は感想を述べた。意味のある感想とはいえないが、自分がスクープしたことで関係者の処分が決まり、そのことに満足しているような口ぶりだ。

「坂巻さん。あれって、どこがソース？」

情報源のことだ。

「おまえさんも、わかっているだろう。同僚に対してもソースを明かさないのがルールってこと。野暮はなしだ。でもなんでまた、そんなことに関心を持つんだい？」

訊かれれば、訊き返す。新聞記者として身につけた作法だ。意外に反応が早い。由美子は論点を変えた。

「適正であったかどうか、議論があったことは知っていますよね。東興は会計処理は適正だったと主張していた……」

「けど、結果は不適正であった、と認めたじゃないの。東興経営陣が……。その上で決算を修正した。それで決着した、そうじゃなかったっけか」

坂巻は鼻をふくらませた。スクープにイチャモンをつけられた、そう誤解したようだ。

「正確にいえば、こういうこと」

それは東興の経営陣が、記者会見で明らかにしたことだ。つまり、会計処理は適正だったが、元本の書類にミスがあり、そのために修正を余儀なくされた。書類のミスとは、金融庁が言う例の日付改竄《かいざん》のことだ。日付改竄の認識はなかった。しかし、金融庁の指摘があった以上、指導に従わざるを得ないのが自分たちの立場。したがって、会計処理は適正であったといまでも信じている、と。以上が東興キャピタルの主張だ。

「しかし、全面降伏しているよね」

「それには理由があるわ」

「理由?」

金融庁は西村社長の記者会見での発言に激怒した。検察庁も動き出した。もちろん金融庁の通報を受けてのことだ。証券取引等監視委員会も、調査に乗り出した。国会では野党が集中審議を要求した。東興の関係者を国会に招致し、真相を解明すべきだと騒ぎ出したのである。

「書類上の単純なミス?」

そんなバカなことがあるか、と誰かが言い出した。疑惑が増幅されて、包囲網が固められていく。事態を悪化させたのは、会社幹部が給与の一部返上を公言したことだった。

「おかしいじゃないか」

会計処理は適正だったと言いながら、給与を返上するとはどういうことか。そこから東興経営陣の進退問題が出てきた。特捜部が関係者から事情聴取を始めるらしい、経営陣の逮捕もありうる、そんな情報が流れ出した。

「西村社長に、事情聴取？」

東興経営陣を震え上がらせるに十分な情報だった。連結外しは認められない、というのが国家意志だ。強気を貫く覚悟を決めていた西村社長も揺らぎ始めた。東興の経営陣がもっとも恐れたのは、事件が長期化することだった。長期化すれば、信用が毀損されるからだった。こうなると、会計処理に瑕疵《かし》があったかどうか、それは二義的な問題になる。しかも株価は急落している。

「東興が全面降伏せざるを得なかったのはそういう事情があったからなの」

「ふん、なるほどね」

決定的だったのは、東興が上場廃止の瀬戸際《せとぎわ》まで追い込まれていたことだ。不正会計処理は組織ぐるみではなかったかと、証券取引等監視委員会が言い出したからだった。その言葉の持つ意味は重大だ。不正行為が組織ぐるみだったとすれば上場廃止の処分だ。経営者が震え上がるのも当然である。

「フレームアップというわけ？」

「そこまで言えないけれど、その疑いは濃厚だわ……」

坂巻は考え込んでいる。

「ウチが火付け役だからな。それでソースが知りたいというわけだな」

「そういうこと」

坂巻の態度は考えあぐねているというよりも思いあたることがあるという風だ。同僚といえども情報ソースは明かさない、それは建前にすぎない。しかし、坂巻の立場は微妙だ。由美子の話が事実なら、坂巻はフレームアップの片棒を担がされたことになる。せっかくのスクープが台無しだ。そのことが坂巻を躊躇させている。

「まあ、いっか。でも、これは社会部長には絶対内緒だよ」

社会部長に内緒にって？　どういうことかしら。坂巻は続けた。

「実は、週刊誌の記者からもらったネタだ」

「週刊誌の記者！」

由美子は驚いた。全く想像外だ。見当をつけたのは、役所か金融関係だった。それが週刊誌の記者とは……。

偶然――。そういっていいかどうか。居酒屋で隣り合わせた男が件の週刊誌の記者だった。最初は世間話に終始していた男が、名刺を取り出した。

「週刊二十一世紀の記者なんです」

と名乗った。

メディアは違うが、同じジャーナリスト仲間だ。話は盛り上がり、居酒屋から席を移してバーに入った。もちろん、その男が案内した店だ。高級とまではいえないが、そこそこの洋酒をそろえている。

「週刊誌なんかにいると、腐ってしまいますよな。せっかく面白いネタをつかんできても上の気分次第でボツですからな」

酔うほどに男は仕事の不満を漏らした。最初はサラリーマンなら誰でも抱く愚痴と思っていたが、どうやらそうではないらしい。つかんできたネタがボツにされたというのは本当のようだ。しかも大ネタだ。男はカウンターを拳《こぶし》で叩きながら言った。同業として、その悔しさはわかる。

「何ですか、そのネタっていうのは？」

思わず訊いた。

「東興のスキャンダル。東興キャピタルの不正経理。証拠を固めたのにな……」

男は無念げにうなった。

記者根性というのは汚いものだ。メラメラと燃え上がったのは、そのネタをいただけないかという記者魂だ。いや、助平根性というべきかもしれない。何せ、他人が掘り起こしたネタをそっくりいただこうという魂胆なのだから。東興キャピタルといえば三指に入る証券会社。しかも旧三信財閥の系譜にある名門だ。その東興のスキャンダルである。これは買いだ。

「少し話を聞かせてもらえるかな」

苦労の末につかんだ大ネタだ。渋るかと思ったが、案外滑らかに話し始めた。

「手口が込んでいてね」

要するに、子会社を通じた利益隠しの疑惑だ。ベンチャーキャピタル条項なんていう聞いたこともない用語も出てくる。社会部の記者には難解だ。話を聞いているうちに、これはモノになると確信した。

「問題はエビデンス……」

つまり証拠がなければ、いくら疑惑が濃厚でも書くわけにはいかない。風聞だけで書けば名誉毀損で訴えられる。裁判になったとき挙証責任は書いた側に要求される。このところ名誉毀損の裁判では、メディア側の敗訴が続いている。いずれも挙証責任でつまずいたからだ。スキャンダル報道にメディアが慎重になるのも、このためだ。

「エビデンスならあるさ。確実なのが」

男はあっさりと言った。

「それはありがたい。是非とも……」

いただきたい、と坂巻は、虫のいいことを言った。男は剣呑な表情を浮かべた。坂巻はすぐに理解した。

「ただで、とは言わない……」

「新聞社には、それはできないだろう。情報はカネで買わない、そういう決まりになっているんじゃないの」

きちんとした身なり。着ている背広も上質だ。生業のようすが見て取れる。少なくとも強請《ゆすり》やたかりを生業としている人間には見えなかった。まあ、二十一世紀出版といえば、大手だ。給料も悪くないと聞いている。しかしそこは魚心あれば水心——。

「必要なモノは用意します」

そう応えた。

二人は他日を約して、その夜は別れた。

三日後、坂巻のもとに分厚い書類が郵送されてきた。約束のエビデンスは、確かに入っていた。あとは確認の作業だけだ。

「そういうことだった」

と、坂巻は正直に一切を話してくれた。

（ははん……）

社会部長に内緒にしなければならない理由がわかった。しかし、それにしても、驚きだった。うるさくつきまとった週刊二十一世紀の記者だったとは……。由美子は、あのときのことを話した。週刊誌に載ったことも。

「えっ。そんなことがあったの？」

スキャンダル報道で東京本社では大騒ぎになったが、坂巻が知らないのも仕方ない。週刊二十一世紀に、件の記事が掲載されたときにまだ坂巻は地方支局から来たばかりだったからだ。

「ヤツは何者だろう……。何が目的なんだろうか。気持ちの悪い話だな。それであんたはどうするつもりなの？」

「なんだか裏があるみたい、もう少し調べてみたいの」

「そう……。けど、そういうのって、記事になりにくいよな。調べてみても、掲載できるかどうか、わかんないぜ」

「わかっています。ありがとうございます」

「何かあったら力になるから……」

坂巻は案外気のいい男だ。

由美子は坂巻と別れると、社を出て高井弁護士のもとを訪ねた。高井正夫が所属する弁護士事務所は新橋駅の近くにあった。名前を告げると高井はすぐに出てきて、来客用の応接室に案内した。

「久しぶりでした。変わりない？」

良三とは大学時代からの友人だ。週刊二十一世紀の記者につきまとわれたときは、いろいろと動いてくれた。あれ以来だ。

「ええ、元気にしています。あのときはありがとうございました」

「もっとしつっこくやるのかと思っていたら、あれで終わったね。良かったというべきか……。で、青柳君とは、よりを戻したのかね。その気なら力になる」

弁護士のくせして、高井はセクハラまがいを平気で口にする。軽くてノリがいい。

由美子は思わず笑った。

「いいえ。あれっきりです」

「そう……。それで今日は何です？」

由美子は仔細《しさい》を話した。

ときおりうなずきながら、高井はメモを取っている。ほう！　と感嘆したり、首を

ひねったりしながら話に聞き入った。話を終えてからもしばらくメモに見入ってい
た。メモを見ながら訊いた。
「うん……。それって、東興キャピタルの不正会計問題に絡んでくるのか。君たちの
ときは、ありもしないスキャンダルを捏造《ねつぞう》し、今度はフレームアップの偽情報を、同
じ新聞社に流す。意図がわからん。ヤツって何者なんだろう」
「それを調べていただきたいのです」
「うん……」うなった。高井は一呼吸おいて訊いた。
「何でまた?」
そんなことに興味を持つのか、と。
由美子は、その理由を話した。
「フレームアップね——。その可能性は否定できないな。実は、われわれ法律家の間
でも東興キャピタルの、いわゆる不正経理問題については、いろいろ議論があって
ね。検察が動いていたようだが、われわれの模擬裁判では無罪が出た」
「模擬裁判って?　どういうことです」
「よくやるんだよ。模擬裁判は」
高井は説明した。

大きな事件が起こったとき、法律家は仲間たちと模擬裁判を行う。弁護士、検事、裁判官、被告人――。それぞれ役割を決めて行う模擬裁判だ。検事役は起訴状を、弁護士役は証拠を集めて反論を、裁判官役は判決文を書く。被告人尋問もやる。弁護士は反対尋問を行う。手続きを簡素化するだけで本当の裁判と変わらない。

「無罪判決だよ。だいたい、ありゃあ立件自体が無理筋というのが結論だった。しかし世間の風圧に負け、東興の経営者は、修正に応じてしまった。これって、法治国家といえるのかね……」

模擬裁判か。シミュレーションというわけだ。法律家って、そういうことをするんだ。由美子はちょっと知的な興奮を覚えた。法律論とは関係のないところで事件は決着させられたというわけだ。事実なら高井が言うように無法だ。

「世間の風圧か……」

世間の風圧とは、由美子が考える時代の空気と同じ意味だろう。時代の空気っていう得体の知れないヤツ。時代の空気に支配されて誰もが右往左往する。時代を支配するキーワードが飛び交い、ある方向に世論が誘導されていく。検察や金融庁が情報を垂れ流し、マスコミが騒ぎ、したり顔の評論家が声高に糾弾し、お笑い芸人までが付和雷同すれば、国会議員の先生方も悲憤慷慨《こうがい》する。マスコミは街頭に出、市民の怒りの声を拾い上げる。野党が与党攻撃の材料に使い、そのうち犯罪者が仕立てられ、検察庁が動き出し、フレームアップが成立する。

それで法治国家といえるか——と言い切れるかどうかは別だが、世間の風圧というか、時代の空気というのは、世論というヤツが支配力を持つことだ。言えることはひとつ。ことはあっという間に事件化し、露出させられたターゲットが集中的に叩かれるという現象が現れたことだ。

「まあ、調べてはみるよ。しかし、なんだか危険な臭いがするな。嫌な感じだ。期待しないで待っていて」

二日後、高井弁護士から連絡が入った。

「社員じゃない?」

由美子にはわからなかった。

高井弁護士は二十一世紀出版に問い合わせをした。件の男の存在確認だ。

高井の問い合わせに

「情報屋ですよ」

編集総務はにべもなく言った。

「しかし、名刺を持っていたじゃないか」

「ときに使わせます」

「連絡先はわかるのかね……」

「それは……」

編集総務は口ごもった。連絡先を教えないというのではない、編集総務は知らないのじゃないかと高井弁護士は言った。

週刊誌が情報屋を抱え込むのは珍しいことではない。売り込みにくる情報屋に窓口を開けているからだ。そうするのは、自分たちだけの取材力では限界があるからだ。たまに取材費も出すようだが、報酬は成功払いが原則という。記事が掲載されて、ナンボという世界だ。何の保証もない仕事だ。だからいつもカネに汲々《きゅうきゅう》としている。件の男もそういう類の人種なのか。

そういう人種はすぐに見分けられる。印象を言えば、違っている。一流のブランド品で身を固め、金に困っているという風ではない、態度・物腰も情報屋の風ではなかった。同じ情報屋でも、諜報機関とか、警察関係とか、そういう暗い印象の男だ。

「危ない話だな。近づかない方がいい」

高井弁護士は最後に忠告した。電話を切って由美子はしばらく考え込んだ。

3

青柳良三は金融庁の先輩、片倉卓と会っていた。緊迫したやり取りだ。青柳は材料を示し回答を迫っていた。片倉からは、いつもの軽口は出てこない。額に汗が浮かんでいた。かつての同僚を前に、こんな顔をするのは、初めてだった。

「それにしてもよく調べたな……。ことの真相は能呂さんたちも知らないはずだ。能呂さんを疑うのは間違いだよ。情報提供者がいたのか。たいしたものだ」

片倉は追及を半ば認めた。

「情報提供者などいない。逆転現象。原因と結果を逆転させて考えてみた。すると、見えないものが見えてくる。つながるのは、アルトマンとグレートマン・ブラザーズとの関係だ。さらにその先に東興キャピタルがあるじゃないか」

「しかし、兼高問題をどう説明する？　兼高問題までも、フレームアップだったなんて言わないだろうな」

片倉はようやく反撃に出た。

「あれはウチにも瑕疵がある。志村さんたちと兼高のつき合いは古いからね。癒着というのか、なれ合いがあった。粉飾を見過ごしたのは、そのためだろう。それは認める。しかし、東興の場合は違うよ」

金融庁が業務停止処分の理由に挙げたのは兼高に続き、東興キャピタルの粉飾を見逃したのが理由だった。兼高だけだったら、おそらく処分は軽かったはずだ。

東興の会計処理は適正だった。いや、完全に適正であったとは言わないが、議論の余地があったことだけは事実だ。当事者にはいっさい弁明を許さず、強硬に修正を求めた。他方で、金融庁はあずみおおたかに対しては、不正会計の見逃しを、激しく責めた。

続けて二度見逃した。監査法人は市場の番人だ。その監査法人がデタラメな監査をやり、市場を裏切った。放っておけば、市場は崩壊する。一罰百戒とも、金融庁の幹部は言った。一度は許せる。だが、二度だ。それを処分の理由として挙げた。業務停止処分になった理由は東興の粉飾不正会計だ。金融庁は、そう世間に向け説明している。そして世論の大喝采を受けた。

「われわれは弁明した。法律では、組織を処分する根拠はないはずだ、と。処分は市場を混乱させるとも、忠告した。それも聞き入れられなかった。本来、会計士本人が負うべき責任を法人にかぶせ、法人を処分した。断固とした処分。まるでヒーローじゃないか。しかしよく聞けよ！」

業務停止の行政処分は、法人には死刑判決も同じだ。あずみおおたかは、まもなく市場から退場せざるを得なくなる。それほど過酷な処分を出しておきながら、実は、事件は金融庁自身の自作自演の三文芝居だったとは。青柳はそのことを質《ただ》した。

「それはない。そこまではやらない」

片倉は否定した。

「金融庁が主役だったとは言わない。しかし片棒を担いだのは事実だろう」

「それもない」

「では、訊く。金融庁は事実を把握していたのは認めるな！」

「それもない。グレートマン・ブラザーズが東興を買収するというのも、いま初めて知った。驚いている」

片倉は全面的に否定した。

「全く知らなかった？　それで通ると思うのか。それでは、もうひとつ訊く。高瀬局長は、なぜアルトマンと逢った。逢った理由はなんだ！」

「上は知っていたかもしれない」

　認めたのは一部だけだ。あとは知らぬ存ぜぬの態度。それは分厚い壁となって、真相究明の前に立ちはだかる。しかし、GBの東興買収の話を持ち出してから、片倉は動揺をきたしている。

「もう一度訊く。アルトマンと局長はなぜ逢ったんだ。答えられないのか、それなら言わせてもらうよ。金融庁は新生を、はやばやと認めたよな。異例だ。実は、アルトマンと内通していたんだろう」

「あれは、緊急避難措置だよ。処分による市場の混乱を最小限に抑えるためだ。だから最初に言っただろう。能呂さんたちには、関係のない話だ。あくまで市場の混乱を抑えるのが目的だ」

「緊急避難措置？　バカ言っちゃ困る。そんな大事な問題なのに、ウチの執行部となぜ話し合いをしなかったんだ。緊急避難措置を講じるのなら、まずは当事者である執行部と話し合うのが筋だろう！」

「処分を受けた当事者が別法人を作り、監査を継続する？　そりゃあ、処分逃れだとなるじゃないか。絶対に認められない」

　二人とも、一滴も酒は飲んでいない。料理にも手をつけていない。凄まじい形相で責める青柳。額に汗し、ひたすら弁明に努める片倉。しかし、議論は一向にかみ合っていなかった。

「青柳君。君もわかっているはずだ。役所にいた人間だからな。政策決定は、役所だけではできない。政治家や関係業界の人たちなど大勢の人間が関与する。まして本件は、政治マターだったからな。政治マターの局長たちの動きは、正直、俺自身把握していなかった」

役所内だけでなく、たとえば、金融庁の政策決定に関与するのは、政治家もいれば、業界団体の役員や大学で教鞭をとる学者先生もいる。いろんな人たちが政策決定に加わる。つまり外部者の存在だ。しかし、局長クラスになれば別だ。長官、総務企画局長は、政治マターで動く。政治マターとは、世論や国会の動向を見ながら政策決定するやり方だ。なるほど政策決定の仕組みは、そうかもしれない。しかし、それは逃げ口上だ。

やはり政策決定で重要な役割を果たすのは役人だ。役人のプロパガンダが、どれほどの影響力を持っているか。しかも役人は権限を持つ。

政治家も学者先生も、ほとんど情報を持っていない。情報を得るには、役所に頼る以外にない。踊り手は政治家であったり、学者であったりするが、シナリオを書き、役者の演技指導をするのは役人だ。

「時代が変わった。そういう時代じゃないんだよ、青柳君……。役人のやれることは限られている。行政の仕事のひとつは、ルールを作り、ルールを明示すること、もうひとつは、当事者に結果責任を問うことだ。時代が変われば、仕事も変わる」

「最後に訊く。目的は東興の買収だろう。たかだか東興キャピタルを買収するだけの話じゃないか。これほど大仕掛けの、芝居を打つ必要があったのか」

そのために大勢の犠牲者を出した。当事者の東興キャピタルは、破綻寸前まで追い込まれた。あずみおおたか監査法人は分裂の危機に瀕している。いや、市場から姿を消すのも時間の問題だ。しかし、片倉は沈黙した。

「なぜなんだ？」

と、青柳は再度迫った。

「決まっているじゃないか。アダム・スミスの時代から資本家は強欲だった。連中は小さな投資で利益の極大化を求める。東興が欲しいから、そうしたかどうかは知らんが、資本主義はときに暴走するものだ」

アルトマンとGBのことをいっているのであろう。

青柳は怒りで打ち震えた。

「他人事のように言うな。たかだか東興の買収だ。巻き添えを食った俺たちは、ただのバカか。連中の暴走を抑止するのが、おまえたちの仕事じゃないか」

「抑止する？　資本の持つエネルギーを削《そ》ぐという意味か。そんなことできるはずないじゃないか。君はたかだか東興の買収じゃないかと言うが、たった二千億円で百二十兆円の買い物をするビジネスだよ。そりゃあ、連中は何だってするさ」

「何を言っているんだ。バカヤロウ！」

青柳はテーブル越しに、片倉の胸元をつかみ、平手打ちを食らわした。唇に鮮血がにじんだ。

片倉が立ち上がり、障子を開けた。箱庭に蛍火があった。女将が放したのか、箱庭で蛍数匹が飛び交っていた。

「青柳、ひとつ教えてやる」

「…………」

「金融工学をやっている連中がなぜ高給で雇われているか知っているか。数学ができるからじゃないんだよ。ありていにいえば口止め料よ。トレーダーとかディーラーという連中も同じだ。連中はサンクチュアリの、カネに絡む汚い手口をよくよく知っているからだ」

ウォール街では、年収五十億円を超える連中も珍しくはない。いや、三百億円を稼ぐ連中だっている。兆の単位の取引を任され、稼ぎに稼ぎまくって、三十代で早々と引退する。何でもあり、というのがこの世界である。だからフレームアップだってやりかねないのが彼らだ。

「そういう資本主義ならやがて自壊する」

「見解の相違だな」

席に座り直し、ハンカチを唇にあてながら片倉は言った。

「青柳君の一本気な性格、俺は決して嫌いじゃないよ。いまでも友人だと思っている。それでどうしろと言うんだ」

「決まっているじゃないか。処分の取り消しだ。それ以外にない」

「そう言うのはわかっていた。それはできないよな。いったん決めたことを、役所が覆すはずもないから……」

「それなら、最後の手を打つしかない」

「最後の手？　まさか」

「そう、そのまさかだ。すべてをぶちまけるんだよ。実は、二千億円で百二十兆円の買い物をするビジネスのために仕組まれたフレームアップだった、と」

「本気か。おまえ殺されるぞ」

「殺される？」

「さっきも言っただろう。連中はビジネスのためなら、何でもするって。これは友人としての忠告だ。あずみおおたかを辞めて、すぐにでも国外に出ろ。ただし、アメリカだけは避けろ、いいな」

片倉は真顔で言ったが、青柳は苦笑するだけで、受け流した。

これからどうする？　と片倉が訊いたのに対し、本部に戻ると言って、青柳良三が片倉と別れ、麻布十番の割烹を出たのは午後十時過ぎだった。その夜は、夜半から雨が降り出していたが、傘もささずタクシーに向かって手を上げる青柳の姿を、金融庁の先輩、片倉が確認している。


あずみおおたか監査法人の東京本部。

峰村は時計を見た。

少し遅くなるが、必ず戻ってくるから、と言い残して出ていった青柳良三から連絡がなかった。時計は午後十一時を指している。しかし、峰村は、そのことをあまり気にとめていなかった。

会議会議の連続だ。峰村は超多忙だ。その日も大阪本部に出向き、事情を説明し、動揺を抑えてきた。事情のよくわからぬ、地方本部や支部では、集団であずみおおたか監査法人から離脱する動きも出ていた。名古屋本部が集団で離脱したのは、つい一週間前だ。豊島自動車が新生に鞍替えしたのがきっかけだ。監査法人っていうのは事業者の集合体だ。いったんタガが外れると、たちまち組織は分解する。それを抑えるため、峰村は必死だった。

「まあ、明日にするか」

峰村が東京本部を出たのは、午後十一時半だった。いつも深夜の帰宅だ。日帰りの出張は、身体にこたえる。帰宅すると、風呂にも入らず、寝室に入った。妻はすでに就寝していた。翌朝、午前九時に迎えの車が来た。東京本部に着いたのは午前十時過ぎだった。

「青柳君は？」

危機管理特別チームの部屋をのぞいてみたが、姿はなかった。

理事長代行は一日の過半を、会議会議に拘束される。その日も、十時半から理事会が開かれた。監査法人の理事会は、普通の株式会社で言えば執行役員会議というところだ。

議題は二つ。

新法人「新生」の立ち上げ作業は、急ピッチで進んでいる。顧客に迷惑をかけられないという大義名分が彼らの振るまいを、大胆にさせている。処分が迫るなか、執行部も微妙な立場にある。能呂らの主張の一部が、事実であるからだ。業務停止の八月、九月をどうやってやり繰りするのか。特例が認められたとはいえそれ以外にもその期間中も決算期を迎えるクライアントがある。それが大きな問題となっている。

「同業他社に援助を要請する」

処分の期間中だけ、顧客の面倒をみてもらおうという案だ。新法人「新生」にかっさらわれるよりは増し。そんな感情的な反発から出された案だ。しかし、いったん同業他社に移った顧客が、処分期間があけてから、あずみおおたかのもとに戻ってくるのか。その保証はない。

悪い情報だけではなかった。新生に鞍替えするのではないか、と見られていたクライアント一社が引き続き、契約を継続すると約束してくれたときは涙が出るほど嬉しかった。峰村自身が担当した顧客だ。しかし、現状が厳しいことに変わりはない。

「クライアントを引き止める決定打になる案はないな……」

多くの理事はため息を漏らすだけだ。

「上場企業で契約解除を、申し入れてくるのは、どのくらいになるだろうか……」

ひとりの理事が質問した。こういうとき理事たちの頭を占めるのは、対応策を考えるよりも、状況分析だ。事務局が用意した資料を見ながら、峰村が答えた。

「最低十五パーセント。しかし、それは甘い数字だね。最悪二十パーセントを超えるかもしれない。減収分は金額に換算すると、約四十億円というところだろう」

「まあ、人も減り、経費も減ることだし、そう深刻に考えることもないかもしれない」

「そうかもな……」

もうひとつの議題は、新生から申し入れのあった、社員・職員の移籍および業務移管にともなう引き継ぎに関してだった。

「虫のいい連中だ」

古手の理事が吐きすてた。

案文は新生側が作って持ってきた。金融庁の同意を得ている、とつけくわえていた。それを新生とあずみおおたか監査法人の両者が合意した形で提出せよというのだ。

合意文書案は言う。

「引き継ぎ業務は、双方が誠意を持ち、粛々と進めること。互いの誹謗中傷は厳に慎むこと――」

理事たちは腸が煮えくりかえる思いだ。峰村も気持ちは同じだ。しかし、峰村には立場がある。金融庁の意向とあれば拒否はできない。合意文書を承認し理事会は散会した。

「峰村さん……」

会議室を出ようとした峰村を、呼び止める者があった。彼は人事を担当している古参の理事だ。彼の顔も黒ずんでいる。

「何か……」

「十五分だけ時間をください」

峰村が超多忙であるのは、彼にもわかっている。無理を承知で時間をくれと言うからには急ぎの用件なのだろう。何でしょう、と峰村は会議室の片隅に座った。

「引き抜きのことです。かなり露骨になっています。これまで十七名。これには社員も含まれていますからな」

「引き抜きですか……」

弱り目に祟《たた》り目。同業他社からの引き抜きだ。彼らが直接に働きかけているわけじやない。ヘッドハンターを使っての引き抜き工作だ。特に優秀な人材ほど狙われる。会計士の世界は徒弟制度に似ている。親方が移籍に動けば、配下も芋づる式に動くのが、この世界だ。そこに狙いをつけるヘッドハンター。それはまさしく脅威になっていた。

「余計なことを言うようですが、社内を落ち着かせるためにも、早く理事長を決めなければなりませんね。いまのところ、あなた以外にない。早く決断してください」

そう言うと、古参の理事は一礼して会議室を出ていった。事件が発覚して以後、退職した職員は百数十人に達する。あずみおおたかを見限っての退職だ。これに新生への移籍組を加えれば、三百人を超える。古参の理事が言うのもわかる。しかし、正直峰村はその気にはなれなかった。

執務室に戻る途中、峰村は危機管理特別チームの部屋をのぞいてみた。しかし、青柳の姿はなかった。連絡もないという。青柳は約束に厳格だ。こんなことはなかった。ずる休みをするような男でもなかった。胸騒ぎを覚えた。連日の激務。近ごろ酷く痩せていた。もしや、という思いが脳裏を走った。

「悪いが、千駄木に行ってくれないか」

秘書に指示した。

それでも不安だった。ヨッちゃんから名刺を受け取っているのを思い出した。名刺入れを探ってみる。左官屋のヨッちゃんの名刺が出てきた。すぐに電話をした。ヨッちゃんは現場に出ていて生憎不在という。事情を話して携帯の番号を訊いた。ようやくヨッちゃんが電話に出た。手短に事情を話した。そりゃあ、いけねえな、ウチの若いもんを走らせますと、請け合ってくれた。そこに秘書から連絡が入った。

「帰宅していない？　どういうことだ」

新聞はたまったままの状態。秘書は念のため管理人にも訊いていた。帰宅した形跡がないということだった。すぐにヨッちゃんから電話が入った。

「あれ以来、誰もアオちゃんには、逢っていないようだね……。何かわかったら、連絡を入れるから、しっかり頼みますよ」

4

由美子は、それを聞いたとき、頭が真っ白になった。連絡をくれたのは、良三の大学の同期、高井弁護士だ。良三が……。信じがたい。そんなバカなことってあるの。自転車？　由美子の記憶になかった。

青柳良三の遺体が発見されたのは、その日の朝のことだ。荒川近くの幹線道路から少し入ったところだ。二、三分でサイクリングロードに出られる場所だ。車にはねられての事故死。連絡が遅れたのは、身元を示すものがなかったからだ、と対応に出た千住署の副署長は、事情を説明したという。

そのとき、良三はサイクリング用の自転車に乗っていた。サイクリングの趣味？　そんなこと、聞いたことがないわ。

どういう状態で車にはねられたのか、早朝だったため、目撃情報は皆無。不思議なことに道路に設置されていた監視カメラは、作動不能な状態にあった。

「目下捜査中ですが、いまはなんとも」

と、副署長は言葉を濁した。ひき逃げ犯を特定できる材料が、全くないということを暗に認めたのだ。

涙も出てこない。いつでも逢える、そんな気がする。死んだってほんと？　愛していたのに。本当に好きだったんだから。なのに、あんな形で別れてしまった。先立つのは後悔の念だ。泣きたい！　でも、泣くのはあと。由美子はそう心に決めた。事故死？　高井弁護士は、事故死自体を疑っていた。

「ユミちゃん、どうした？」

背中に四方が声をかけてきた。由美子の異様な様子に編集部の誰もが気づいていた。

「殺されたの」

喉から出たのは、その言葉だけ。それ以上話せば、パニックに襲われるのがわかっていた。由美子はトイレに駆け込んだ。冷たい水で顔を洗い、化粧を直した。泣くまい、絶対に泣かないいんだから。鏡に向かって笑顔を作った。笑顔はとても無理。アイシャドーを濃く入れた。もう弱っちい女ではない、凜《りん》とした記者の顔が鏡の中にあった。

「やらなくっちゃ」

そう自分に言い聞かせ、トイレを出た。

「殺されたって、誰が？」

「青柳良三という公認会計士です。もっと言うと私の恋人でした。殺人事件の疑いが濃厚なの……」

四方は事態を悟った。

「千住署に電話を入れてみて。細かく状況を訊いてみてくれ」

部下はすぐに動き出した。電話ではらちがあかないと見たのか、同僚の一人が飛び出した。坂巻が言った。俺、週刊二十一世紀に話を聞いてくる、と上着をはおった。

「どういうことなの？」

四方は由美子を別室に連れていき、訊いた。

なぜ殺人事件と思うのか、その理由を訊いたのだった。

東興の不正会計がフレームアップの可能性が高いこと、そこに絡んでくる週刊二十一世紀の記者のこと、調べてみると、その記者は二十一世紀出版の社員ではなく、ネタを売り歩く情報屋であること、高井弁護士に危険だと忠告されたことも、これまで調べた一連の出来事を話した。

「うん。状況は限りなくクロに近い。でも状況証拠だけじゃな。青柳さんが殺されたと断言はできない」

四方が言うのは、由美子にもわかる。新聞記者なら、そう考えるべきだ。でも、殺人を疑う理由があった。

それは良三の性格からの判断だ。彼は物事を突き詰めるタイプの男だ。良三は東興の不正会計がフレームアップであった、と疑っていたのではないか。そうであれば、良三なら必ず調べに入る。そこで何かをつかんだ。それで口止めのために事故を装い、抹殺された？　由美子の推論だ。

でも、日本は法治国家だ。ひとを殺してまで守らなければならない秘密なんてあるかしら？　リスクが大きすぎて非現実的であるようにも思う。感情が高ぶり、冷静さを欠いていたかも。気持ちを落ち着かせなくちゃ。

「わかっています」

「まあ、君も辛い立場だね」

そこに現場に出かけた同僚記者が戻ってきた。彼が報告したのは、高井弁護士が伝えてきたことと大差はなかった。現場に放置された自転車はグニャグニャになり、通りがかりの人が発見したときには、良三はすでに心肺停止の状態にあった。

「遺体は千住署にあります。司法解剖は明日行われます。警察はひき逃げ事件と見ているようですが、まだ最終的な結論は出していません」

同僚記者が要領よく報告した。

「奇妙なんですよね」

二十一世紀出版に出向き、編集総務の人と会ってきた坂巻が、首を傾げながら言った。

「それが要領を得ないんです」

高井弁護士からも同様な問い合わせがあったらしい。それに毎朝新聞から、例の報道に対し強硬な抗議があった。編集総務は慌てたようだ。すぐに件の男の所在を確認した。ところが連絡先という事務所に男はいない。それどころか、事務所の人間は、そんな男は知らない、と言う。

「つまり所在不明なんですよ」

「しかし、週刊二十一世紀ともあろうものが得体の知れない情報屋を信用するかね」

同僚が疑問を呈した。

「それが信用したわけがあるんです。その男を紹介したのが政治家だったんです」

「政治家？　野党か」

粉飾疑惑を国会で厳しく追及したのが野党第一党だ。政府与党を追及する代議士は、自信たっぷりだった。確実な情報を握った上での質問であるのは明らかだった。

「いや、違います」

「どういうことなんだ？」

「紹介者は与党の代議士です。奇妙というのは、そこなんですが、改めて週刊二十一世紀が問い合わせると、その男を知らないと言ったそうです。念のために確認の電話を入れてみたんですが、同じ回答でした」

「……………」

こうなってみると、男は存在しなかったも同じだ。身元も定かでない情報屋を使うとは考えられないことだ。

「週刊誌の実態とはそういうものだ」

四方は吐きすてた。由美子は頭をかかえ込んだ。

「大丈夫か。早退してもかまわないよ」

四方はいつも優しい。

夕刻から入稿が始まる。それぞれは自分の仕事に戻っていた。

由美子はひとり取り残された。ボンヤリしているうちに、思いついたのが、良三の実家に電話を入れることだった。新潟の実家は一度だけ二人して訪ねたことがある。電話に出た母親は由美子を覚えていた。ただ、二人が別れたことは知らなかった。

「本当に……」

母親も、息子の死に、言葉にならない言葉を発するだけだった。電話をしたのは、お悔やみを伝えるためだった。しかし、もうひとつ理由があった。良三が何か残していないか、確かめたかったのだ。

「良三さんの部屋に入っていいかしら」

許可を求めた。

「ええ、あなたならかまわないわよ。あなたもしっかりしなくちゃダメよ。明日、一番で東京に行きますから」

励まされたのは由美子の方だった。

由美子は早めに社を出た。

向かったのは、良三が住んでいた千駄木のマンションだ。鍵？　確かめてみると、ハンドバッグの中にあった。別れたのに、まだ持っているなんて。自分の深層心理をのぞき見るような気がした。

寝室と書斎。それにリビングの2ＬＤＫのマンションだ。部屋に入ると良三の匂いがした。懐かしい。いまにも、奥の部屋から良三が出てくるような気配がする。整理整頓。部屋は綺麗だ。由美子は書斎に入った。窓際には机が、壁際には書棚が置かれている。ほとんど会計法規に関連した専門書だ。書棚に二人が写る写真が飾られていた。熱いものがこみ上げてくる。しばらく見つめた。感傷に浸っている場合じゃないわよ。気持ちを引き締め、部屋を見渡す。

机の上にパソコンがあった。

電源を入れる。駆動を始めた。メッセージが表れた。暗証番号を入れてください、と。由美子は当惑した。暗証番号。そんなの知らないわよ。思いついたのは良三の生年月日だ。NGが出た。良三なら、どんな暗証番号を思いつくだろうか、想像してみた。風体に似合わず意外にもロマンチックな男だ。

「最初の出会い?」

彼ならそうするに違いない。由美子ははっきりと覚えていた。年月日を入力した。NGだった。はて? 考えあぐねた。それならば最初に朝まで過ごした、あの日かも。日時とホテルのイニシャルを入れた。何度かNGが出たが、今度は順番を入れ替えてみた。ディスプレーが切り替わった。

「開いた!」

文書ファイルを探ってみた。仕事の関連ばっかり。今度は日時の新しい順番に並べ変えた。それらしいファイル名はなかった。最後に文書をセーブしたのは、二日前の午前六時二十三分。それが彼が残した最後の文書だった。日々の出来事を記したメモ帳風の文書だ。

手が震える。胸が高鳴る。

「緊急避難措置?」「逆転現象」「狙われたのは誰か」「二千億・百二十兆」「買い物」

「疑惑」「それだけ?」「会計基準の論点」「ベンチャーキャピタル条項の適用可否」「ア会長の密談」「共謀関係の有無」「金融庁のシナリオ」「処分取り消し」など——。その他は社内事情のメモだ。

良三は几帳面な男だ。何か記録を残しているのではないか、そう見当をつけた。あたっていた。しかし、よくわからない。文章化されておらず、単語の羅列《られつ》だから。他人に見せるものではない。記憶を呼び起こすときに頼りにするキーワードなのか、それとも問題を整理するために作ったメモなのか。それでも思いあたることがいくつかあった。

たとえば「ベンチャーキャピタル条項」などだ。この言葉は東興キャピタルが金融庁から不正会計を指摘されたとき、反論としてあげた会計法上の根拠だ。そうすると、このメモは東興不正会計をめぐる論点整理のために作ったのか。それに違いない。「処分取り消し」ともある。これも兼高や東興の粉飾決算への幇助を疑われ、受けた行政処分の取り消しを、意味しているとも読み取れる。

「緊急避難措置」とは、処分を受けた際に顧客の利益を守ること、そのための対応策のようだ。これが新監査法人「新生」なのかもしれない。「狙われたのは誰」？どういう意味か。あとは意味不明。

逆転現象、二千億・百二十兆、買い物、ア会長の密談、共謀関係の有無、金融庁のシナリオ――。どういう意味か。それぞれのワードを並べ替えたりしながら考えた。ア会長とは、アカウント・グローバルのアルトマンのことだ。由美子は、アルトマンが学士会館の別室で極秘の会談を行ったのを、把握していた。そうか、きっとそうだわ。由美子は核心に近づきつつあった。

良三は東興キャピタルの不正会計事件をフレームアップと疑っていたのではないか。狙われたのは誰？　狙われたのは、たぶん東興キャピタルだ。その視点から見れば、共謀関係の有無とか、疑惑とか、金融庁のシナリオとか――がとけてくる。

最後の疑問は、逆転現象、二千億・百二十兆、買い物――の三つのワードだ。何が逆転現象なのか、数字は何を意味するのか、買い物とは、何なのか。それらのワードとフレームアップと、どうつながるのか。最大の謎は仕掛け人の存在だ。ワードから見えるのは金融庁ということになるのだが、仮にも金融庁は国家機関だ。国家機関が東興キャピタルをフレームアップで陥れる？　何のために？　その理由がわからない。

謀略を仕掛けたのは何者か。大きな何かが動いているのは確かだ。

机の上の名刺入れが目に入った。出してみた。十数枚ほど。いずれもあずみおおたかのクライアントのようだ。その中の一枚に「東興キャピタル企画室室長代理大槻信夫」があった。逢った日付が記されていた。つい先日のことだ。

由美子は持参してきたメモリにコピーをとり、マンションを出た。自宅にたどりついたとき、十二時を回っていた。携帯が鳴っている。祐子からだ。助かった、と思った。ひとりになるのが辛かったからだ。

「あなた、大丈夫！」

祐子も青柳の死を知っていた。新聞に出ていると言った。夕刊を見ると、社会面に会計士の交通事故死として小さく出ていた。

「大丈夫じゃないわ」

祐子には本心が言える。緊張が一気に解けて砕けそうだった。でも、まだ泣いちゃいけないの。泣くのはすべてが終わったとき。

「ウチにおいでよ」

祐子は優しい。ひとりで夜を過ごすのは耐えられそうにない。甘えられるのなら、祐子に甘えたい。でも、そうすると、心が挫《くじ》けそうだ。由美子はこらえた。

一週間後——。

葬儀が執り行われた新潟から帰った翌日の朝。由美子は新橋に向かった。東興キャピタルに大槻信夫を訪ねるためだ。総合受付で名刺を出し、大槻を呼んでもらった。

「新聞社の方が……」

大槻は警戒の色を露わにした。不正会計問題でいやというほど、マスコミに叩かれていたからだ。二階の来客用の応接室に通された。まだ大槻は警戒をといていなかった。

「個人的に調べているのです」

「個人的に、と？」

由美子は事情を話した。青柳さんとのご関係でしたか、つい先日お会いしたばかりだったんですよ、それが事故とはね。大槻は得心という風に腕組みをし、話を促した。

「フレームアップ」

という言葉を口にしたとき大槻は身を乗り出し、あなたも、やはりそう思われますか、と訊いた。いくつかわからないことがあるので教えてください、と由美子は言った。

「二千億・百二十兆——数字の意味です」

大槻はしばらく考えていた。

「百二十兆――。ウチの総資産です」

「総資産？　ですか」

「そうです。二千億円。それは買値かもしれませんね。なるほど、その数字は『買い物』という言葉につながりますよね」

「誰が二千億円で百二十兆円の東興キャピタルを買おうとしているんです？」

「青柳さんも、そこを確かめたかったようですね。まだ確証は握っていませんが、心当たりはあります」

「心当たりがあるんですか？」

「グレートマン・ブラザーズです」

「根拠は？」

「ウチの株を激しく売り買いしているのがGBの傘下の投資ファンドだからです。しかし小商い。支配権を持つほど、買いに入っているわけじゃないですけど、青柳さんは、疑っていましたよ」

全容が見えてきた。良三に近づいた。手がとどくところまで。由美子は、良三と一緒に謎解きをしている。東興キャピタルを辞すると近くの喫茶店に飛び込み、ノートパソコンを取り出し、メモを作った。タクシーを拾い毎朝新聞に向かった。由美子の姿をみとめた四方次長が別室に誘った。

「大丈夫か。何も力になれなくて、すまないと思っている。今日は帰ってもいいぞ。仕事のことなら心配しなくてもいい」

「それよりも……」

由美子はノートパソコンを開き、四方に示した。四方は画面をスクロールしながら、メモを読んでいた。これまで調べてきたことをまとめたメモだ。

「ずいぶん、複雑な事件だね。記事にするつもりなんだな」

「ええ。できれば、そうしたいです」

「上と交渉してみる」

こらえていたものがこみ上げてくる。こらえた。泣くのは先よ。しっかりしてよ。

由美子は自分に言い聞かせた。

エピローグ

青柳良三が事故死してから一年後。正確に言えば「殺人事件」なのだが、警察はひき逃げ事件と断定した。しかし、まだ犯人は検挙されていない。鋭意、捜査は続行中であると所轄は説明している。

毎朝新聞社会部は大きく変わった。大規模な人事異動が行われたからだ。社幹部が大規模な人事異動を断行した、その意図をめぐりさまざまな憶測が流れたが、真相は誰にもわからないことだった。

四方民夫はシンガポールに転出し、現地で支局長を務めている。社会部の筆頭次長が転出する先としては、異例だ。坂巻記者は、現金を渡して情報を得たことがとがめられ、編集局長から譴責《けんせき》処分を受け、再び地方支局に回された。永遠に東京本社に戻ることはないだろう、という噂だ。他の同僚記者の過半も、それぞれ配置転換となった。残る同僚記者はごくわずかだ。

由美子は整理部に異動した。整理部との人事交流というのが名目だ。社会部の記者として働くような感動はない職場だ。それでも東京本社で働けるのだから、まだ増しな部類と言っていいだろう。

さて、あずみおおたか監査法人の、その後である。理事長代行に就任した峰村義孝のもとで再建に取り組んだが、いまは清算法人を残すだけだ。二千人を超えた社員や職員、七百億円もの監査収入を得ていた巨大監査法人が跡形もなく消え失せるなど、誰もが想像外のことだった。

強引に組織を割り、立ち上げた「新生」は業界第五位にのし上がった。能呂の意に反し巨大化したのは、時の勢いがそうさせたのだった。しかし、道半ばということであろう。新生がアカウント・グローバルと強い繫がりを持ったのは、その経緯からいえば当然だ。

他の社員・職員は、理事長代行峰村義孝の説得も虚しく、大手の同業他社に組織ごと移籍した。このような事態を避けるため、峰村執行部は幾度も同業他社の幹部と話し合いを持ってきた。しかし、約束など何の役にも立たなかったのは結果を見れば明らかだ。

希望——。

監査法人「希望」は、あずみおおたか監査法人が、再起を期して名称を変更した組織だった。シンプルでいい名前じゃないか、そういう声が長いつき合いのクライアントの中から出ていたが、それは一部だけのことで、社員の流出が止まらず、じり貧状態に追い込まれ、ついに解散を決断せざるを得なくなったのは二月初めのことだ。

この過程でいくつか不思議なことも起こっていた。東興キャピタルを担当した会計士の多くが、宿敵ともいうべき新生に移籍したことだ。関係者が首を傾げたのは、一年前、東興側が、会計処理は適正であるとのこれまでの方針を変え、金融庁の要求受け入れを決めてその修正申告を彼らに依頼したとき、しかし、彼らは東興の懇請を謝絶した経緯があったからだ。

なぜ謝絶したのか。彼らは、適正であったとの立場を崩していなかったのが理由とされた。つまり一度適正と判断した監査を、いまさら曲げられない、と強弁したのだ。しかし、それは表向きの理由だ。訳知りは言う。裏事情があったに違いない、と。結果を見れば、訳知りの解説も、まんざら虚言とはいえない。彼らが修正監査を拒否したため、東興キャピタルはさらに追い込まれたからだ。会計士すら東興を見捨てた、そんな噂が業界に流れ、東興は上場廃止のピンチに立った。

東興、GBの傘下に！

このニュースを聞いたとき、由美子は改めて自分の推論が正しいと思った。形の上ではGBに対して再建協力を求め、この要請を受け、GBが株式公開買い付けを発表し、二千億円で子会社化したことになっている。

東興を子会社化するにあたり、GBの幹部は記者会見を開いた。その目的を、第一に、買収した東興を、アジア戦略を遂行する上での戦略拠点として再構築すること、第二に、巨大証券会社の上場廃止が与える株式市場に対する影響の大きさにかんがみ、救済のための買収だった——と説明した。

その直後、金融庁の幹部は「これは英断です」と、非公式なコメントを発表した。幹部とは、六月の人事で金融庁長官を拝命した高瀬局長だ。百二十兆円の商品を、たった二千億円で買った勘定になるのだが、そのことを非難する者は誰もいない。むしろGBは称賛を浴びたのだった。

再生を期し、発足した監査法人「希望」が解散を決めたのは、この前後だった。解散は峰村執行部の金融庁に対する最後の抵抗だった。つまり行政処分がいかに理不尽であったかを、世間に示すためだ。関係者は意趣返しと見なした。官僚たちは驚き、狼狽した。

「予期していなかった」

と、金融庁の幹部は絶句した。

解散——。峰村には苦悩の選択だった。顧客の利益を守りながら、解散することは、それ自体がアポリアであるからだ。人員と業務を、他監査法人に移管する作業は、想像するよりも難しい。

「二月をもって解散いたします」

と、通告したとき、金融庁はパニックに陥った。二月と決めたのは、三月期決算が集中する六月を考えれば、それがぎりぎりのタイミングであったからだ。通告を受けた金融庁は慌てた。結果はわかっていたのに、自ら行政処分を下しておきながら、その慌てぶりは滑稽ですらあった。

「何とかならないのか……」

幾度も、金融庁は思いとどまるよう説得を試みた。組織は四分五裂で、もはや経営的に立ちゆかなくなった、と突っぱねた。それは脅しではなく事実であった。

金融庁がもっとも恐れたのは、有価証券報告書を法定期限内に提出することができぬ事態が続出することだった。市場は文字通りの大混乱だ。その責任問題は、当然処分を下した金融庁に跳ね返る。それを金融庁の幹部は恐れた。峰村には、死刑判決を下しておきながら、いまさら何を言う！　という思いがあった。行政処分を下すことのリスクはわかっていたはずだ。

しかし峰村執行部が立てた方針は「顧客に迷惑をかけず、移管作業を完璧な形で終えること」だった。その態度は立派だった。客先と監査部隊を、一対のものとして移管する。そう決めたのは、混乱をできるだけ小さくするためだ。以前の金融庁なら、いろいろ注文をつけ、反対したはずだ。金融庁は沈黙せざるを得なかった。

「土壇場を作るようなもの」

と、この作業を自嘲する者があった。そりゃあ、そうだろう。つまり死罪と決まった科人《とがにん》が、処刑される刑場で、自らの墓穴掘りをやるようなものだから。

だが、社員も職員も、この報われない作業を粛々と進めた。ともかく移管作業を峰村執行部は見事にやり遂げた。

「良三ならどういう態度を取ったかしら」

由美子はときおり思う。

いつも結論はひとつ。峰村さんと行動をともにしたであろうということだ。

その日は良三の一周忌。由美子は地下鉄千代田線の千駄木駅で降りた。あれから一年が経つのか。

由美子は、五百枚近い原稿を書き上げたばかりだった。一冊の本にする予定だ。テーマは言うまでもない。あずみおおたか監査法人だ。解散に追い込まれた、その経緯を、その後の取材を加え、明らかにしようという意欲的な作品だ。まもなく上梓の予定だ。初めての著書が発売されれば、関係者に大きな衝撃を与えることになるだろう。

毎朝新聞は結局、由美子の記事を掲載しなかった。材料に欠く――という理由だ。四方次長は、頑張ってくれた。社会部長も応援してくれた。しかし、編集局長の段階でＮＧが出た。材料に欠く――という以外の説明はなかった。材料が不足しているというのなら追加取材をやればいいだけの話なのに。それは分厚い壁だった。社会部の大幅な人事異動が発表されたのは、その直後だ。

「それなら本にすればいいじゃないか」

そう薦めたのは、四方次長だ。出版社を紹介してくれたのも四方だった。書き始めたのは、整理部に異動してからだった。仕事の合間をぬって追加の取材を続けた。口が堅いといわれる会計士たちは、概して協力的だった。良三の元同僚たちも。彼らはうすうすことの真相に気づいているようだった。

それにしても非協力的だった金融庁は、最後まで口を噤《つぐ》んだ。ＧＢの連中は、もっと酷かった。脅しと懐柔。紳士の言葉での脅しには迫力があった。身の危険すら感じるやり取りが幾度かあった。でも、由美子は挫けなかった。連中の手先なのだろうか。いまでも嫌がらせはある。高井正夫は優秀な弁護士だった。法的措置を取り、由美子を守りきったのは高井弁護士だ。

そういえば、週刊二十一世紀の記者を騙《かた》った件の情報屋の、その後のことだ。名前すら定かではなかった。その後、あの男の行方はようとして知れない。痕跡は消しさられ、男が存在したこと、それを疑いたくなるほど見事に姿を消した。

もうひとり、片倉卓のことだ。片倉は良三が殺された直後に金融庁を辞職した。辞職の理由は、一身上の都合、としていた。本当の理由は誰も知らなかった。退職後、彼も姿を隠した。事件にどの程度関与していたのか、いなかったのか。口を噤み、いっさいを背負って姿を隠した片倉……。

「監査法人の健全化とはほど遠いな」

監査法人の改革に情熱を燃やした三田の老人はつぶやいた。

市場原理主義の暴走――というのが、三田の老人の見立てだった。利益の極大化を目論《もくろ》む市場原理主義。目的のためなら、手段を選ばぬ。事件は、そこに収斂《しゅうれん》されていく。それが由美子の結論だ。

書き始めて八ヵ月。書き上げたとき、由美子は初めて泣いた。それは号泣といっていいだろう。何で死んじゃったの。ひとり逝くなんて許さないから。良三に対する思い。その思いはいまでも変わらぬことを、由美子は思い知った。彼が、どれほど愛してくれたか。言葉のひとつひとつが思い出される。由美子は自分を責めた。何と弱っちいのか。何て自分勝手なの。そして良三を死に追いやった連中を憎んだ。その悔しさと、怒りが原稿を書き続けるエネルギーになった。

「逆転現象――」

その言葉の本当の意味を知るのは、取材のため谷中の旦那衆と逢ったときだ。知らなかった良三の別な顔を発見できたのは、彼らの言葉からだった。

祭り囃子《ばやし》が聞こえてくる。二週間後、諏方さまの秋祭りだ。その稽古だろう。良三はこういう世界に顔を出し、楽しんでいたのだろうか。私には内緒で？　憎いひとだわ。頬に涙が伝わる。

涙を拭き、由美子は「にしくぼ」の引き戸を開けた。健三、芳子、ヨッちゃん、そして旦那衆たち。奥座敷には、峰村義孝や高井弁護士の顔もあった。祐子も。

正面に良三の遺影があった。良三が微笑んでいた。祐子が両手をひろげるようにして由美子を迎えた。

「いいのよ、泣いても」

と、祐子が抱きしめた。

「私、そんなに弱っちくないから」

由美子は抱き返す腕に力を込めた。

|著者|杉田 望　1943年山形県生まれ。早稲田大学文学部中退。業界紙編集長、社長を務めた後、1988年に作家として独立。経済小説分野で旺盛な執筆活動を続ける。近著に、『特別検査　金融アベンジャー』『破産執行人』（ともに講談社文庫）、『総理殉職　四十日抗争で急逝した大平正芳』（大和書房）などがある。

不正会計《ふせいかいけい》

杉田《すぎた》 望《のぞむ》

講談社文庫

定価はカバーに
表示してあります

2009年11月13日第1刷発行

発行者——鈴木　哲
発行所——株式会社　講談社
東京都文京区音羽2-12-21　〒112-8001
電話　出版部（03）5395-3510
　　　販売部（03）5395-5817
　　　業務部（03）5395-3615

デザイン—菊地信義
本文データ制作—講談社プリプレス管理部
印刷———豊国印刷株式会社
製本———株式会社国宝社

Printed in Japan

落丁本・乱丁本は購入書店名を明記のうえ、小社業務部あてにお送りください。送料は小社負担にてお取替えします。なお、この本の内容についてのお問い合わせは文庫出版部あてにお願いいたします。

ISBN978-4-06-276510-7

講談社文庫刊行の辞

二十一世紀の到来を目睫に望みながら、われわれはいま、人類史上かつて例を見ない巨大な転換期をむかえようとしている。

世界も、日本も、激動の予兆に対する期待とおののきを内に蔵して、未知の時代に歩み入ろうとしている。このときにあたり、創業の人野間清治の「ナショナル・エデュケイター」への志を現代に甦らせようと意図して、われわれはここに古今の文芸作品はいうまでもなく、ひろく人文・社会・自然の諸科学から東西の名著を網羅する、新しい綜合文庫の発刊を決意した。

激動の転換期はまた断絶の時代である。われわれは戦後二十五年間の出版文化のありかたへの深い反省をこめて、この断絶の時代にあえて人間的な持続を求めようとする。いたずらに浮薄な商業主義のあだ花を追い求めることなく、長期にわたって良書に生命をあたえようとつとめるところにしか、今後の出版文化の真の繁栄はあり得ないと信じるからである。

同時にわれわれはこの綜合文庫の刊行を通じて、人文・社会・自然の諸科学が、結局人間の学にほかならないことを立証しようと願っている。かつて知識とは、「汝自身を知る」ことにつきていた。現代社会の瑣末な情報の氾濫のなかから、力強い知識の源泉を掘り起し、技術文明のただなかに、生きた人間の姿を復活させること。それこそわれわれの切なる希求である。

われわれは権威に盲従せず、俗流に媚びることなく、渾然一体となって日本の「草の根」をかたちづくる若く新しい世代の人々に、心をこめてこの新しい綜合文庫をおくり届けたい。それは知識の泉であるとともに感受性のふるさとであり、もっとも有機的に組織され、社会に開かれた万人のための大学をめざしている。大方の支援と協力を衷心より切望してやまない。

一九七一年七月

野間省一